한국어역 **만엽집 10**

– 만엽집 권 제12 –

한국어역 **만엽집 10**

- 만엽집 권제12 -

이 연 숙

도서
출판 **박이정**

대장정의 출발

이연숙 박사의 『한국어역 만엽집』 간행을 축하하며

이연숙 박사는 이제 그 거대한 『만엽집』의 작품들에 주를 붙이고 해석하여 한국어로 본문을 번역한다. 더구나 해설까지 덧붙임으로써 연구도 겸한다고 한다.

일본이 자랑하는 대표적인 고전문학이 한국에서 재탄생하게 된 것이다. 다만 총 20권 전 작품을 번역하여 간행하기 위해서는 오랜 세월을 기다리지 않으면 안 된다. 현재 권 제4까지 번역이 되어 3권으로 출판이 된다고 한다.

『만엽집』 전체 작품을 번역하는데 오랜 세월이 걸리는 것은 틀림없다. 그러나 대완성을 향하여 이제 막 출발을 한 것이다. 마치 일대 대장정의 첫발을 내디딘 것과 같다.

이 출발은 한국, 일본뿐만이 아니라 전 세계적으로도 대단한 일이라고 할 수 있다.

사실 『만엽집』은 천년도 더 된 오래된 책이며 방대한 분량일 뿐만 아니라 단어도 일본 현대어와 다르다. 그러므로 『만엽집』의 완전한 번역은 아직 세계에서 몇 되지 않는다.

영어, 프랑스어, 체코어 그리고 중국어로 번역되어 있는 정도이다.

한국어의 번역에는 김사엽 박사의 번역이 있지만 유감스럽게도 전체 작품의 번역은 아니다. 그 부분을 보완하여 이연숙 박사가 전체 작품을 번역하게 된다면 세계에서 외국어로는 다섯 번째로 한국어역 『만엽집』이 탄생하게 되는 것이다. 중국어 번역은 두 사람에 의해 이루어졌으므로 이연숙 박사는 세계의 영광스러운 6명 중의 한 사람이 되는 것이다.

『만엽집』의 번역이 이렇게 적은 이유로 몇 가지를 들 수 있다.

첫째, 이미 말하였듯이 작품의 방대함이다. 4500여 수를 번역하는 것은 긴 세월이 필요하므로 젊었을 때부터 시작하지 않으면 안 되는 것이다.

둘째로, 『만엽집』은 시이기 때문이다. 산문과 달라서 독특한 언어 사용법이 있으며 내용을 생략하여 압축된 부분도 많다. 그러므로 마찬가지로 방대한 분량인 『源氏物語』 이상으로 번역하기가 어려울 것이다.

셋째로, 고대어이므로 정확한 의미를 파악하기가 힘이 든다는 것이다. 더구나 천년 이상 필사가 계속되어 왔으므로 오자도 있다. 그래서 일본의 『만엽집』 전문 연구자들도 이해할 수 없는 단어들이 있다. 외국인이라면 일본어가 웬만큼 숙달되어 있지 않으면 단어의 의미를 찾아내기가 불가능한 것이다.

넷째로, 『만엽집』의 작품은 당시의 관습, 사회, 민속 등 일반적으로 문학에서 다루는 이상으로 광범위한 분야에 대한 지식이 없으면 이해하기 어려운 것이다. 번역자로서도 광범위한 학문적 토대와 종합적인 지식이 요구되는 것이다. 그러므로 어지간해서는 『만엽집』에 손을 댈 수 없는 것이다.

간략하게 말해도 이러한 어려움이 있는 것이다. 과연 영광의 6인에 들어가기가 그리 쉬운 일이 아님을 누구나 알 수 있을 것이디.

그러나 이연숙 박사는 이것이 가능하다고 생각된다. 아직 젊을 뿐만 아니라 오랜 세월 동안 『만엽집』의 대표적인 연구자로서 자타가 공인하는 업적을 쌓아왔으므로 그 성과를 토대로 하여 지금 출발을 하면 그렇게 오랜 세월이 걸리지 않을 것이라 생각된다. 고대 일본어의 시적인 표현도 이해할 수 있으므로 번역이 가능하리라 확신을 한다.

특히 이연숙 박사는 향가를 깊이 연구한 실적도 평가받고 있는데, 향가야말로 일본의 『만엽집』에 필적할 만한 한국의 고대문학이므로 『만엽집』을 이해하기 위한 소양이 충분히 갖추어졌다고 생각되기 때문이다.

이러한 여러 점을 생각하면 지금 이연숙 박사의 『한국어역 만엽집』의 출판 의의는 충분히 잘 알 수 있는 것이다.

김사엽 박사도 『만엽집』 한국어역의 적임자의 한 사람이었다고 생각되며 사실 김사엽 박사의 책은 일본에서도 높이 평가되고 있고 山片蟠桃상을 받은 바 있다. 그러나 이 번역집은 완역이 아니다. 김사엽 박사는 완역을 하지 못하고 유명을 달리하였다.

그러므로 그 뒤를 이어서 이연숙 박사는 『만엽집』을 완역하여서 위대한 업적을 이루기를 바란다. 그런 의미에서도 이 책의 출판의 의의가 큰 것을 알 수 있다.

이러한 대장정의 출발로 나는 이연숙 박사의 『한국어역 만엽집』의 출판을 진심으로 기뻐하며 깊은 감동과 찬사를 금할 길이 없다. 전체 작품의 완역 출판을 기다리는 마음 간절하다.

2012년 6월

中西 進

책머리에

　『萬葉集』은 629년경부터 759년경까지 약 130년간의 작품 4516수를 모은, 일본의 가장 오래된 가집으로 총 20권으로 이루어져 있다. 『만엽집』은 많은(萬) 작품(葉)을 모은 책(集)이라는 뜻, 萬代까지 전해지기를 바라는 작품집이라는 뜻 등으로 해석되고 있다. 이 책에는 이름이 확실한 작자가 530여명이며 전체 작품의 반 정도는 작자를 알 수 없다.

　일본의 『만엽집』을 접한 지 벌써 30년이 지났다. 『만엽집』을 처음 접하고 공부를 하는 동안 언젠가는 번역을 해보아야겠다는 꿈을 가지게 되었다. 그러나 작품이 워낙 방대한데다 자수율에 맞추고 작품마다 한편의 논문에 필적할 만한 작업을 하고 싶었던 지나친 의욕으로 엄두를 내지 못하여 그 꿈을 잊고 있었는데 몇 년 전에 마치 일생의 빚인 것처럼, 거의 잊다시피 하고 있던 번역에 대한 부담감이 다시 되살아났다. 그것은 생각해보니 다음과 같은 이유에서였던 것 같다.

　먼저 자신이 오래도록 관심을 가지고 연구한 분야가 개인의 연구단계에 머물고만 있을 것이 아니라, 보다 많은 사람들에게 실질적인 도움을 줄 수 있었으면 하는 바람 때문이었던 것 같다.

　『만엽집』을 번역하고 해설하여 토대를 마련해 놓으면 전문 연구자들이 연구 대상 작품을 번역해야 하는 부담을 덜고 시간을 절약할 수 있을 것이며, 국문학 연구자들도 번역을 통하여 한일 문학 비교연구가 가능하게 되어 연구의 지평을 넓힐 수 있을 것이기 때문이었다.

　다음으로 일본에서의 향가연구회 영향도 있었던 것 같다.

　1999년 9월 한일문화교류기금으로 일본에 1년간 연구하러 갔을 때, 향가에 관심이 많은 일본 『만엽집』 연구자와 중국의 고대문학 연구자들이 향가를 연구하자는데 뜻이 모아져, 산토리 문화재단의 지원으로 향가 연구를 하게 되었으므로 그 연구회에 참여하게 되었다. 7명의 연구자들이 정기적으로 모여 신라 향가 14수를 열심히 읽고 토론하였다. 외국 연구자들과의 향가연구는 뜻 깊은 것이었다. 한국·중국·일본 동아시아 삼국의 고대 문학 연구자들이 한자리에 모여 각국의 문헌자료와 관련하여 향가 작품에 대한 생각들을 나누며 연구를 하는 동안, 향가가 그야말로 이상적으로 연구되고 있다는 생각이 들었다.

연구 결과물이 『향가-주해와 연구-』라는 제목으로 2008년에 일본 新典社에서 출판되었다. 이 책이 일본의 연구자들뿐만 아니라 일반인들도 한국의 문화와 정신을 잘 이해할 수 있는 계기가 될 수 있듯이, 마찬가지로 『만엽집』이 한국어로 번역된다면 우리 한국인들도 일본의 문화와 정신을 이해하는데 도움이 될 수 있을 것이라 생각되었다. 그래서 講談社에서 출판된 中西 進 교수의 『만엽집』 1(1985)을 텍스트로 하여 권제1부터 권제4까지 작업을 끝내어 2012년에 3권으로 펴내었다. 그리고 2013년 12월에 『만엽집』 권제5, 6, 7을 2권으로, 2014년에는 권제8, 9를 2권으로, 2015년에는 中西 進 교수의 『만엽집』 2(2011)를 텍스트로 하여 권제10을 한권으로 출판하였다. 2016년에 中西 進 교수의 『만엽집』 3(2011)을 텍스트로 하여 권제11을 한 권으로 출판한 데 이어 이번에는 권제12를 또 한 권으로 출판하게 되었다.

『만엽집』 권제12는 2841번가부터 3220번가까지 총 380수가 실려 있는데 모두 短歌이다. 권제11의 목록에 '고금의 相聞 왕래의 노래 종류 上'이라고 한 것과 마찬가지로 권제12에서는 '고금의 相聞 왕래의 노래 종류 下'라고 되어 있으므로 남녀간의 사랑의 노래인 相聞의 노래를 모은 것이며, 권제11·12는 같은 내용·형식임을 알 수 있다. 권제12도 권제11과 마찬가지로 작자를 알 수 없는 작품이 대부분이며 내용도 어렵지 않다.

『만엽집』은 대체로 雜歌·挽歌·相聞의 3대 분류법에 따라 분류되고 있는데, 권제12는 正述心緒, 寄物陳思, 羈旅發思, 悲別歌, 問答歌로 분류하였다. 바로 심정을 표현한 노래(正述心緒), 사물에 의거해서 생각을 표현한 노래(寄物陳思)는 표현방법에 의한 분류이다. 正述心緒, 寄物陳思는 직유법, 은유법에 해당하지만 편찬자가 확실한 인식을 가지고 구분한 것 같지는 않다. 羈旅發思는 여행을 떠나거나 떠난 남성의 노래이고 悲別歌는 여행을 떠나는 남성을 보내는 여성의 노래이며 問答歌는 두 사람이 창화한 노래이다. 그러나 羈旅發思에 집에 남아 있는 여성의 노래가 보이기도 하고 悲別歌에 여행 중인 남성의 노래가 들어 있기도 하다.

『만엽집』의 최초의 한국어 번역은 1984년부터 1991년까지 일본 成甲書房에서 출판된 김사엽 교수의 『한역 만엽집』(1~4)이다. 이 번역서가 출판된 지 30년 가까이 되었지만 그동안 보지 않았다. 왜냐하면 스스로 번역을 시도해 보지도 않고 다른 사람의 번역을 접하게 되면 자연히 그 번역에 치우치게 되어 자신이 번역을 할 때 오히려 지장이 있을 수 있다고 생각되었기 때문이다. 2012년에 권제4까지 번역을 하고 나서 처음으로 살펴보았다.

김사엽 교수의 번역집은 『만엽집』의 최초의 한글 번역이라는 점에서 그 의의는 매우 크다고 할 수 있다. 그러나 살펴보니 몇 가지 아쉬운 점도 있었다.

『만엽집』 권제16, 3889번가까지 번역이 된 상태여서 완역이 이루어지지 않았다는 점, 텍스트를 밝히지 않고 있는데 내용을 보면 岩波書店의 일본고전문학대계 『만엽집』을 사용하다가 중간에는 中西 進 교수의 『만엽집』으로 텍스트를 바꾼 점, 음수율을 고려하지 않은 점, 고어를 많이 사용하였다는 점, 세로쓰기라는 점 등을 들 수 있다.

그러나 당시로서는 어쩔 수 없는 상황도 있었을 것이라 생각된다. 또 이런 선학들의 노고가 있었기에 한국에서 『만엽집』에 대한 관심도 지속되어 온 것이라 생각되므로 감사드린다.

책이 출판될 때마다 여러분들께서 깊은 관심을 보이고 많은 격려를 하여 주셨으므로 용기를 얻었다. 완결하여야 한다는 부담감이 있지만 지금까지 힘든 고개들을 잘 넘을 수 있도록 인도해 주신 하나님께 영광을 돌려 드린다.

講談社의 『만엽집』을 번역할 수 있도록 허락하여 주시고 추천의 글까지 써 주신 中西 進 교수님, 『만엽집』 노래를 소재로 한 작품들을 표지에 사용할 수 있도록 허락하여 주신 일본 奈良縣立 萬葉文化館의 稻村 和子 관장님, 그리고 작품 자료를 보내어 주신 西田彩乃 학예원께 감사드린다.

그리고 이 책이 출판될 수 있도록 도와주신 박이정의 박찬익 사장님과 편집부에 감사드린다.

2017. 2. 1.

四몀 向 靜室에서

이 연 숙

일러두기

1. 왼쪽 페이지에 萬葉假名, 일본어 훈독, 가나문, 左注(작품 왼쪽에 붙어 있는 주 : 있는 작품의 경우에 해당함) 순으로 원문을 싣고 주를 그 아래에 첨부하였다.
2. 오른쪽 페이지에는 원문과 바로 대조하면서 볼 수 있도록 작품의 번역을 하였다.
   그 아래에 해설을 덧붙여서 노래를 알기 쉽게 설명하면서 차이가 나는 해석은 다른 주석서를 참고하여 여러 학설을 제시함으로써 이해를 돕고자 하였다.
3. 萬葉假名 원문의 경우는 원문의 한자에 충실하려고 하였지만 훈독이나 주의 경우는 한국의 상용한자로 바꾸었다.
4. 텍스트에는 가나문이 따로 있지 않고 필요한 경우에 한자 위에 가나를 적은 상태인데, 번역서에서 가나문을 첨부한 이유는, 훈독만으로는 읽기 힘든 경우가 있으므로 작품을 정확하게 읽을 수 있도록 돕기 위함과 동시에 번역의 자수율과 원문의 자수율을 대조해 볼 수 있도록 하기 위함이었다. 권제5부터 가나문은 中西 進의『校訂 萬葉集』(1995, 초판)을 사용하였다. 간혹『校訂 萬葉集』과 텍스트의 읽기가 다른 경우가 있었는데 그럴 경우는 텍스트를 따랐다.
5. 제목에서 인명에 '천황, 황태자, 황자, 황녀' 등이 붙은 경우는 일본식 읽기를 그대로 적었으나 해설에서는 위 호칭들을 한글로 바꾸어서 표기를 하는 방식을 택하였다. 한글로 바꾸면 전체적인 읽기가 좀 어색한 경우는 예외적으로 호칭까지 일본식 읽기를 그대로 표기한 경우도 가끔 있다.
6. 인명이나 지명과 같은 고유명사는 현대어 발음과 다르고 학자들에 따라서도 읽기가 다르므로 텍스트인 中西 進의『萬葉集』발음을 따랐다.
7. 고유명사를 일본어 읽기로 표기하면 무척 길어져서 잘못 띄어 읽을 수 있기 때문에 가능하면 성과 이름 등은 띄어쓰기를 하였다.
8. 『만엽집』에는 특정한 단어를 상투적으로 수식하는 수식어인 마쿠라 코토바(枕詞)라는 것이 있다. 어원을 알 수 있는 것도 있지만 알 수 없는 것도 많다. 中西 進 교수는 가능한 한 해석을 하려고 시도를 하였는데 대부분의 주석서에서는 괄호로 묶어 해석을 하지 않고 있다. 이 역해서에서도 괄호 속에 일본어 발음을 그대로 표기를 하고, 어원이 설명 가능한 것은 해설에서 풀어서 설명하는 방향으로 하였다. 그러므로 번역문을 읽을 때에는 괄호 속의 枕詞를 생략하고 읽으면 내용이 연결이 될 수 있다.
9. 『만엽집』은 시가집이므로 반드시 처음부터 읽어 나가지 않아도 되며 필요한 작품을 택하여 읽을 수 있다. 그런 경우를 위하여 필요한 사항은 가능한 한 작품마다 설명을 하려고 하였다. 그러므로 작자나 枕詞 등의 경우, 같은 설명이 여러 작품에 보이기도 하는 것은 이런 이유 때문이다.
10. 번역 부분에서 극존칭을 사용하기도 하였는데 이것은 음수율에 맞추기 힘든 경우, 음수율에 맞추기 위함이었다.

11. 권제5의, 제목이 없이 바로 한문으로 시작되는 작품은, 中西 進의 『萬葉集』의 제목을 따라서 《 》 속에 표기하였다.

12. 권제7은 텍스트에 작품번호 순서대로 배열되지 않은 부분들이 있는데, 이런 경우는 번호 순서대로 배열을 하였다. 그러나 목록은 텍스트의 목록 순서를 따랐다.

13. 해설에서 사용한 大系, 私注, 注釋, 全集, 全注 등은 주로 참고한 주석서들인데 다음 책들을 요약하여 표기한 것이다.

大系：日本古典文學大系『萬葉集』 1~4 [高木市之助 五味智英 大野晉 校注, 岩波書店, 1981]

全集：日本古典文學全集『萬葉集』 1~4 [小島憲之 木下正俊 佐竹昭廣 校注, 小學館, 1981~1982]

私注：『萬葉集私注』 1~10 [土屋文明, 筑摩書房, 1982~1983]

注釋：『萬葉集注釋』 1~20 [澤瀉久孝, 中央公論社, 1982~1984]

全注：『萬葉集全注』 1~20 [伊藤 博 外, 有斐閣, 1983~1994]

차례

작품 목록

만엽집

권 제12

正述心緒

2841 我背子之　朝明形　吉不見　今日間　戀暮鴨

わが背子が　朝明[1]の姿　よく見ずて[2]　今日の間を　戀ひ暮すかも

わがせこが　あさけのすがた　よくみずて　けふのあひだを　こひくらすかも

2842 我心　不望使念　新夜　一夜不落　夢見与

わが心　見ぬ使思ふ[3]　新夜の　一夜もおちず[4]　夢に見えこそ[5]

わがこころ　みぬつかひもふ　あらたよの　ひとよもおちず　いめにみえこそ

2843 愛　我念妹　人皆　如去見耶　手不纏為

愛しみ　わが思ふ妹を　人皆の　行くごと[6]見めや[7]　手に卷か[8]ずして

うつくしみ　わがもふいもを　ひとみなの　ゆくごとみめや　てにまかずして

---

1 **朝明**: 夜明け(날이 새다)와 같다.
2 **よく見ずて**: 슬퍼서 보지 않고, 오히려.
3 **見ぬ使思ふ**: 『萬葉集』 작품 중에서 난해한 구의 하나이다. 또는 '심부름꾼을 기다리지 않고 자다'라고 해석할 수도 있다.
4 **おちず**: 빠지지 않고.
5 **夢に見えこそ**: 'こそ'는 희구의 보조동사이다.
6 **行くごと**: 바로 가듯이.
7 **見めや**: 'や'는 강한 부정을 동반한 의문이다.
8 **手に卷か**: 팔베개를 하다.

바로 심정을 표현하다

2841 나의 님의요/ 새벽녘의 모습을/ 잘 보지 않고/ 오늘 하루 동안을/ 그리며 지냈지요

❀ 해설

나의 사랑하는 사람이 자고 나서 아침에 돌아가는 그 모습을, 헤어지는 것이 슬퍼서 잘 보지 않았으므로 오늘 하루 동안을 그리워하면서 지냈지요라는 내용이다.

2842 내 마음에는/ 못 본 사자 생각네/ 앞으로의 밤/ 한 밤도 빠짐없이/ 꿈에 나타나세요

❀ 해설

내 마음에는, 찾아오지 않는 그대의 심부름꾼이 떠나지 않네. 앞으로의 밤은, 어느 하룻밤도 빠짐이 없이 그대는 꼭 꿈에 나타나 주세요라는 내용이다.

'不望使念'을 大系에서는 '等望使念'을 취하고 '乏しと思ふ(ともしとおもふ)'로 읽고 '만족스럽지 않게 생각하고 있으므로'로 해석하였다『萬葉集』 3, p.258]. 全注에서는 'ともしみ思ふ(ともしみおもふ)'로 읽고, '만나고 싶다는 생각으로 가득합니다'로 해석하였다『萬葉集全注』 12, p.31]. 私注에서도 '等望使念'을 취하고 '乏しみ思へば(ともしみおもへば)'로 읽고 '만족스럽지 않게 생각됩니다'로 해석하였다『萬葉集私注』 6, p.296]. 全集에서도 '等望使念'을 취하였지만 'ともしみおもふ'로 읽고 '그립게 생각하네'로 해석하였다『萬葉集』 3, p.285]. 注釋에서는 '無便念'을 취하고 'すべなくおもへば'로 읽고 '어떻게 할 방법이 없으므로'로 해석하였다『萬葉集注釋』 12, p.6].

2843 사랑스럽다/ 내가 생각는 그녀/ 남들과 같이/ 지나치며 볼 건가/ 팔에 감지도 않고

❀ 해설

사랑스럽다고 내가 생각하는 그녀를, 모든 사람들처럼 그냥 지나가며 볼 것인가. 팔베개를 하지도 않고라는 내용이다.

'手に卷かずして'는 구슬을 손에 감는다는 뜻인데 '자기 사람으로 한다'는 의미이다. 또 팔베개를 한다는 뜻도 된다.

2844　比日　寐之不寐　敷細布　手枕纏　寐欲

このころの¹　眠の寝らえ²ぬに　敷栲の³　手枕まきて　寝まく欲りする⁴

このころの　いのねらえぬに　しきたへの　たまくらまきて　ねまくほりする

2845　忘哉　語　意遣　雖過不過　猶戀

忘るやと⁵　物語りして　心やり　過ぐせど過ぎず　なほ戀ひにけり

わするやと　ものがたりして　こころやり　すぐせどすぎず　なほこひにけり

2846　夜不寐　安不有　白細布　衣不脱　及直相

夜も寝ず　安くもあらず　白栲の⁶　衣も脱かじ⁷　直に⁸逢ふまでに

よるもねず　やすくもあらず　しろたへの　ころももぬかじ　ただにあふまでに

---

1 **このころの**: 가을밤이 긴 것인가.
2 **眠の寝らえ**: ‘え’는 가능을 나타낸다.
3 **敷栲の**: ‘枕’을 상투적으로 수식하는 枕詞이다.
4 **寝まく欲りする**: ‘する’는 영탄 종지를 나타낸다.
5 **忘るやと**: 사랑을.
6 **白栲の**: 흰 천이라는 뜻으로 ‘衣’를 상투적으로 수식하는 枕詞이다.
7 **衣も脱かじ**: 새우잠을 자는 것이다.
8 **直に**: 꿈도 아니고, 심부름꾼을 보내는 것도 아니고 직접.

2844   요 근래의요/ 잠을 잘 못 드는데/ (시키타헤노)/ 팔베개를 하고서/ 자고 싶다 생각네

🌸 해설

요 근래 잠을 잘 들 수가 없는데 흰 팔베개를 하고 잠을 자고 싶다고 생각하네라는 내용이다.

2845   잊을 수 있나/ 이야기를 하면서/ 기분을 털고/ 없애려도 되잖고/ 더욱 그리워지네

🌸 해설

사랑의 고통을 잊을 수가 있을까 하여 사람들과 이야기를 하면서 기분전환을 하여 사랑의 고통을 없애려고 하지만 없어지지 않고 오히려 더욱 그리워지네라는 내용이다.

2846   잠잘 수 없고/ 마음도 편치 않네/ (시로타헤노)/ 옷도 벗지 않겠네/ 직접 만날 때까지는

🌸 해설

밤에 잠도 잘 수가 없고 마음도 편하지 않네. 흰 옷도 벗지 않겠네. 사랑하는 그대를 직접 만날 때까지라는 내용이다.
남녀 모두 부를 수 있다.

2847 後相　吾莫戀　妹雖云　戀間　年経乍

後も逢はむ　吾にな戀ひそと¹　妹は言へど　戀ふる間に　年は經につつ²

のちもあはむ　わになこひそと　いもはいへど　こふるあひだに　としはへにつつ

2848 直不相　有諾　夢谷　何人　事繁[或本歌曰, 寤者　諾毛不相　夢左倍]

直に逢はず　あるは諾なり³　夢にだに⁴　何しか人の　言の繁けむ[或る本の歌に曰はく
現には　うべも逢はなく　夢にさへ]

ただにあはず　あるはうべなり　いめにだに　なにしかひとの　ことのしげけむ[あるほん
のうたにいはく, うつつには　うべもあはなく　いめにさへ]

2849 烏玉　彼夢　見継哉　袖乾日無　吾戀矣

ぬばたまの⁵　その⁶夢にだに　見え繼ぐや　袖乾る日無く　われは戀ふるを

ぬばたまの　そのいめにだに　みえつぐや　そでふるひなく　われはこふるを

---

1 **吾にな戀ひそと**: 'な…そ'는 금지를 나타낸다. 믿고 마음 편하게 있으라고.
2 **經につつ**: 'つつ'는 계속을 나타낸다.
3 **あるは諾なり**: 현실에서는 사람들 소문이 있으므로 만날 수가 없는 것은 납득이 간다.
4 **夢にだに**: 적어도 꿈에서만이라도 만날 수 있으면 좋겠다고 생각하는데 그 꿈까지도. 'だに'와 'さへ'는 방향
　성이 다르지만 강조성은 같다.
5 **ぬばたまの**: 범부채 열매의 검은 색에서 '夜'를 상투적으로 수식하는 枕詞이다. 여기에서는 밤이라는 뜻이다.
6 **その**: 상대방의.

2847 후에 만나지요/ 날 그리워 말아요/ 아내는 말해도/ 그리워하는 동안/ 해는 계속 지나고

🌸 **해설**

　지금이 아니라도 후에 만나지요. 그러니 나를 그리워하면서 고통을 당하지 마세요라고 아내는 말을 하지만, 아내를 그리워하고 있는 동안에 해는 계속 지나가라는 내용이다.

2848 직접 못 만나고/ 있는 것 당연하죠/ 꿈에서조차/ 무엇 땜에 사람들/ 소문이 무성하네[어떤 책의 노래에 말하기를, 현실에서는/ 당연히 못 만나네/ 꿈에서조차]

🌸 **해설**

　현실에서는 직접 만날 수 없는 것은 당연하다고 생각을 해요. 그러나 꿈속에서조차 무엇 때문에 사람들의 소문이 시끄러워서 만날 수가 없는 것인가요[어떤 책의 노래에 말하기를, 현실에서는 당연하게 만날 수 없는 것이지만 꿈에서까지 만날 수 없다니]라는 내용이다.

2849 (누바타마노)/ 그대 꿈에서나마/ 계속 보일까/ 소매 마를 날 없이/ 나는 그리운 것을

🌸 **해설**

　깜깜한 밤의 그대의 꿈에서만이라도 나는 계속 보이고 있을까요. 옷소매가 마를 날도 없이 나는 그리워하고 있는데라는 내용이다.

2850　現　直不相　夢谷　相見与　我戀國

現には　直には逢はぬ[1]　夢にだに[2]　逢ふと見えこそ[3]　わが戀ふらくに

うつつには　ただにはあはぬ　いめにだに　あふとみえこそ　わがこふらくに

寄物陳思

2851　人所見　表結　人不見　裏紐開　戀日太

人に見ゆる　表は結びて[4]　人の見ぬ　裏紐あけて　戀ふる日そ多き

ひとにみゆる　うへはむすびて　ひとのみぬ　したびもあけて　こふるひそおほき

2852　人言　繁時　吾妹　衣有　裏服矣

人言の　繁き時には　吾妹子し　衣にあらなむ[5]　下に着まし[6]を

ひとごとの　しげきときには　わぎもこし　きぬにあらなむ　したにきましを

---

1 **逢はぬ**: 역접이다.
2 **夢にだに**: 만날 수 없지만 꿈에서만이라도.
3 **逢ふと見えこそ**: 'こそ'는 希求를 나타내는 보조동사이다.
4 **表は結びて**: 묶지 않으면 사랑하고 있는 것이 알려지게 된다. 옷 끈을 푸는 것은 연인을 부르는 주술이다.
5 **衣にあらなむ**: 연인끼리 옷을 교환하는 풍습에 바탕한 발상이다. 'なむ'는 願望을 나타낸다.
6 **下に着まし**: 'まし'는 비현실에 대한 상상이다. 그런데 되지 않는다는 뜻이다.

2850 현실에서는/ 직접 만날 수 없네/ 꿈에서라도/ 만나도록 보여요/ 내가 그리워하니

✿ 해설

　　현실에서는 직접 만날 수가 없네요. 그러니 꿈에서라도 만날 수 있도록 꿈에 모습을 보여주세요. 내가 이렇게 그리워하니라는 내용이다.

景物에 의거해서 생각을 노래하였다

2851 남의 눈에 띄는/ 겉옷의 끈은 묶고/ 남들 안 보는/ 속 옷 끈을 풀어서/ 그리워하는 날
　　　많네

✿ 해설

　　다른 사람들의 눈에 띄는 겉옷의 끈은 묶고, 남들이 보지 못하는 속옷의 끈을 풀어서 사랑하는 사람을 기다리며 그리워하는 날이 많네라는 내용이다.
　　만날 수 있는 전조를 스스로 만들어서 기다린다는 뜻이다.

2852 사람들 소문/ 시끄러울 때에는/ 나의 그녀는/ 옷이라면 좋겠네/ 안에 입을 것인데

✿ 해설

　　사람들의 소문이 시끄러울 때에는 내가 사랑하는 그녀는 옷이라면 좋겠네. 그렇다면 내 옷 안에 직접 입을 수 있을 것인데라는 내용이다.
　　소문 때문에 직접 만나지 못하자 사랑하는 사람과 함께 있고 싶은 마음을 이렇게 표현한 것이다.

2853 真珠服　遠兼　念　一重衣　一人服寐

眞珠つく[1]　遠をしかねて　思へこそ[2]　一重衣を[3]　一人着て寝れ

またまつく　をちをしかねて　おもへこそ　ひとへころもを　ひとりきてぬれ

2854 白細布　我紐緒　不絶間　戀結為　及相日

白栲の[4]　わが紐の緒の　絶えぬ間に　戀結びせむ[5]　逢はむ日までに

しろたへの　わがひものをの　たえぬまに　こひむすびせむ　あはむひまでに

2855 新治　今作路　清　聞鴨　妹於事矣

新墾の　今作る路　さやけくも[6]　聞きてけるかも　妹が上[7]のことを

にひばりの　いまつくるみち　さやけくも　ききてけるかも　いもがうへのことを

---

1 眞珠つく: 緒(を)---'おち'라는 음으로 연결되는 동시에 미래에 대한 상상이 있다. '眞'은 玉(貝·石·眞珠)의 美稱이다.
2 思へこそ: '思へばこそ'이다.
3 一重衣を: 함께 잘 때는 두 사람의 옷을 포갠다.
4 白栲の: 흰 천이라는 뜻으로 '紐'를 상투적으로 수식하는 枕詞이다. '紐'는 길므로 '紐の緒'라고 한다.
5 戀結びせむ: 사랑을 공고하게 하는 주술이다. 끊어지는 불길함을 꺼려서.
6 さやけくも: 현저한 인상이다. 그녀에 대한 막연한 생각이 사라진다.
7 上: ---에 대한.

2853 (마타마츠쿠)/ 먼먼 훗날 일까지/ 생각하기에/ 지금은 한 겹 옷을/ 혼자서 입고 자네

해설

진주를 꿰는 긴 끈, 그처럼 먼 미래의 일을 생각하면 지금은 한 겹의 옷을 혼자 입고 자네요라는 내용이다.
먼 미래에 결혼하여 함께 동침 할 수 있는 것을 생각하니 지금은 참고 혼자 잘 수 있다는 뜻이다.
'眞珠つく'는 '緒'를 상투적으로 수식하는 枕詞이다. '緒(を)'와 '遠(を)'의 발음이 같으므로 '遠'도 수식하게 되었다.

2854 (시로타헤노)/ 나의 입은 옷 끈이/ 끊어지기 전/ 사랑의 매듭 묶자/ 만나는 그날까지

해설

나의 흰 옷의 끈이 끊어지지 않고 있을 때 사랑을 맹세하여서 매듭을 묶자. 만날 수 있는 날까지는이라는 내용이다.
두 사람의 관계가 아직 끊어지지 않고 있을 동안에 사랑을 공고히 하겠다는 뜻이다.

2855 새로 열어서/ 지금 만든 길처럼/ 확실하게도/ 들은 것이랍니다/ 그녀에 대한 평판을요

해설

지금 새로 만든 길이 확실하게 두드러지는 것처럼 그렇게 확실하게 그녀에 대한 평판을 들은 것이라는 내용이다.

2856　山代　石田社　心鈍　手向為在　妹相難

山代の　石田の社に　心おそく[1]　手向[2]したれや　妹に逢ひ難き

やましろの　いはたのもりに　こころおそく　たむけしたれや　いもにあひかたき

2857　菅根之　惻隠々々　照日　乾哉吾袖　於妹不相為

菅の根の　ねもころごろに[3]　照る日にも　乾めや[4]わが袖　妹に逢はずして

すがのねの　ねもころごろに　てるひにも　ひめやわがそで　いもにあはずして

2858　妹戀　不寐朝　吹風　妹経者　吾共経

妹に戀ひ　寝ねぬ朝に　吹く風は　妹に觸れなば　わがむたは觸れ

いもにこひ　いねぬあしたに　ふくかぜは　いもにふれなば　わがむたはふれ

---

1 **心おそく**: 'おそ'는 둔한 것이다. 마음을 단단히 하지 않은 상태이다.
2 **手向**: 공물을 바치는 것이다.
3 **ねもころごろに**: 마음을 다하는 것이다.
4 **乾めや**: 'や'는 강한 부정을 동반한 의문을 나타낸다.

2856 야마시로(山代)의/ 이하타(石田)의 신사에/ 마음을 느슨히/ 공물 바친 탓일까/ 그녀 만나
기 힘드네

🌸 **해설**

야마시로(山代)의 이하타(石田)의 신사에 마음을 다하지 않고 느슨하게 공물을 바친 때문일까. 사랑하
는 그녀를 만나기가 힘드네라는 내용이다.
권제9의 1731번가, 권제13의 3236번가 등과 비슷한 내용이다.

2857 (스가노네노)/ 구석구석까지도/ 비추는 해에/ 마를까 내 옷소매/ 아내를 만나지 않고

🌸 **해설**

골풀 뿌리처럼 세심하게 구석구석까지도 충분히 비추는 해에도 마를 수가 있을까. 내 옷소매는. 사랑
하는 아내를 만나지 않고는이라는 내용이다.
사랑하는 아내를 만나지 않고는, 늘 눈물을 흘리므로 그 눈물을 닦은 옷소매가 마를 날이 없다는
뜻이다.

2858 아내 그리워/ 잠 못 자는 아침에/ 부는 바람은/ 아내에게 닿았음/ 내게 역시 닿게나

🌸 **해설**

아내를 그리워해서 잠을 이루지 못하는 아침에 부는 바람은, 만약 아내에게 닿았다면 나에게도 마찬가
지로 닿아 달라는 내용이다.
바람을 통해 간접적으로라도 아내를 느끼려고 하는 마음을 노래한 것이다.

2859　飛鳥川　高川避紫　越来　信今夜　不明行哉

　　　飛鳥川　高川避かし[1]　越え來しを　まこと今夜は　明けずも行かぬか

　　　あすかがは　たかかはよかし　こえこしを　まことこよひは　あけずもゆかぬか

2860　八鈎川　水底不絶　行水　續戀　是比歳[或本歌曰, 水尾母不絶]

　　　八釣川　水底[2]絶えず　行く水の　續ぎてそ戀ふる　この年頃を[或る本の歌に曰はく, 水尾[3]も絶えせ[4]ず]

　　　やつりがは　みなそこたえず　ゆくみづの　つぎてそこふる　このとしころを[あるほんの
　　　うたにいはく, みをもたえせず]

2861　礒上　生小松　名惜　人不知　戀渡鴨

　　　磯の上に　生ふる小松の　名[5]を惜しみ　人に知らえ[6]ず　戀ひ渡るかも

　　　いそのうへに　おふるこまつの　なををしみ　ひとにしらえず　こひわたるかも

　　　或本歌曰, 巖上尒　立小松　名惜　人尒者不云　戀渡鴨

　　　或る本の歌に曰はく, 巖の上に　立てる小松の　名を惜しみ　人には言はず　戀ひ渡るかも

　　　あるほんのうたにいはく, いはのうへに　たてるこまつの　なををしみ　ひとにはいはず
　　　こひわたるかも

1　**高川避かし**: 'し'는 경어이다. '高川'은 '深川', 수량이 높아진 강이라는 뜻으로 飛鳥川이라고 하는 深川이다.
2　**八釣川 水底**: '水底'는 '心底'를 寓意.
3　**水尾**: 물이 흘러가는 길이다.
4　**絶えせ**: '絶ゆ'에 'す'가 붙은 동사이다.
5　**小松の 名**: 소나무의 '根'인데 "根(ね)'이 '名(な)'과 일본어 발음이 유사한데서 수식하게 된 것이다. 작은
　　소나무에 내 사랑하는 여인의 모습이 있다.
6　**知らえ**: 수동형이다.

2859　아스카(飛鳥) 강의/ 깊은 강을 피하여/ 건너 온 것을/ 정말로 오늘밤은/ 새지 말고 있지
　　　않나

✿ 해설

　　아스카(飛鳥) 강의 깊은 강을 피하여 먼 길을 돌아서 건너 온 것이네. 정말로 오늘밤은 새지 말고
있지 않을 것인가라는 내용이다.

　　'高川避紫 越來'를 大系・注釋・全注에서는 中西 進과 마찬가지로 읽고 해석하였다(『萬葉集』 3,
p.261), (『萬葉集注釋』 12, p.30), (『萬葉集全注』 12, p.73)]. 그런데 注釋에서는 남성의 노래로도 여성의
노래로도 해석이 가능하다고 하였다. 私注에서는 마찬가지로 읽으면서도 해석은 '물이 많은 강을 강행해
서 건넜다'는 뜻으로 해석하였다(『萬葉集私注』 6, p.306]. 남성의 노래로 보았다. 그러나 全集에서는 '奈川
紫避越 來'로 보고, '물을 힘들게 겨우 건너왔다'는 뜻으로 해석하였다(『萬葉集』 3, p.289].

2860　야츠리(八釣) 강의/ 물밑을 쉬지 않고/ 가는 물처럼/ 계속해 생각하네/ 이 몇 년 동안을요
　　　[어떤 책의 노래에 말하기를, 수맥도 끊이잖고]

✿ 해설

　　야츠리(八釣) 강의 물밑을 끊이지 않고 흘러가는 물처럼, 그렇게 끊임없이 계속해서 그리워하네. 이
몇 년 동안을요[어떤 책의 노래에 말하기를, 수맥도 끊이지 않고]라는 내용이다.

2861　바위의 주변에/ 나 있는 작은 솔의/ 이름 아까워/ 남이 알지 못하게/ 계속 사랑하네요
　　　어떤 책의 노래에 말하기를, 바위의 주변에/ 서 있는 작은 솔의/ 이름 아까워/ 남에게
　　　말을 않고/ 계속 사랑하네요

✿ 해설

　　바위 주변에 나 있는 작은 소나무의 이름이 안타까워서 남에게 알려지지 않도록 계속 사랑하네요[어떤
책의 노래에 말하기를, 바위 주위에 서 있는 작은 소나무의 이름을 안타깝게 여겨서, 사람들에게는 말을
하지 않고 계속 사랑하는 것이네]라는 내용이다.

　　사랑하는 여인의 이름을 사람들에게는 말하지 않고 가만히 사랑한다는 뜻이다. 고대 일본에서는 사랑
하는 사람의 이름을 말하는 것은 금기였다.

2862　山川　水陰生　山草　不止妹　所念鴨

山川の　水陰[1]に生ふる　山菅の[2]　止まずも妹は　思ほゆるかも

やまがはの　みかげにおふる　やますげの　やまずもいもは　おもほゆるかも

2863　淺葉野　立神古　菅根　惻隱誰故　吾不戀[或本歌曰, 誰葉野介　立志奈比垂]

淺葉野に　立ち神さぶる[3]　菅の根の[4]　ねもころ誰ゆゑ　わが戀ひなくに[或る本の歌に日
はく, 誰葉野に　立ちしなひたる[5]]

あさはのに　たちかむさぶる　すがのねの　ねもころたれゆゑ　わがこひなくに[あるほん
のうたにいはく, たがはのに　たちしなひたる]

　左注　右廿三首, 柿本朝臣人麻呂之歌集出.

---

1 山川の 水陰: 물가에 있는 초목의 그늘이다.
2 山菅の: '야마'의 음으로 제3, 4구에 이어진다.
3 立ち神さぶる: 신령스럽게 있는 것이다. 골풀이 오래 된 것을 말한다.
4 菅の根の: 뿌리가 온통 뻗어나가는 것을 강조한다.
5 しなひたる: 부드럽게 탄력이 있는 것을 말한다. 이 노래가 남자를 비유하는 여성의 노래인데 대해서, 이것
　은 여자를 비유하는 남자의 노래인가.

2862 산속의 강의/ 기슭 그늘에 나는/ 산 골풀처럼/ 쉬지 않고 아내를/ 생각하는 것이네

해설

　산속의 강의 기슭 그늘에 나 있는 산 골풀처럼, 그렇게 쉬는 일도 없이 아내를 생각하는 것이네라는 내용이다.

　산골풀이 끊임없이 번어가는 것처럼 아내를 계속 생각한다는 뜻이다.

2863 아사하(淺葉) 들에/ 서서 오래 되었는/ 골풀 뿌린 양/ 세심하게 누구 위해/ 나는 사랑

　　　않는데[어떤 책의 노래에 말하기를, 타가하(誰葉) 들에/ 낭창하게 서 있는]

해설

　아사하(淺葉) 들에 서서 오래 되었는 골풀 뿌리처럼 그렇게 세심하게, 그대가 아닌 다른 누구를 위해서도 나는 사랑을 하지 않는 것인데[어떤 책의 노래에 말하기를, 타가하(誰葉) 들에 낭창하게 서 있는]라는 내용이다.

　오로지 상대방만을 사랑한다는 뜻이다.

　　좌주　위의 23수는, 카키노모토노 아소미 히토마로(柿本朝臣人麻呂)의 가집에 나온다.

正述心緒

2864 吾背子乎　且今々々跡　待居介　夜更深去者　嘆鶴鴨

わが背子を　今か今かと　待ち居るに　夜の更けぬれば　嘆きつるかも[1]

わがせこを　いまかいまかと　まちをるに　よのふけぬれば　なげきつるかも

2865 玉釧　巻宿妹母　有者許増　夜之長毛　歡有倍吉

玉くしろ[2]　纏き寝る妹も　あらばこそ[3]　夜の長けくも[4]　嬉しかるべき

たまくしろ　まきぬるいもも　あらばこそ　よのながけくも　うれしかるべき

2866 人妻介　言者誰事　酢衣乃　此紐解跡　言者孰言

人妻に　言ふは誰が言　さ衣の[5]　この紐解けと　言ふは誰が言

ひとづまに　いふはたがこと　さごろもの　このひもとけと　いふはたがこと

---

1 **嘆きつるかも**: 마지막 시점에서의 탄식이다. 진행하는 동안의 탄식은 아니다. 'つ'는 일회적 동작을 말한다.
2 **玉くしろ**: 팔에 감는 장식이다. 'まく'를 상투적으로 수식하는 枕詞이다.
3 **あらばこそ**: 실제로는 없다.
4 **夜の長けくも**: 'うれし'의 주어이다.
5 **さ衣の**: 'さ'는 접두어이다.

바로 심정을 표현하였다

2864　나의 님을요/ 이젠가 이젠가고/ 기다리다가/ 밤이 깊었으므로/ 탄식을 하였다네

🌼 해설

　　나의 사랑하는 님이 찾아오는 것이 지금인가 지금인가 하고 기다리고 있는 사이에 밤이 깊어 버렸으므로 탄식을 하였다네라는 내용이다.

2865　(타마쿠시로)/ 감고 자는 아내도/ 있어야만이/ 밤이 긴긴 것도요/ 당연히 즐겁지요

🌼 해설

　　팔찌를 끼듯이 그렇게 함께 팔베개를 하고 자는 아내도 있어야만 밤이 긴 것도 즐거운 것이 틀림없겠지요라는 내용이다.
　　함께 잘 수 있는 아내가 없으므로 긴 밤이 즐겁지 않다는 뜻이다.

2866　남의 처에게/ 거는 것은 누구 말/ 입고 있는 옷/ 이 끈 풀어 보라고/ 말하는 것 누구 말

🌼 해설

　　남의 아내를 향하여 거는 말은 누구의 말인가. 입고 있는 옷의 이 끈을 풀라고 말하는 것은 누구의 말인가라는 내용이다.
　　일종의 성적제의라고 할 수 있는 歌垣(우타가키)에서 불린 것으로 보인다.
　　中西 進은 집단가요가 短歌化한 것이다고 하였다.

2867　如是許　将戀物其跡　知者　其夜者由多介　有益物乎

かくばかり　戀ひむものそと　知らませば[1]　その夜は寛に[2]　あらましものを

かくばかり　こひむものそと　しらませば　そのよはゆたに　あらましものを

2868　戀乍毛　後将相跡　思許増　己命乎　長欲為礼

戀ひつつ[3]も　後も逢はむと　思へこそ　己が命を　長く欲りすれ

こひつつも　のちもあはむと　おもへこそ　おのがいのちを　ながくほりすれ

2869　今者吾者　将死与吾妹　不相而　念渡者　安毛無

今は吾は　死なむよ吾妹　逢はずして　思ひ渡れば[4]　安けくもなし

いまはあは　しなむよわぎも　あはずして　おもひわたれば　やすけくもなし

---

1 **知らませば**: 'ませば…まし'는 현실에 반대되는 가상이다.
2 **寛に**: 'ゆたけし'의 어간이다. 만나면 심하게 안정이 되지 않는다.
3 **戀ひつつ**: 목숨을 다하는 조건이다.
4 **思ひ渡れば**: 세월을 보내면.

2867   이렇게까지/ 그리운 것이라고/ 알았더라면/ 그날 밤은 편하게/ 있고 싶었던 것을

해설

   헤어지고 난 후, 이렇게까지 그리운 것이라는 것을 알고 있었더라면, 사랑하는 사람을 만났던 그날 밤은 마음을 편하게 하여 있었더라면 좋았을 것을이라는 내용이다.
   연인을 직접 만났던 날 밤 마음을 편하게 하지 못하고 있었던 것이 헤어지고 난 후 후회가 된다는 뜻이다.

2868   사랑하면서/ 후에는 만나리라/ 생각하므로/ 나의 이 목숨도요/ 길기를 바라지요

해설

   사랑 때문에 고통을 당하지만 그래도 후에는 만날 수 있다고 생각을 하므로 나의 이 목숨도 길기를 바라지요라는 내용이다.

2869   지금은 나는/ 죽을 것 같네 그대/ 만나지 않고/ 생각하고 지내면/ 편안한 것도 없네

해설

   지금 벌써 나는 죽을 것 같네 그대여. 만나는 일도 없이 계속 생각하고 있으면 편안하지가 않고 고통스럽네라는 내용이다.
   사랑하는 사람을 만나지 못하고 계속 생각만 하고 있으니 죽을 것처럼 괴롭다는 뜻이다.

2870 我背子之　将来跡語之　夜者過去　思咲八更々　思許理来目八面

わが背子が　來むと語りし[1]　夜は過ぎぬ　しゑや[2]さらさら[3]　しこり[4]來めや[5]も

わがせこが　こむとかたりし　よはすぎぬ　しゑやさらさら　しこりこめやも

2871 人言之　讒乎聞而　玉桙之　道毛不相常　云吾妹

人言[6]の　讒す[7]を聞きて　玉桙の　道[8]にも逢はじと[9]　言へりし吾妹

ひとごとの　よこすをききて　たまほこの　みちにもあはじと　いへりしわぎも

2872 不相毛　慄常念者　弥益二　人言繁　所聞来可聞

逢はなく[10]も　憂しと思へば　いや益しに　人言繁く　聞え來るかも

あはなくも　うしとおもへば　いやましに　ひとごとしげく　きこえくるかも

1 **來むと語りし**: 이쪽을 중심으로 한 표현이다.
2 **しゑや**: 체념의 감동사이다.
3 **さらさら**: ‘さらにさらに’
4 **しこり**: 실패.
5 **來めや**: ‘や’는 강한 부정을 동반한 의문이다.
6 **人言**: 다른 사람의 소문이다.
7 **讒す**: 좋지 않은 말을 한다.
8 **道**: 창을 세운 길이다.
9 **逢はじと**: 길에서 마주치는 것도 싫다고.
10 **逢はなく**: ‘逢ふ’의 부정 명사형이다.

2870   나의 님이요/ 올 것이라 말을 한/ 밤은 지났네/ 좋아 새삼스럽게/ 잘못 돼도 올 건가

❀ 해설

내가 사랑하는 사람이 찾아올 것이라고 말을 한 밤은 지나 버렸네. 좋아요. 지금 새삼스럽게 잘못 되어도 올 일이 있을 것인가라는 내용이다.

상대방이 오겠다고 약속한 밤은 지났으므로, 무슨 일이 있어도 올 리가 없을 것이라고 탄식하는 노래 이다.

2871   사람들 소문/ 좋지 않은 말 듣고/ (타마호코노)/ 길에서도 안 만나려/ 말을 하는 그녀여

❀ 해설

사람들이 소문을 내어서 좋지 않은 말을 하는 것을 듣고, 창이나 칼 등의 아름다운 무기를 세운 곧은 길에서 오다가다가 마주치는 것도 하지 않으려고 하는 나의 사랑하는 여인이여라는 내용이다.

제4, 5구의 내용으로 보아 사람들의 소문이라고 하는 것은, 남성의 바람기와 같은 것에 대한 나쁜 평판이었던 것이라 생각된다.

大系에서는, '화해한 뒤의 노래일까'라고 하였다『萬葉集』 3, p.264].

2872   안 만나는 것/ 괴롭게 생각하니/ 한층 심하게/ 소문이 시끄럽게/ 들리어 오는군요

❀ 해설

사람들 소문 때문에 만나지 않는 것을 괴롭게 생각하고 있으면 한층 심하게 소문이 시끄럽게 들리어 오는군요라는 내용이다.

사람들 소문 때문에 연인을 만나지 못하고 있는 것도 괴로운데 두 사람 사이를 갈라 놓으려고 하는 나쁜 소문이 더 심하게 들리므로 괴롭다는 뜻이다.

2873　里人毛　謂告我祢　縱咲也思　戀而毛将死　誰名将有哉

　　　　里人も　語り繼ぐがね¹　よしゑやし²　戀ひても死なむ　誰が名ならめや³

　　　　さとびとも　かたりつぐがね　よしゑやし　こひてもしなむ　たがなならめや

2874　悩使乎無跡　情乎曽　使尓遣之　夢所見哉

　　　　たしかなる　使を無みと　情をそ　使に遣りし　夢に見えきや⁴

　　　　たしかなる　つかひをなみと　こころをそ　つかひにやりし　いめにみえきや

---

1 **語り繼ぐがね**: 바람둥이 소문을 이야기 한다. 'がね'는 목적, 상태를 나타낸다.
2 **よしゑやし**: 체념의 뜻을 나타내는 감동사이다.
3 **誰が名ならめや**: 자신의 이름밖에 없다.
4 **夢に見えきや**: 꿈은 상대방의 생각에 의해 꾼다고 생각되었다.

2873   마을 사람도/ 이야기 전하도록/ 에이 좋아요/ 사랑하여서 죽자/ 누구의 이름일까

마을 사람들도 이야기를 전하여 가도록 에이 좋아요. 사랑에 죽어 버리자. 바람둥이라고 소문이 나는 것은 나 아닌 다른 누구의 이름도 아니므로라는 내용이다.

마을 사람들이 이야기로 전해가는 것은 작자의 죽음에 대한 것이다.

'誰が名ならめや'를 私注에서는 中西 進과 마찬가지로 작자의 이름으로 보고 '자신의 이름을 버리고서라도 거기까지 가보려고 하는 마음'이라고 하였다『萬葉集私注』6, p.314]. 大系에서도, '자신의 이름이 소문나는 것은 두렵지 않습니다. 중요한 것은 그대의 평판입니다'로 해석하였다『萬葉集』3, p.264]. 그러나 注釋에서는 상대방의 이름이 소문나는 것이라고 보고, '그대는 그대의 이름이 소문나는 것을 두려워하여 나를 만나려고 하지 않지만, 내가 애가 타서 죽으면, 나를 죽게 한 것은 그대라고 결국 그대의 이름이 소문날 것이므로 이름이 나는 것이 두렵다면…하는 뜻으로 상대방을 위협하는 마음이다'고 하였다『萬葉集注釋』12, p.44]. 全集에서도, '자신이 사랑 때문에 죽는다면 소문이 나서, 그대의 이름이 날 것이라고 하여 조금 겁을 주면서 상대방에게 만나 달라고 하는 노래'라고 하였다『萬葉集』3, p.293]. 全注에서도, '소문이 나는 것은 누구 이름일까. 그대의 이름 외에는 없다'고 하였다『萬葉集全注』12, p.99].

노래 내용으로 보면 상대방의 이름으로 해석하는 것이 좋은 것 같다.

2874   믿음직스런/ 심부름꾼 없어서/ 나의 마음을/ 사자로 보내었죠/ 꿈에 보였는가요

믿을 만한 확실한 심부름꾼이 없어서 나의 마음을 심부름꾼으로 보내었지요. 그대의 꿈에 제가 보였는가요라는 내용이다.

작자가 마음을 보내었으므로 상대방의 꿈에 작자가 보였는가 하고 묻는 노래이다. 상대방이 생각하기 때문에 꿈에 상대방이 보인다고 고대 일본인들은 믿었다.

2875 天地介　小不至　大夫跡　思之吾耶　雄心毛無寸

天地に　すこし至らぬ　大夫¹と　思ひしわれや　雄心も²無き

あめつちに　すこしいたらぬ　ますらをと　おもひしわれや　をごころもなき

2876 里近　家哉應居　此吾目　人目乎為乍　戀繁口

里近く　家や³居るべき　このわが目　人目をしつつ⁴　戀の繁けく

さとちかく　いへやをるべき　このわがめ　ひとめをしつつ　こひのしげけく

2877 何時奈毛　不戀有登者　雖不有　得田直比来　戀之繁母

何時はなも⁵　戀ひずありとは　あらねども　うたて⁶このころ　戀し繁しも

いつはなも　こひずありとは　あらねども　うたてこのころ　こひししげしも

---

1 **大夫**: 사랑을 품는 사람의 반대로 자주 등장한다.
2 **雄心も**: 씩씩한 남자의 마음이다.
3 **家や**: 'や'는 강한 부정을 동반한 의문을 나타낸다.
4 **人目をしつつ**: 사람 눈을 꺼린다. 마을 가까이가 아니라면 사람 눈을 꺼릴 필요가 없다.
5 **何時はなも**: 'なも'는 후의 'なむ'와 같은 것이다. 『萬葉集』에서는 이 작품에만 보인다.
6 **うたて**: 'うたた'うたてし'와 같다. 불쾌한 마음을 담은 것이다.

2875   하늘과 땅에/ 조금이 모자라는/ 대장부라고/ 생각했던 나인데/ 씩씩한 마음 없네

해설

    하늘과 땅의 크기에 조금만 모자랄 정도의 훌륭한 대장부라고 생각했던 나였는데 씩씩한 마음이 없어진 것일까라는 내용이다.
    씩씩한 대장부인데 연인에 대한 생각으로 마음이 약해진 상태를 이렇게 표현하였다.

2876   마을 가까이/ 집이 있는 것인가/ 이 나의 눈은/ 사람 눈 겁내면서/ 그리움이 심해서

해설

    마을 가까이 이렇게 집이 있는데서 왜 살아야 하는가. 나의 눈은 사람들의 눈을 겁내면서 그리움이 심해서라는 내용이다.
    마을 가까이에 살고 있으므로 사람들 눈을 의식하여 연인을 잘 만날 수도 없는 안타까움을 노래한 것이다.

2877   어느 때라도/ 그립지 않은 것은/ 아니지만요/ 한층 더 요즈음은/ 그리움 심해지네

해설

    어느 때라고 해서 그립지 않은 것은 아니고 늘 그립지만, 그래도 요즈음은 그리움이 한층 더 심해지네라는 내용이다.

2878　黒玉之　宿而之晩乃　物念介　割西胷者　息時裳無

ぬばたまの¹　寝てし²夕の　物思に　割けにし胸は³　息む時もなし

ぬばたまの　ねてしゆふへの　ものもひに　さけにしむねは　やむときもなし

2879　三空去　名之惜毛　吾者無　不相日數多　年之経者

み空行く　名の惜しけく⁴も　われは無し　逢はぬ日まねく⁵　年の經ぬれば

みそらゆく　なのをしけくも　われはなし　あはぬひまねく　としのへぬれば

2880　得管二毛　今毛見壮鹿　夢耳　手本纒宿登　見者辛苦毛[或本歌發句云, 吾妹兒乎]

現にも⁶　今も見てしか⁷　夢のみに　手本纒き寝と⁸　見れば苦しも⁹[或る本の歌の発句に云はく, 吾妹子を¹⁰]

うつつにも　いまもみてしか　いめのみに　たもとまきぬと　みればくるしも[あるほんのうたのはつくにいはく, わぎもこを]

1 ぬばたまの: '夕'을 상투적으로 수식하는 枕詞이다.
2 寝てし: 연인과 자는 것이다. 'て'는 완료를, 'し'는 과거를 나타낸다.
3 割けにし胸は: 찢어질 것 같은 가슴이다.
4 名の惜しけく: '惜しけく'는 '惜し'의 명사형이다.
5 逢はぬ日まねく: 수가 많은 것이다.
6 現にも: 꿈의 반대이다.
7 見てしか: 'しが'는 願望을 나타낸다.
8 手本纒き寝と: 팔을 베개로 하여 잔다.
9 見れば苦しも: 본의가 아닌 마음이다.
10 吾妹子を: 남자의 노래로 고정했을 때의 변화이다.

2878　(누바타마노)/ 함께 잠을 잤던 밤/ 생각하므로/ 찢어져 버린 가슴/ 아물 때가 없네요

❀ 해설

　　어두운 밤 사랑하는 그대와 함께 잠을 잤던 밤을 생각하면 찢어져 버린 가슴은 아물 때가 없네요라는
내용이다.
　　'寢てし夕の'를 注釋·全集·全注에서는 中西 進과 마찬가지로, '함께 잠을 잤던 밤'이라고 해석하였다
[(『萬葉集注釋』 12, p.48), (『萬葉集』 3, p.293), (『萬葉集全注』 12, p.108)]. 그러나 大系와 私注에서는,
'함께 잠을 잔 다음날의 저녁 무렵'이라고 해석하였다[(『萬葉集』 3, p.265), (『萬葉集私注』 6, p.316)].
제5구를 보면 함께 잠을 잤던 밤이라고 해석해야 할 것이다.

2879　하늘을 가는/ 이름 애석한 것도/ 나는 없네요/ 못 만나는 날 많이/ 해를 지냈으므로

❀ 해설

　　하늘을 나는 것처럼 빨리 퍼지는 나에 대한 소문은 나는 안타깝지도 않네요. 만나지 못하는 날이
많은 채로 한 해가 지나갔으므로라는 내용이다.
　　한 해 동안 연인을 만나지 못한 날이 많았으므로 사람들 사이에 소문나는 것은 신경이 쓰이지도 않는
다는 뜻이다.
　　'み空行く 名'을 私注·注釋·全集·全注에서는 中西 進과 마찬가지로 작자의 이름이 빨리 소문나는
것으로 해석하였다. 그러나 大系에서는, '높은 하늘을 가는 듯한 높고 훌륭한 이름'이라고 하였다[『萬葉
集』 3, p.265]. 616번가, 2984번가와 유사하다.

2880　현실적으로/ 지금도 보고 싶네/ 꿈에서만이/ 팔베개 베고 잠을/ 보면은 괴롭네요[어떤
　　　책의 노래의 첫 구에 말하기를, 나의 아내를]

❀ 해설

　　실제로 지금도 만나보고 싶네. 꿈에서만 연인과 팔베개를 베고 자는 것을 보는 것은 괴로운 일이네요
[어떤 책의 노래의 첫 구에 말하기를, 나의 아내를]라는 내용이다.

2881　立而居　為便乃田時毛　今者無　妹尓不相而　月之経去者[或本歌曰, 君之目不見而　月之経去者]

立ちて居て　すべのたどきも[1]　今は無し　妹に逢はずて　月の經ぬれば[2][或る本の歌に云はく, 君が目見ずて[3]　月の經ぬれば]

たちてゐて　すべのたどきも　いまはなし　いもにあはずて　つきのへぬれば[あるほんのうたにいはく, きみがめみずて　つきのへぬれば]

2882　不相而　戀度等母　忘哉　弥日異者　思益等母

逢はずして　戀ひわたるとも[4]　忘れめや[5]　いや日にけ[6]には　思ひ益すとも

あはずして　こひわたるとも　わすれめや　いやひにけには　おもひますとも

2883　外目毛　君之光儀乎　見而者社　吾戀山目　命不死者[一云, 壽向吾戀止目]

外目[7]にも　君が姿を　見て[8]ばこそ　わが戀止まめ[9]　命死なずは[一は云はく, 命に向かふ[10]　わが戀止まめ]

よそめにも　きみがすがたを　みてばこそ　わがこひやまめ　いのちしなずは[あるはいはく, いのちにむかふ　わがこひやまめ]

---

1 **すべのたどきも**: 수단이다. 'たどき'는 'すべ와 비슷하다.
2 **月の經ぬれば**: 이미 달이 지나간 탄식이다.
3 **君が目見ずて**: 제4구를 입장에 따라 변화시킨 것이다.
4 **戀ひわたるとも**: 'とも'는 전제를, 제5구의 'とも'는 잊는 것의 반대의 경우를 나타낸다.
5 **忘れめや**: 'や'는 강한 부정을 동반한 의문을 나타낸다.
6 **いや日にけ**: 'け'는 異.
7 **外目**: 대면하지 않고 멀리서 보는 것이다.
8 **見て**: 'て'는 완료를 나타낸다.
9 **止まめ**: 사랑의 고통이.
10 **命に向かふ**: 命을 생의 한계로 생각했다. 그곳을 향하는 사랑이다.

2881 서도 앉아도/ 어떠한 방법도요/ 지금은 없네/ 아내를 못 만나고/ 달이 지났으므로[어떤 책의 노래에 말하기를, 그대를 못 만나고/ 달이 지났으므로]

🌸 해설

서 있어도 앉아 있어도 어떻게 하면 좋을지 어떠한 방법도 지금은 알 수 없네. 아내를 만나지 못하고 달이 지났으므로[어떤 책의 노래에 말하기를, 그대를 만나지 못하고 달이 지났으므로]라는 내용이다.

2882 만나지 않고/ 계속 그리워해도/ 어찌 잊을까/ 한층 날로날로 더/ 생각 더할지언정

🌸 해설

만나는 일도 없이 계속 그리워하는 것은 있을 수 있어도, 어찌 잊을 수가 있을까. 한층 날로 날로 그리움이 더 깊어질지언정이라는 내용이다.

비록 못 만나도 계속 그리워할지언정 잊을 수는 없다는 뜻이다.

2883 멀리서라도/ 그대의 모습을요/ 보아야만이/ 내 사랑 멈추겠지/ 죽는 일이 없다면[또는 말하기를, 나의 목숨을 내건/ 내 사랑 멈추겠지]

🌸 해설

멀리서라도 그대의 모습을 보아야만 내 사랑은 멈추겠지요. 그 때까지 목숨이 끝나는 일이 없다면[또는 말하기를, 목숨을 건 내 사랑은 멈추겠지요]이라는 내용이다.

연인의 모습을 직접 보고 싶은 간절한 마음을 노래하였다.

2884 戀管母　今日者在目杼　玉遉　将開明日　如何将暮

戀ひつつ¹も　今日はあらめど²　玉匣³　明けなむ明日⁴を　いかに暮さむ

こひつつも　けふはあらめど　たまくしげ　あけなむあすを　いかにくらさむ

2885 左夜深而　妹乎念出　布妙之　枕毛衣世二　歎鶴鴨

さ夜ふけて⁵　妹を思ひ出　敷栲の⁶　枕もそよに⁷　嘆きつるかも

さよふけて　いもをおもひで　しきたへの　まくらもそよに　なげきつるかも

2886 他言者　真言痛　成友　彼所将障　吾尒不有國

人言は　まこと⁸言痛く⁹　なりぬとも　彼處¹⁰に障らむ¹¹　われにあらなくに¹²

ひとごとは　まことこちたく　なりぬとも　そこにさはらむ　われにあらなくに

---

1 **戀ひつつ**: 'つづ'는 계속을 나타낸다.
2 **今日はあらめど**: 좋다고 해도.
3 **玉匣**: 빗을 넣는 상자이다. 뚜껑을 연다는 뜻으로 'あけ(開)'를 상투적으로 수식하는 枕詞이다. '開(あ)け'와 '明(あ)け'의 일본어 발음이 같으므로 '明け'를 수식하고 있다.
4 **明けなむ明日**: 하룻밤을 힘들게 기다리고 난 후의 하루이다.
5 **さ夜ふけて**: 'さ'는 접두어이다.
6 **敷栲の**: 아름다운 천이라는 뜻으로 '枕'을 상투적으로 수식하는 枕詞이다.
7 **枕もそよに**: 'そよ'는 의성어이다. 베개가 움직여서 나는 소리이다.
8 **まこと**: 참으로.
9 **言痛く**: 말이 많아서 시끄러운 것이다.
10 **彼處**: 제1, 2구의 내용을 가리킨다.
11 **障らむ**: 지장을 초래한다.
12 **われにあらなくに**: 'に'는 '…는데'. 상대방이여 탄식하지 말라는 뜻이다.

2884　　그리워하며/ 오늘은 좋다 해도/ (타마쿠시게)/ 밝아오는 내일을/ 어떻게 보낼 건가

　　사랑의 고통에 시달리면서 오늘은 그렇게 보내어서 좋다고 해도, 빗 상자를 열듯이 그렇게 하룻밤을 지새고 난 후에 밝아오는 내일을 어떻게 지낼 것인가라는 내용이다.

2885　　밤이 깊어서/ 아내를 생각하고/ (시키타헤노)/ 베개 소리 나도록/ 탄식을 한 것이네

　　밤이 깊어서 아내를 생각하고는 아름다운 천으로 만든 베개에서 소리가 나도록 탄식을 한 것이네라는 내용이다.

2886　　사람들 소문/ 정말로 시끄럽게/ 되었다 해도/ 그것에 방해 받을/ 내가 아닌 것인 걸요

　　두 사람에 대한 사람들의 소문이 이것저것 정말로 시끄럽게 되었다고 해도 그것에 방해를 받을 내가 아니니 그대여 그 일로 인해서 걱정하지 말라는 내용이다.

2887 立居　田時毛不知　吾意　天津空有　土者踐鞆

立ちて居て　たどき¹も知らず　わが心　天つ空なり²　土は踏めども

たちてゐて　たどきもしらず　わがこころ　あまつそらなり　つちはふめども

2888 世間之　人辞常　所念莫　真曽戀之　不相日乎多美

世の中の　人の言葉³と　思ほす⁴な　まことそ戀ひし　逢はぬ日を多み

よのなかの　ひとのことばと　おもほすな　まことそこひし　あはぬひをおほみ

2889 乞如何　吾幾許戀流　吾妹子之　不相跡言流　事毛有莫國

いで如何に⁵　わがここだ戀ふる　吾妹子が　逢はじ⁶と言へる　こともあらなくに⁷

いでいかに　わがここだこふる　わぎもこが　あはじといへる　こともあらなくに

---

1 **たどき**: 방법이다.
2 **天つ空なり**: 공중에 떠 있다. 땅을 밟는 것의 반대이다.
3 **人の言葉**: 보통 인사말이다.
4 **思ほす**: '思ふ'의 경어이다.
5 **いで如何に**: 뒤에 'あらむ'가 생략된 것이다.
6 **逢はじ**: 나를.
7 **こともあらなくに**: 'に'는 '…는데'. 이렇게 그리운 것은 어찌된 것일까.

2887　서도 앉아도/ 방법을 알 수 없어/ 나의 마음은/ 공중에 떠 있네요/ 땅은 밟고 있지만

 해설

　　서 있어도 앉아 있어도 어떻게 해야 좋을지 방법을 알 수가 없어서 나의 마음은 하늘에 떠 있는
것처럼 걷잡을 수가 없네. 비록 발로 땅은 밟고 있지만이라는 내용이다.

2888　이 세상 속의/ 사람 인사말이라/ 생각지 마요/ 정말 그리웠지요/ 못 만나는 날 많아서

해설

　　이 세상에 사는 사람들이 일반적으로 하는 형식적인 인사말이라고 생각하지 마세요. 정말로 그리웠지
요. 만나지 못하는 날이 많았으므로라는 내용이다.

2889　어떻게 할까/ 내가 무척 사랑하는/ 나의 아내는/ 만나지 않겠다고/ 하는 것도 아닌데도

해설

　　자아, 어떻게 할까. 내가 무척 사랑하는 아내는 나를 만나지 않겠다고 말하고 있는 것도 아닌데라는
내용이다.
　　사랑하는 아내가 만나지 않겠다고 하는 것도 아닌데 이렇게 그리운 것은 무엇 때문일까라는 뜻이다.

2890　夜干玉之　夜乎長鴨　吾背子之　夢尓夢西　所見還良武

ぬばたまの¹　夜を長みかも　わが背子が　夢に夢にし²　見えかへるらむ

ぬばたまの　よをながみかも　わがせこが　いめにいめにし　みえかへるらむ

2891　荒玉之　年緒長　如此戀者　信吾命　全有目八面

あらたまの³　年の緒長く　かく戀ひば　まことわが命　全からめやも

あらたまの　としのをながく　かくこひば　まことわがいのち　またからめやも

2892　思遣　為便乃田時毛　吾者無　不相數多　月之経去者

思ひ遣る　すべのたどきも⁴　われは無し　逢はずてまねく⁵　月の經ぬれば

おもひやる　すべのたどきも　われはなし　あはずてまねく　つきのへぬれば

---

1 **ぬばたまの**: 범부채 열매의 검은 색으로 인해, '夜'·'黑' 등을 상투적으로 수식하는 枕詞이다. 여기서는 혼자 자는 어두운 밤을 말한다.

2 **夢に夢にし**: 꿈을 반복해서 꾸는 것이다.

3 **あらたまの**: 新(あら)玉(魂)을 가지는 해. 일 년은 길므로 '年の緒'라고 한다.

4 **すべのたどきも**: 수단. 'たどき'도 'すべ와 비슷하다.

5 **まねく**: 수가 많은 것이다.

2890 (누바타마노)/ 밤이 길어서인가/ 나의 님이요/ 꿈에 반복해서요/ 보이는 것이네요

🌸 해설

　칠흑 같은 밤이 길어서인가. 내가 사랑하는 사람이 꿈에 또 꿈에 몇 번이고 계속해서 보이는 것이네요라는 내용이다.

2891 (아라타마노)/ 오랜 세월 동안을/ 이리 그리면/ 정말로 나의 목숨을/ 보전할 수 있을까

🌸 해설

　오랜 세월 동안 연인을 이렇게 그리워하고 있다면 정말로 나의 목숨을 어떻게 보전할 수가 있을까라는 내용이다.
　연인이 너무 그리워서 제 명대로 살 수 없겠다는 뜻이다.

2892 기분 전환할/ 어떠한 방법도요/ 나는 없네요/ 못 만나고 많이요/ 달이 지났으므로

🌸 해설

　기분을 상쾌하게 할 어떠한 방법도 나는 없네요. 사랑하는 사람을 만나지 못하고 많은 달이 지나 버렸으므로라는 내용이다.

2893　朝去而　暮者来座　君故介　忌々久毛吾者　歎鶴鴨

　　　　朝去きて　夕は來ます　君ゆゑに　ゆゆしくも¹吾は　嘆きつるかも

　　　　あしたゆきて　ゆふへはきます　きみゆゑに　ゆゆしくもあは　なげきつるかも

2894　従聞　物乎念者　我胷者　破而摧而　鋒心無

　　　　聞きし²より　物を思へば³　わが胸は　破れてくだけて　利心⁴もなし

　　　　ききしより　ものをおもへば　わがむねは　われてくだけて　とごころもなし

2895　人言乎　繁三言痛三　吾妹子二　去月従　未相可母

　　　　人言を　繁み言痛み⁵　吾妹子に　去にし月より　いまだ逢はぬかも

　　　　ひとごとを　しげみこちたみ　わぎもこに　いにしつきより　いまだあはぬかも

---

1 **ゆゆしくも**: 본래 '忌(い)み忌みし'로 삼가야 하는 것을 말한다. 조심해야 할 연인의 이름을 부르고 탄식한
　것인가. 본래의 의미가 약해지면 '이상할 정도로'라는 뜻이다.
2 **聞きし**: 소문을 듣고.
3 **物を思へば**: 무엇인가 하고 생각하고는 마음이 가라앉는다.
4 **利心**: 'とし'는 예민한 것이다. 예민한 마음이다.
5 **繁み言痛み**: 소문이 시끄러운 것을 관용적으로 표현한 것이다.

2893   아침에 돌아가/ 저녁이 되면 오는/ 그대 때문에/ 사람 눈 겁내잖고/ 탄식을 한 것이네

해설

　아침이 되면 돌아가 버리고 저녁이 되지 않으면 오지 않는 그대 때문에, 사람들 눈을 두려워하지도 않고 나는 탄식을 한 것이네라는 내용이다.

2894   듣고 난 후로/ 생각을 하면은요/ 나의 가슴은/ 깨어지고 부서져/ 예민한 마음 없네

해설

　사랑하는 사람에 대한 소문을 듣고 난 후로 생각을 하면 걱정이 되어서 나의 가슴은 깨어지고 부서져서 예민한 마음도 없이 둔하게 되어 버렸네라는 내용이다.

2895   사람들 소문/ 시끄럽고 말 많아/ 나의 그녀를/ 지난 달 이후로는/ 아직 만나지 못했네

해설

　사람들의 소문이 시끄럽고 이런 저런 말들이 많아서, 내가 사랑하는 그녀를 지난 달 이후로는 아직 한 번도 만나지 못했네라는 내용이다.
　사람들 소문이 많아서 한 달 동안이나 연인을 만나지 못한 것을 노래하였다.

2896　歌方毛　曰管毛有鹿　吾有者　地庭不落　空消生

　　　うたがた¹も　言ひつつもあるか　われならば　地には落らず²　空に消なまし

　　　うたがたも　いひつつもあるか　われならば　つちにはふらず　そらにけなまし

2897　何　日之時可毛　吾妹子之　裳引之容儀　朝介食介将見

　　　如何ならむ　日の時にかも　吾妹子が　裳引の姿　朝に日に見む³

　　　いかならむ　ひのときにかも　わぎもこが　もびきのすがた　あさにけにみむ

---

1 **うたがた**: 'うつたへ(517번가 참조)'와 같은 것으로 '未必'이라는 뜻이다. 언뜻 보면 필연처럼 보이지만 그렇지 않은 상태를 말한다. 부정과 호응할 때는 '未'가 강조되고, 긍정에는 '必'이 강조된다.
2 **地には落らず**: 이름을 더럽히는 것인가.
3 **朝に日に見む**: 사랑이 결실을 맺어 결혼을 해서.

2896 정해진 듯이/ 계속 말을 하는군요/ 나라고 하면/ 땅에 떨어지잖고/ 공중서 사라져요

해설

정해진 듯이 계속 말을 하고 있는군요. 아니오. 나라고 하면 땅에 비참하게 떨어지지 않고 공중에서 사라져 버리지요라는 내용이다.

뜻이 다소 불분명하다.

大系에서는, '틀림없이 이렇게 말하고 있는 것이네. "나라면 땅에 떨어지거나 하지 않고 공중에서 사라져 버렸을 것인데"라고'로 해석하였다『萬葉集』 3, p.268). 全注에서도 그렇게 해석하였다『萬葉集全注』 12, p.136). 私注에서는, '어느 쪽이라고 정하지 않고 말하고 있는 것인가. 나라면 땅에는 떨어지지 않고 공중에서 사라지지요'라고 해석하고, '문답가의 답가만 전한 것은 아닐까. 그렇다면 묻는 쪽에 땅에 떨어질까 공중에 사라질까라고 하는 의미이기도 했을 것이다'고 하였다『萬葉集私注』 6, p.324). 注釋에서는, '같은 말을 하네. 나라면 눈처럼 땅에 떨어지지 않을래요. 공중에서 사라져 버리지요. 사랑에 주저하기보다는 차라리 죽어 버리지요'로 해석하고, '이것은 문답가의 답가로 보아야 하며, 혹은 상대방을 기쁘게 하려는 다소 낙천적인, 그대로 긍정하기 힘든 말이었으므로, 그런 마음이 이 1,2구가 되었던 것은 아닐까 하고 나는 생각한다'고 하였다『萬葉集注釋』 12, p.60).

'うたがたも'를 全集에서는, '상대방이, 지금은 방해가 있지만 그 사이에 꼭 만날 수 있다, 천천히 기회를 기다리자고 하는 듯한 말을 했다고 해석해 둔다'고 하였고『萬葉集』 3, p.297), '地には落らず'에 대해서는 '눈 등을 염두에 두고 말한 것이겠다. 시기를 기다리는 사이에 견디지 못하게 되어 소문이 나게 되는 것을 두려워해서 말한다'고 하였다『萬葉集』 3, p.298).

2897 대체 어떠한/ 날의 어느 때라야/ 나의 그녀가/ 치맛자락 끄는 것/ 아침과 낮 볼 건가

해설

도대체 어느 때가 되어야 내가 사랑하는 그녀가 치맛자락을 끄는 아름다운 모습을 아침에도 낮에도 항상 보게 될 것인가라는 내용이다.

연인을 항상 만날 수 있는 날이 오기를 기다리는 마음을 노래한 것이다.

2898　獨居而　戀者辛苦　玉手次　不懸将忘　言量欲

　　　　獨り居て　戀ふれば苦し　玉襷[1]　かけず忘れむ　事計もが

　　　　ひとりゐて　こふればくるし　たまだすき　かけずわすれむ　ことはかりもが

2899　中々二　黙然毛有申尾　小豆無　相見始而毛　吾者戀香

　　　　なかなかに　黙然も[2]あらましを　あづきなく[3]　相見始めても　われは戀ふるか

　　　　なかなかに　もだもあらましを　あづきなく　あひみそめても　あれはこふるか

2900　吾妹子之　咲眉引　面影　懸而本名　所念可毛

　　　　吾妹子が　笑ひ眉引[4]　面影に　かかりてもとな[5]　思ほゆるかも

　　　　わぎもこが　ゑまひまよびき　おもかげに　かかりてもとな　おもほゆるかも

　1　**玉襷**: 아름다운 멜빵을 건다는 뜻에서 'かける'를 상투적으로 수식하는 枕詞이다.
　2　**黙然も**: 사랑의 말도 없이.
　3　**あづきなく**: 재미없이.
　4　**笑ひ眉引**: '笑ひ'와 '眉引'는 열거한 것이다.
　5　**かかりてもとな**: 'もとなし'의 부사형이다.

2898 혼자 있으며/ 생각하면 괴롭네/ (타마다스키)/ 담지를 않고 잊는/ 방법이 있었으면

🌸 해설

　연인을 만나지 않고 혼자 있으면서 그리워하며 생각하면 괴롭네. 멜빵을 목에 걸듯이 그렇게는 마음에
품지 않고 잊을 수 있는 방법이 있었으면 좋겠네라는 내용이다.

2899 오히려 더욱/ 말이 없이 있을 것을/ 공연하게도/ 처음 만나고 나서/ 나는 사랑하는가

🌸 해설

　오히려 말을 하지 않고 가만히 있었으면 좋았을 것을. 공연하게도 처음 만나고 나서부터 나는 그립게
생각하는가라는 내용이다.
　만나서 말을 건넨 것으로 인해 격렬하게 사랑하며 고통 당하게 된 것을 후회하는 노래이다.

2900 나의 그녀가/ 웃는 모습과 눈썹/ 그림자처럼/ 눈앞에 어른거려/ 생각이 되는군요

🌸 해설

　내가 사랑하는 그녀가 미소를 짓는 모습과 그은 눈썹이 그림자처럼 계속 눈앞에 어른거려서 그립게
생각이 되는군요라는 내용이다.

2901　赤根指　日之暮去者　為便乎無三　千遍嘆而　戀乍曽居

　　　　あかねさす[1]　日の暮れぬれば　すべを無み[2]　千遍嘆きて　戀ひつつそ居る

　　　　あかねさす　ひのくれぬれば　すべをなみ　ちたびなげきて　こひつつそをる

2902　吾戀者　夜晝不別　百重成　情之念者　甚為便無

　　　　わが戀は　夜晝別かず[3]　百重なす　情し思へば　いたも[4]すべなし

　　　　わがこひは　よるひるわかず　ももへなす　こころしおもへば　いたもすべなし

2903　五十殿寸太　薄寸眉根乎　徒　令掻管　不相人可母

　　　　いとのきて　薄き[5]眉根を　いたづらに[6]　掻かしめにつつ[7]　逢はぬ人[8]かも

　　　　いとのきて　うすきまよねを　いたづらに　かかしめにつつ　あはぬひとかも

1　**あかねさす**: '붉은 색을 띤'이라는 뜻으로, '日'을 상투적으로 수식하는 枕詞이다. 지금 황혼 때의 마음의 어두움과 대조를 이룬다.
2　**すべを無み**: 하루 만날 수 없었던 도리 없음.
3　**夜晝別かず**: 낮과 밤의 구별을 모른다는 뜻이 아니다. 구별도 관계 없이라는 뜻이다. 권제4의 716번가에 비슷한 표현인 '夜晝と いう別知らに'가 보인다.
4　**いたも**: 'いた'는 'いと'와 같은 것으로 정도가 심한 것을 나타내는 부사이다.
5　**薄**: 눈썹이 가려운 것은 연인을 만날 징조인데, 그 가능성이 없는 것을 강조하였다.
6　**いたづらに**: 긁게 하면서 역시 오지 않는다.
7　**掻かしめにつつ**: 'つつ'는 계속을 나타낸다.
8　**逢はぬ人**: '人'은 객관시한 냉담한 표현이다.

2901 (아카네사스)/ 해 저물었으므로/ 방법이 없어/ 수 없이 탄식하며/ 그리워하며 있네

해설

붉은 빛을 띤 해가 저물어 버렸으므로 어떻게 할 방법이 없어서 수도 없이 탄식하며 계속 그리워하며 있네라는 내용이다.

2902 나의 사랑은/ 낮과 밤 관계없이/ 몇 번이라도/ 맘속에 생각하므로 / 어쩔 방도가 없네

해설

나의 사랑은 낮이고 밤이고 할 것 없이 계속 일어나서, 몇 번이나 마음으로 생각을 하므로 어떻게 할 방법이 없네라는 내용이다.
밤낮 없이 연인을 생각하게 되므로 어떻게 할 방법이 없다는 뜻이다.

2903 특별하게도/ 옅은 눈썹인 것을/ 보람도 없이/ 계속 긁게 하면서/ 못 만나는 사람아

해설

다른 사람보다 특별하게 옅은 눈썹인 것을, 보람도 없이 계속 긁게 하면서도 만나러 오지 않는 사람이여라는 내용이다.
눈썹이 가려운 것은 연인을 만날 징조인데도 연인이 찾아오지 않는 것을 한탄한 노래이다.

2904　戀々而　後裳将相常　名草漏　心四無者　五十寸手有目八面

　　　　戀ひ戀ひて　後も逢はむと　慰もる[1]　心しなくは　生きてあらめや[2]も

　　　　こひこひて　のちもあはむと　なぐさもる　こころしなくは　いきてあらめやも

2905　幾　不生有命乎　戀管曽　吾者氣衝　人尒不所知

　　　　いくばくも　生けらじ命を　戀ひつつ[3]そ　われは息づく　人に知らえ[4]ず

　　　　いくばくも　いけらじいのちを　こひつつそ　われはいきづく　ひとにしらえず

2906　他國尒　結婚尒行而　大刀之緒毛　未解者　左夜曽明家流

　　　　他國に　結婚に行きて　大刀が緒も　いまだ解かねば[5]　さ夜そ明けにける

　　　　ひとくにに　よばひにゆきて　たちがをも　いまだとかねば　さよそあけにける

---

1 慰もる: 'なぐさむる'라고 하기도 했다(889번가 참조).
2 生きてあらめや: 'や'는 강한 부정을 동반한 의문을 나타낸다.
3 戀ひつつ: 사랑의 고통 때문에 죽을 것 같으면서.
4 人に知らえ: 'え'는 수동이다.
5 解かねば: 'ねば'는 역접을 나타낸다.

2904 그리워하며/ 후에는 만나리라/ 위로를 하는/ 마음도 없어지면/ 살아 있을 수가 있나

🌸 해설

　　오랫동안 그리워하며 후에는 반드시 만날 것이라고 스스로를 위로하는 마음까지 없어지면 어찌 살아 있을 수가 있나라는 내용이다.

　　사랑하는 사람을 훗날 반드시 만날 것이라는 기대감이 있기에 살 수 있다는 뜻이다.

2905 그렇게 오래/ 살 수 없는 목숨을요/ 그리워하며/ 나는 탄식을 하네/ 남이 알지 못하게

🌸 해설

　　그렇게 오래 살 수 없는 한정된 목숨인데도, 사랑의 고통에 괴로워하면서 나는 탄식을 하는 것이네. 남에게 알려지지 않도록 조심을 하면서라는 내용이다.

2906 다른 마을로/ 구혼을 하러 가서/ 큰 칼의 끈도/ 아직 안 풀었는데/ 날이 밝아 버렸네요

🌸 해설

　　다른 마을로 멀리 구혼을 하러 가서 큰 칼의 끈도 아직 풀지 않았는데 날이 벌써 밝아 버렸네요라는 내용이다.

　　大系에서는 3310번가와 비슷한데, 전승가요가 短歌 형식을 취해 불리어진 것으로 추정하였다『萬葉集』 3, p. 300].

2907   大夫之　聡神毛　今者無　戀之奴尒　吾者可死

大夫¹の　聰き心も²　今は無し　戀の奴に³　われは死ぬべし

ますらをの　さときこころも　いまはなし　こひのやつこに　われはしぬべし

2908   常如是　戀者辛苦　蹔毛　心安目六　事計為与

常かくし⁴　戀ふれば苦し　蹔くも　心やすめむ　事計せよ

つねかくし　こふればくるし　しましくも　こころやすめむ　ことはかりせよ

2909   凡尒　吾之念者　人妻尒　有云妹尒　戀管有米也

おほろかに⁵　われし思はば　人妻に　ありとふ妹に　戀ひつつあらめや⁶

おほろかに　われしおもはば　ひとづまに　ありとふいもに　こひつつあらめや

---

1 **大夫**: 당시의 이상적인 남성상으로, 사랑을 하는 사람의 반대이다.
2 **聰き心も**: 판단력을 위주로 하여 말한다.---예리한 마음·남자다운 마음.
3 **戀の奴に**: 사랑을 분하게 생각하는 마음이다.
4 **常かくし**: '常'은 'つね'로 읽으면 '不變', 'とこ'로 읽으면 '永久'의 뜻이 된다.
5 **おほろかに**: 보통처럼.
6 **戀ひつつあらめや**: 'や'는 강한 부정을 동반한 의문을 나타낸다.

2907 대장부의요/ 총명한 마음도요/ 지금은 없네/ 사랑이란 놈에게/ 나는 죽을 것 같네

✽ 해설

　멋진 대장부의 총명한 마음도 지금은 사라지고 없네. 사랑이라는 놈 때문에 나는 틀림없이 죽겠지라는
내용이다.
　사내대장부의 단호한 마음도 사랑 때문에 흐트러져 버리고, 사랑의 고통으로 죽을 것 같다는 뜻이다.
　'戀の奴'를 全集에서는, '자신을 괴롭히는 증오할 사랑을 의인화해서 말한다'고 하였다『萬葉集』 3,
p.300].

2908 항상 이렇게/ 사랑하면 괴롭네/ 잠깐이라도/ 마음을 편하게 할/ 방법 생각해 봐요

✽ 해설

　항상 이렇게 사랑을 하면서 고통을 당하면 괴롭네요. 잠깐만이라도 마음을 편안하게 할 수 있는 방법
을 좀 생각해 보아 주세요라는 내용이다.
　'事計'를 全集에서는 연인을 만날 수 있는 계략을 말한다'고 하였다『萬葉集』 3, p.300].

2909 그저 그렇게/ 내가 생각했다면/ 남의 아내라/ 하는 그대에게요/ 계속 사랑 느낄까요

✽ 해설

　만약 내가 그대를 그저 그렇게 보통으로 생각했다면, 남의 아내라고 하는 그대를 이렇게 계속 사랑을
하고 있겠나요라는 내용이다.
　상대방을 매우 많이 사랑하고 있다는 뜻이다.

2910　心者　千重百重　思有杼　人目乎多見　妹尒不相可母

心には　千重に百重[1]に　思へれ[2]ど　人目を多み　妹に逢はぬかも

こころには　ちへにももへに　おもへれど　ひとめをおほみ　いもにあはぬかも

2911　人目多見　眼社忍礼　小毛　心中尒　吾念莫國

人目多み　眼こそ忍べれ　少なくも　心のうちに　わが思はなくに[3]

ひとめおほみ　めこそしのべれ　すくなくも　こころのうちに　わがもはなくに

2912　人見而　事害目不為　夢尒吾　今夜将至　屋戸閇勿勤

人の見て　言咎めせぬ[4]　夢にわれ　今夜至らむ　屋戸閉す[5]なゆめ

ひとのみて　こととがめせぬ　いめにわれ　こよひいたらむ　やどさすなゆめ

---

1 **千重に百重**: '千'도 '百'도 많다는 뜻이다.
2 **思へれ**: 'へれ'는 완료를 나타낸다.
3 **わが思はなくに**: '少なくも…わが思はなくに'는 관용적인 표현이다.
4 **言咎めせぬ**: 캐묻는 것이다.
5 **屋戸閇す**: 문을 닫는다.

2910 마음으로는/ 천 번도 백 번도요/ 생각하지만/ 사람 눈이 많아서/ 아내 만나지 못하네

🌼 해설

　마음으로는 천 번이고 백 번이고 무척 많이 생각을 하고 있지만, 사람들의 보는 눈이 많으므로 그것이 두려워서 아내를 만나지 않고 있는 것이네라는 내용이다.

2911 사람 눈 많아서/ 만나는 것 참지만/ 아주 조금만/ 마음속으로는요/ 나는 생각 않아요

🌼 해설

　사람들 눈이 많으므로 그것을 꺼려서 그대를 만나는 것을 참고 있을 뿐, 나는 마음 속으로 그대를 조금만 생각하고 있는 것은 아니랍니다라는 내용이다.
　사람들 눈 때문에 상대방을 만나지 않고 있지만 마음으로는 매우 많이 생각하고 있다는 뜻이다.
　'少なくも…わが思はなくに'는 '적게 생각하지 않는다'는 것이니 결국 많이 생각한다는 뜻이다.

2912 남이 보아도/ 따져 묻지를 않는/ 꿈에서 나는/ 오늘밤에 가지요/ 문 걸지 마오 절대

🌼 해설

　다른 사람이 보아도 따져 묻지를 않는 꿈속에서 나는 오늘밤에 그대를 찾아가지요. 그러니 문빗장을 절대로 걸지 마세요라는 내용이다.
　全集에서는, '遊離魂을 실체적인 것으로 생각하고 노래 부르고 있다. 사람의 혼은 생사와 관계없이 육체에서 나와서 가는 일이 있다고 고대인은 생각했다'고 하였다[『萬葉集』 3, p.301]. 2958번가와 유사한 내용이다.

2913 何時左右二　将生命曽　凡者　戀乍不有者　死上有

いつまでに　生かむ命そ¹　おほかたは²　戀ひつつあらずは　死なむ³勝れり

いつまでに　いかむいのちそ　おほかたは　こひつつあらずは　しなむまされり

2914 愛等　念吾妹乎　夢見而　起而探尓　無之不怜

愛しと　思ふ吾妹を　夢に見て　起きて探るに　無きがさぶしさ

うつくしと　おもふわぎもを　いめにみて　おきてさぐるに　なきがさぶしさ

2915 妹登曰者　無礼恐　然為蟹　懸巻欲　言尓有鴨

妹⁴と言はば　無禮し恐し　しかすがに⁵　懸けまく欲しき⁶　言にあるかも

いもといはば　なめしかしこし　しかすがに　かけまくほしき　ことにあるかも

---

1 **生かむ命そ**: 그렇게 많이 오래도록 살 수 없다. 2905번가에도 같은 표현이 보인다.
2 **おほかたは**: 대개는.
3 **死なむ**: 'む'는 완곡을 나타낸다.
4 **妹**: 그 사람을.
5 **しかすがに**: 그렇지만 역시.
6 **懸けまく欲しき**: 입 밖에 내어서 말하고 싶다.

2913 언제까지요/ 살 것인 목숨인가/ 대충 그렇게/ 계속 사랑하지 말고/ 죽는 편이 낫겠네

해설

언제까지 살 수 있는 목숨이겠는가. 그렇게 계속 사랑하며 고통을 당하기보다는 차라리 죽는 편이 더 낫겠다는 내용이다.

2914 사랑스럽다/ 생각하는 아내를/ 꿈에서 보고/ 일어나 더듬는데/ 없는 것 쓸쓸하네

해설

내가 사랑스럽다고 생각하는 아내를 꿈에서 보았으므로 일어나서 실제로 있는가 하고 손으로 더듬어서 찾는데 아내가 없으므로 쓸쓸하다는 내용이다.

全集에서는 『遊仙窟』을 인용하고 나서 이것에 의한 것이라고 하였다『萬葉集』 3, p.301]. 권제4의 741번가도 비슷한 내용이다.

2915 아내라 하면요/ 무례하고 두렵네/ 그러나 역시/ 입 밖에 내고 싶은/ 단어인 것이지요

해설

"아내"라고 말을 한다면 무례하고 과분하네. 그러나 역시 입 밖에 내어서 불러 보고 싶은 말이네라는 내용이다.

일본 고대에서 '妹'는, 남성이 아내나 사랑하는 연인을 부르는 말이다. 사랑하는 여인과 친밀해지고 싶은 마음을 노래한 것이다.

2916　玉勝間　相登云者　誰有香　相有時左倍　面隠為

　　　玉かつま¹　逢はむといふは　誰なるか²　逢へる時さへ³　面隠しする

　　　たまかつま　あはむといふは　たれなるか　あへるときさへ　おもかくしする

2917　寤香　妹之来座有　夢可毛　吾香惑流　戀之繁介

　　　現にか　妹が來ませる　夢にかも　われか惑へる　戀の繁きに⁴

　　　うつつにか　いもがきませる　いめにかも　われかまどへる　こひのしげきに

2918　大方者　何鴨将戀　言擧不為　妹介依宿牟　年者近綴

　　　大方は　何かも戀ひむ⁵　言擧せず⁶　妹に寄り寝む　年は近きを

　　　おほかたは　なにかもこひむ　ことあげせず　いもによりねむ　としはちかきを

1 玉かつま: 'かつま'는 광주리이고 '玉'은 美稱이다. 광주리의 몸체와 뚜껑이 합쳐진다(만난다)에서 '逢ふ'를
　상투적으로 수식하는 枕詞이다.
2 誰なるか: 그대였다.
3 逢へる時さへ: 헤어져서 얼굴을 보지 않는 때는 물론 지금도.
4 戀の繁きに: 다음에 '知らず'가 생략되었다.
5 何かも戀ひむ: 세상 사람들이 하는 것처럼 사랑에 고통 받을 필요는 없다.
6 言擧せず: 연인의 이름을 부르고 슬퍼하지 않아도 좋다.

2916 (타마카츠마)/ 만나자고 한 것은/ 누구였나요/ 만나는 때조차도/ 얼굴을 숨기네요

광주리의 몸체와 뚜껑이 만나듯이 그렇게 만나자고 한 것은 누구였나요. 그대였지요. 그런데 그대는 만나고 있는 때조차도 얼굴을 숨기네요라는 내용이다.

全集에서는, '만나고 싶다고 해서 찾아왔는데 정작 만났더니 소매로 얼굴을 가리는 여성을 사랑스럽게 생각하며 부른 남성의 노래'라고 하였다[『萬葉集』 3, p302].

2917 현실에서요/ 그녀가 온 것일까/ 꿈속에선가/ 내가 혼동한 걸까/ 사랑이 격렬해서

현실에서 실제로 그녀가 찾아온 것일까. 아니면 꿈속에서 내가 혼동한 것일까. 사랑이 격렬해서 너무 그리워하다 보니라는 내용이다.

사랑하는 연인을 만난 것이 꿈인지 생시인지 알 수 없다는 뜻인데 아마도 꿈속에서 만난 듯하다. '妹が來ませる'를 全集에서는, '경어 ます는, 남성이 여성에게는 거의 사용하지 않는다. 여기에서는 그 드문 예'라고 하였다[『萬葉集』 3, p302].

2918 세상 일반적/ 그런 사랑을 할까/ 우는 소리 말고/ 아내와 함께 잠 잘/ 해가 가까운 것을

무엇 때문에 세상 사람들과 같은 그런 사랑을 할 것인가. 만나지 못한다고 불평하며 징징대는 소리를 하지 않고, 아내와 함께 잠을 잘 해가 가까운데라는 내용이다.

곧 만나게 될 것이므로 지금 못 만난다고 해서 우는 소리를 할 필요가 없다는 뜻이다. 일반적인 사랑의 노래와는 다르다.

私注에서는, '민요이므로 이러한 것도 허용되었을 것이다. 개인의 작품이라고 한다면 이상한 논리로 마음에 들지 않는다'고 하였다[『萬葉集私注』 6, p.335].

2919　二為而　結之紐乎　一為而　吾者解不見　直相及者

　　　二人して　結びし紐を¹　一人して　われは解き見じ　直に逢ふまでは

　　　ふたりして　むすびしひもを　ひとりして　われはときみじ　ただにあふまでは

2920　終命　此者不念　唯毛　妹尒不相　言乎之曽念

　　　死なむ命　此は思はじ²　ただしくも³　妹に逢はざる　事をしそ思ふ

　　　しなむいのち　これはおもはじ　ただしくも　いもにあはざる　ことをしそおもふ

2921　幼婦者　同情　須臾　止時毛無久　将見等曽念

　　　手弱女⁴は　同じ情に　暫しくも　止む時も無く　見てむとそ思ふ

　　　たわやめは　おなじこころに　しましくも　やむときもなく　みてむとそおもふ

---

1 **結びし紐を**: 사랑의 맹서로 묶는 끈이다.
2 **此は思はじ**: 사랑의 고통 때문에 죽는 경우는 생각하지 않는다. 'これ'는 목숨을 가리키는 강조 표현이다.
　'事'를 가리킬 때는 'ここ'이다.
3 **ただしくも**: 'ただ·ただし·ただしく' 모두 같은 뜻이다.
4 **手弱女**: 연약한 여성이라는 뜻이다.

2919   둘이서 같이/ 묶었던 옷 끈을요/ 혼자서는요/ 나는 풀지 않겠네/ 직접 만날 때까지는

🌸 **해설**

그대와 둘이서 묶었던 옷 끈을, 혼자서 나는 풀어 보거나 하지 않을 것입니다. 그대를 다시 직접 만날 때까지는이라는 내용이다.
상대방에 대한 사랑을 지키겠다는 뜻이다.

2920   죽을 것인 목숨/ 이건 생각 않겠네/ 다만 그러나/ 아내를 못 만나는/ 일만을 생각하네요

🌸 **해설**

반드시 죽을 것인 목숨, 이것은 생각을 하지 않을 것이네. 그러나 다만 아내를 만날 수 없는 것만은 마음에 걸리네라는 내용이다.
죽는 것은 아무렇지도 않지만 그렇게 되면 아내를 만날 수 없게 되는 것이 마음에 걸린다는 뜻이다.

2921   연약한 여자/ 똑같은 마음으로/ 잠깐 동안도/ 끊어지는 때 없이/ 보고 싶다 생각해요

🌸 **해설**

연약한 여자인 나는 그대와 같은 마음으로, 잠깐 동안도 끊어지는 때도 없이 만나고 싶다고 생각하지요라는 내용이다.
'てむ'를 全集에서는 '~하려고 한다는 적극적인 의지를 나타내는 일이 많다'고 하였다[『萬葉集』 3, p.303].

2922 夕去者　於君将相跡　念許増　日之晩毛　惧有家礼

夕さらば　君に逢はむと　思へこそ[1]　日の暮るらく[2]も　嬉しかりけれ

ゆふさらば　きみにあはむと　おもへこそ　ひのくるらくも　うれしかりけれ

2923 直今日毛　君介波相目跡　人言乎　繁不相而　戀度鴨

直[3]今日も　君には逢はめど[4]　人言を　繁み逢はずて　戀ひ渡るかも

ただけふも　きみにはあはめど　ひとごとを　しげみあはずて　こひわたるかも

2924 世間介　戀将繁跡　不念者　君之手本乎　不枕夜毛有寸

世のなか[5]に　戀繁けむと　思はねば　君が手本[6]を　纏かぬ夜もありき

よのなかに　こひしげけむと　おもはねば　きみがたもとを　まかぬよもありき

---

1 **思へこそ**: 생각하므로 그야말로.
2 **暮るらく**: '暮るらく'는 '暮る'의 명사형이다.
3 **直**: 今日을 강조한 것이다.
4 **逢はめど**: 의지를 나타낸다.
5 **世のなか**: '世間'을 번역한 것이다. 현세라는 뜻이 강하다.
6 **君が手本**: 팔이다.

2922   저녁이 되면/ 그대 만날 수 있다/ 생각하므로/ 해가 저무는 것도/ 기쁜 일이랍니다

🌸 해설

저녁이 되면 그대를 만날 수가 있다고 생각하기 때문에 해가 저무는 것도 기쁜 일입니다라는 내용이다.

2923   오늘이라도/ 그대 만나고 싶지만/ 사람 소문이/ 무성해 만나잖고/ 계속 그리워하네

🌸 해설

지금 바로 오늘이라도 그대를 만나고 싶지만 사람들의 소문이 무성해서 만나지 못하고 계속 그리워하고 있네라는 내용이다.

'直'을 全集에서는, '부사로 용언을 수식하는 것이 보통. 그러나 수량이나 방향, 시간을 나타내는 명사를 수식하여 단지 그것만, 바로 그것이라는 뜻을 나타내는 일이 있다. 이것도 그 한 예'라고 하였다[『萬葉集』 3, p.304].

2924   이 세상에서/ 사랑이 극심한 것/ 생각 못해서/ 그대의 팔베개를/ 못한 밤도 있었네요

🌸 해설

이 세상에서 사랑이 이 정도로 극심하다는 것을 생각하지 않았으므로 그대의 팔을 베개로 베지 않고 잤던 밤도 있었네라는 내용이다.

함께 있을 때는 사랑의 고통을 몰라서 연인의 팔베개를 베지 않고 잤던 밤도 있었는데 이별 후에 그것을 후회한다는 노래이다.

中西 進은 부임 등으로 이별한 후의 노래로 보았다.

2925 緑兒之　爲社乳母者　求云　乳飮哉君之　於毛求覽

　　　緑兒の¹　爲こそ乳母は　求むと言へ　乳飮めや²君³が　乳母求むらむ

　　　みどりごの　ためこそおもは　もとむといへ　ちのめやきみが　おももとむらむ

2926 悔毛　老尒来鴨　我背子之　求流乳母尒　行益物乎

　　　悔しくも　老いにけるかも⁴　わが背子が　求むる乳母に　行かまし⁵ものを

　　　くやしくも　おいにけるかも　わがせこが　もとむるおもに　ゆかましものを

2927 浦觸而　可例西袖叩　又巻者　過西戀以　乱今可聞

　　　うらぶれて⁶　離れにし袖を　また纏かば　過ぎにし戀い⁷　亂れ來むかも

　　　うらぶれて　かれにしそでを　またまかば　すぎにしこひい　みだれこむかも

---

1 緑兒の: 1~3세의 영아를 말한다.
2 乳飮めや: 젖을 먹지 않는데도 유모와 같은 나를 구한다는 뜻이다.
3 君: 젊은 남자일 것이다.
4 老いにけるかも: 그대의 유모는 불가능하다. 남자에 대한 비아냥이다.
5 行かまし: 현실에 반대되는 가상이다.
6 うらぶれて: 옛날, 사랑 때문에 마음이 힘들었던 일. '離れる'에 이어진다.
7 戀い: 'い'는 조사. 강조를 나타낸다.

2925 젖 먹는 아이/ 위해서만 유모는/ 구한다고 하죠/ 젖먹는가 당신이/ 유모를 구하다니

🌸 해설

젖 먹는 아이를 위해서만 유모는 구한다고 하지요. 그대는 젖을 먹으려고 나와 같은 유모를 구하는 것입니까라는 내용이다.

全集에서는, '훨씬 나이가 어린 젊은 남자에게 구혼을 받은 여자의 노래'라고 하였다『萬葉集』 3, p.304].

2926 유감스럽게/ 나이 들어 버렸네/ 나의 그대가/ 구하였던 유모로/ 갈 것을 그랬나봐

🌸 해설

유감스럽게도 나이가 들어 버렸네. 그대가 구하던 유모로 갈 것을 그랬나 봐요라는 내용이다.

앞의 노래에 이어 남성을 비아냥거리는 뜻이다.

1925번가와 같은 작자의 노래이다.

2927 낙심하여서/ 헤어졌던 소매를/ 다시 베면은/ 지나갔던 사랑이/ 어지럽게 올까요

🌸 해설

낙심하여서 한 번 헤어졌던 소매를 만약 다시 베개로 베고 잠을 잔다면 지나간 옛날과 같은 사랑이 다시 마음을 어지럽히며 올까요라는 내용이다.

2928 各寺師　人死為良思　妹尓戀　日異贏沼　人丹不所知

おのがじし[1]　人死す[2]らし　妹に戀ひ　日にけに[3]痩せぬ　人に知らえ[4]ず

おのがじし　ひとしにすらし　いもにこひ　ひにけにやせぬ　ひとにしらえず

2929 夕々　吾立待尓　若雲　君不来益者　應辛苦

夕夕に　わが立ち待つに[5]　けだしくも[6]　君來まさ[7]ずは　苦しかるべし

よひよひに　わがたちまつに　けだしくも　きみきまさずは　くるしかるべし

2930 生代尓　戀云物乎　相不見者　戀中尓毛　吾曽苦寸

生ける代に　戀といふもの[8]を　相見ねば　戀の中にも[9]　われそ苦しき

いけるよに　こひといふものを　あひみねば　こひのうちにも　われそくるしき

---

1 **おのがじし**: 각자.
2 **人死す**: '死ぬ'의 명사형에 동사 'す'가 붙은 것.
3 **日にけに**: 다르게.
4 **知らえ**: 'え'는 수동이다.
5 **わが立ち待つに**: 자지 않고, 앉아 있지도 않고.
6 **けだしくも**: 혹은.
7 **來まさ**: 'さ'는 경어이다.
8 **戀といふもの**: 'といふもの'의 표현은 사랑이 서먹서먹한 것을 가리킨다.
9 **戀の中にも**: 세상 속의 사랑 중에서도 특히 내 사랑에.

2928 각자 제각각/ 사람 죽는 것 같네/ 아내 그리워/ 날로 수척해졌네/ 남이 알지 못하게

해설

사람은 각각 죽는 것 같네. 아내를 그리워해서 하루하루 더한층 나는 야위어 버렸네. 남이 모르게라는 내용이다.

사랑의 고통으로 수척해져서 죽을 것 같은 심정을 노래한 것이다.

2929 저녁마다요/ 내가 서 기다려도/ 만약 행여나/ 그대 오시잖으면/ 당연히 괴롭겠죠

해설

저녁마다 내가 자지도 않고 문에 서서 기다리는데, 행여나 그대가 오시지 않는다면 당연히 괴롭겠지요 라는 내용이다.

2930 지금까지는/ 사랑이라 하는 것을/ 몰랐으므로/ 사랑 가운데서도/ 나는 고통스럽네

해설

지금까지는 사랑이라고 하는 것을 만난 적이 없었으므로, 세상의 많은 사랑 중에서도 특히 나는 사랑에 이렇게 고통당하는 것이네라는 내용이다.

태어나서 처음으로 하는 사랑에 고통스러워하는 사람의 노래이다.

2931　念管　座者苦毛　夜干玉之　夜介至者　吾社湯龜

思ひつつ　をれば苦しも　ぬばたまの¹　夜にならば　われ²こそ行かめ

おもひつつ　をればくるしも　ぬばたまの　ゆふへにならば　われこそゆかめ

2932　情庭　燎而念杼　虚蟬之　人目乎繁　妹介不相鴨

心には　燃えて思へど　うつせみの³　人目を繁み　妹に逢はぬかも

こころには　もえておもへど　うつせみの　ひとめをしげみ　いもにあはぬかも

2933　不相念　公者雖座　肩戀丹　吾者衣戀　君之光儀

相思はず⁴　君はいませど　片戀に　われはそ戀ふる　君が姿に

あひおもはず　きみはいませど　かたこひに　われはそこふる　きみがすがたに

---

1 **ぬばたまの**: 범부채의 열매가 검으므로 '夜'를 상투적으로 수식하는 枕詞이다.
2 **われ**: 작자를 기다리는 여성이다.
3 **うつせみの**: 현실 경험의 뜻으로 현세를 말한다.
4 **相思はず**: '相思ふ'는 서로 생각하는 것이다. '相思はず'는 상대방은 사랑하지 않고 있는 것이다.

2931 그리워하며/ 있으면 괴롭네요/ (누바타마노)/ 밤이 찾아오면요/ 나야말로 가야지

🌸 해설

그리워하면서 있는 것은 괴롭네요. 칠흑 같은 밤이 되면 나야말로 가 보아야지라는 내용이다.
남성을 기다리다가 오지 않으면 직접 가보겠다는 여성의 노래이다.

2932 마음속에는/ 타면서 생각해도/ 현실 세계는/ 사람 눈 많으므로/ 아내 만날 수가 없네

🌸 해설

마음속에는 아내에 대한 타는 것 같은 그리움이 있지만, 현실 세계는 보는 사람들의 눈이 많으므로
아내를 만날 수가 없네라는 내용이다.

2933 생각해 주잖는/ 그대이긴 하지만/ 짝사랑으로/ 나는 사랑을 해요/ 그대의 모습을요

🌸 해설

내가 그대를 사랑하는 것처럼 그대는 나를 사랑하지 않고 있지만, 나는 혼자서만 짝사랑을 하고 있네
요. 그대의 모습을이라는 내용이다.
짝사랑의 괴로움을 노래한 것이다.

2934　味澤相　目者非不飽　携　不問事毛　苦勞有来

　　　味さはふ¹　目は飽かざらね²　携り　言問はなくも³　苦しかりけり

　　　あぢさはふ　めはあかざらね　たづさはり　ことどはなくも　くるしかりけり

2935　璞之　年緒永　何時左右鹿　我戀将居　壽不知而

　　　あらたまの⁴　年の緒長く　何時までか　わが戀ひ居らむ　命知らずて⁵

　　　あらたまの　としのをながく　いつまでか　わがこひをらむ　いのちしらずて

2936　今者吾者　指南与我兄　戀為者　一夜一日毛　安毛無

　　　今は吾は　死なむ⁶よわが背　戀すれば　一夜一日も　安けくも無し

　　　いまはあは　しなむよわがせ　こひすれば　ひとよひとひも　やすけくもなし

---

1 **味さはふ**: '目'을 상투적으로 수식하는 枕詞이다.
2 **飽かざらね**: 이중 부정이다. 보통은 'なく'나 'めやも'에 이어진다.
3 **言問はなくも**: '言問ふ'는 사랑의 말을 거는 것이다.
4 **あらたまの**: '새로운 영혼'이라는 뜻으로 '年'을 상투적으로 수식하는 枕詞이다.
5 **命知らずて**: '知る'는 내가 관리하는 것이다. 사랑에 죽는가 그렇지 않는가는 내 손 안에 없고.
6 **死なむ**: 'む'는 추량을 나타낸다.

2934 　(아지사하후)/ 눈은 충분하지만/ 손을 잡고서/ 말을 걸지 않음은/ 고통스런 것이네

🌸 **해설**

그물망의 촘촘하게 많은 눈처럼, 눈으로 충분히 보지 못하는 것은 아니지만, 역시 손을 잡고 사랑의 말을 속삭여 주지 않는 것은 고통스러운 일이네라는 내용이다.

눈으로는 자주 보지만 직접 손을 잡고 다정스럽게 말을 걸어 주지 않는 것이 고통스럽다는 뜻이다.

2935 　(아라타마노)/ 세월 오랫동안을/ 언제까지고/ 나는 그려야하나/ 목숨도 알 수 없이

🌸 **해설**

새로운 영혼을 가지는 해를 얼마나 오랫동안 언제까지, 나는 계속 그리워하며 있어야 하는 것일까. 생사도 예측할 수 없이라는 내용이다.

기약도 없이 그리워하며 기다리는 괴로움을 노래한 것이다.

2936 　이제는 나는/ 죽겠지요 그대여/ 사랑을 하면/ 하룻밤도 하루도/ 편하지가 않네요

🌸 **해설**

이제 나는 죽겠지요. 그대여. 사랑을 하고 있으면 하룻밤도 하루도 편하지가 않네요라는 내용이다.

연인에 대한 그리움으로 매일 고통스럽다는 뜻이다.

大系에서는 '背'를, 'se는 조선어 su(牡)와 같은 어원인가'라고 하였다[『萬葉集』 3, p.275].

2937　白細布之　袖折反　戀者香　妹之容儀乃　夢二四三湯流

　　　　白栲の[1]　袖折り反し　戀ふれば[2]か　妹が姿の　夢にし見ゆる[3]

　　　　しろたへの　そでをりかへし　こふればか　いもがすがたの　いめにしみゆる

2938　人言乎　繁三毛人髪三　我兄子乎　目者雖見　相因毛無

　　　　人言を　繁みこちたみ[4]　わが背子を　目には見れども　逢ふよしも無し

　　　　ひとごとを　しげみこちたみ　わがせこを　めにはみれども　あふよしもなし

2939　戀云者　薄事有　雖然　我者不忘　戀者死十方

　　　　戀ふといへば　薄きこと[5]なり　然れども　われは忘れじ　戀ひは死ぬとも[6]

　　　　こふといへば　うすきことなり　しかれども　われはわすれじ　こひはしぬとも

　　1　白栲の: 흰 천이라는 뜻으로 '袖'를 상투적으로 수식하는 枕詞이다.
　　2　戀ふれば: 이상의 주어는 妹이다.
　　3　夢にし見ゆる: 상대방의 생각에 의해 이쪽 꿈에 보인다고 하는 것이 일반적이다. 그러나 이쪽의 초혼에
　　　　의해 상대방이 보인다고 하는 경우도 있다. 2812·2813번가 참조.
　　4　繁みこちたみ: 'こちたみ'는 'こちたし'가 'み'를 취한 형태이다. 'こちたし'는 불쾌할 정도로 많은 것이다.
　　　　원문의 '毛人'은 머리카락이 많은 것에 의한 표기이다.
　　5　薄きこと: 얕은 것이다.
　　6　戀ひは死ぬとも: 죽을 정도로 사랑하고 있다.

2937 (시로타헤노)/ 소매를 뒤집어서/ 사랑해선가/ 아내의 모습이요/ 꿈에 보인 것이네

🌸 해설

　아내가 흰 옷소매를 뒤집어서 자며 사랑하기 때문이었나. 아내의 모습이 내 꿈에 보인 것이네라는
내용이다.
　고대 일본인들은 소매 끝부분을 뒤집어서 자면 꿈속에서 사랑하는 사람을 만날 수 있다고 믿었다.

2938 사람들 소문/ 시끄럽고 많아서/ 나의 님을요/ 눈으로는 보아도/ 만날 방법도 없네

🌸 해설

　사람들의 소문이 시끄럽고 많아서 내가 사랑하는 사람을 눈으로 보는 일은 있지만, 만날 방법도 없네
라는 내용이다.

2939 사랑한다 하면/ 얕은 것이 되겠지/ 그렇지만은/ 나는 잊지 않겠죠/ 사랑에 죽더라도

🌸 해설

　'사랑한다'고 말하면 보통 대수롭지 않은 것처럼 되어 버리지만, 나는 그 사람을 잊을 수가 없겠지.
비록 사랑 때문에 죽는다고 해도라는 내용이다.
　절실한 사랑도 말로 표현해 버리면 깊이가 없는 것처럼 생각되겠지만 그래도 어쩔 수 없네. 그러나
나는 죽는다고 해도 그 사람을 잊을 수 없네라는 뜻이다.

2940　中々二　死者安六　出日之　入別不知　吾四九流四毛

　　　　なかなかに　死なば安けむ　出づる日の　入る別知らに¹　われし苦しも

　　　　なかなかに　しなばやすけむ　いづるひの　いるわきしらに　われしくるしも

2941　念八流　跡状毛我者　今者無　妹二不相而　年之経行者

　　　　思ひ遣る²　たどき³もわれは　今は無し　妹に逢はずて　年の經ぬれば

　　　　おもひやる　たどきもわれは　いまはなし　いもにあはずて　としのへぬれば

2942　吾兄子介　戀跡二四有四　小兒之　夜哭乎為乍　宿不勝苦者

　　　　わが背子に　戀ふとにしあらし⁴　緑兒⁵の　夜泣きをしつつ　寝ねかてなくは

　　　　わがせこに　こふとにしあらし　みどりこの　よなきをしつつ　いねかてなくは

---

1 **別知らに**: 아침인지 저녁인지 하는 구별도 하지 못하고.
2 **思ひ遣る**: 생각을 떨쳐 버리는 것이다.
3 **たどき**: 방법, 수단이다.
4 **戀ふとにしあらし**: 다음 내용에 의한 상상이다.
5 **緑兒**: 아기가 밤에 우는 것으로 靈性을 본다. 연출은 아니다. 아기를 작자의 비유로 보고, 제1, 2구를 일부러 모르는 척 말했다고 하는 설도 있다.

2940   그럼 오히려/ 죽으면 편하겠지/ 나오는 해가/ 지는 것도 모르고/ 나는 고통스럽네

🌸 해설

   그럼 오히려 죽어 버리면 마음이 편하겠지요. 사랑 때문에 마음이 온통 혼란스러워서 언제 날이 밝아
서 해가 뜨는지 해가 지는 것인지도 모르고 나는 고통스럽네라는 내용이다.
   사랑의 고통으로 인해 해가 뜨는 것인지 지는 것인지 분간도 하지 못할 정도이므로 차라리 죽으면
마음이 편하겠다는 뜻이다.

2941   기분 전환할/ 방법도요 나는요/ 지금은 없네/ 아내를 만나잖고/ 해가 지났으므로

🌸 해설

   생각을 떨쳐 버리고 기분을 전환할 방법도 나에게는 지금 없네. 아내를 만나지 않고 해가 지나 버렸으
므로라는 내용이다.
   아내를 만나지 못하고 있으므로 아무런 의욕도 없는 상태를 노래한 것이다.

2942   나의 님을요/ 사랑하는 것 같으네/ 어린 아기가/ 밤에 계속 울면서/ 잠 들 수 없는 것은

🌸 해설

   내 님을 사랑하고 있는 것 같네. 마치 어린 아기처럼 밤에 계속 울면서 잠을 잘 수 없는 것을 보면이라
는 내용이다.
   '綠兒の 夜泣きをしつつ 寢ねかてなくば'를 大系・私注・注釋에서는 中西 進과 마찬가지로 작자가 아
기처럼 운다고 해석하였다. 그러나 全集에서는, '아기가 울고 있다고 전하여 남자가 찾아오기를 재촉하는
노래'라고 하였다[『萬葉集』 3, p.307]. 『萬葉集』 작품에는 아기를 노래한 내용이 거의 보이지 않는다.
제1, 2구를 보면 우는 사람은 작자로 보아야 할 것이다.

2943　我命之　長欲家口　偽乎　好為人乎　執許乎

わが命の　長く欲しけく¹　偽りを　好くする人²を　執ふばかりを³

わがいのちの　ながくほしけく　いつはりを　よくするひとを　とらふばかりを

2944　人言　繁跡妹　不相　情裏　戀比日

人言を　繁みと妹に　逢はずして　心のうちに　戀ふるこのころ

ひとごとを　しげみといもに　あはずして　こころのうちに　こふるこのころ

2945　玉梓之　君之使乎　待之夜乃　名凝其今毛　不宿夜乃大寸

玉梓の⁴　君が使を　待ちし⁵夜の　名殘そ今も　寝ねぬ夜の多き

たまづさの　きみがつかひを　まちしよの　なごりそいまも　いねぬよのおほき

---

1 **欲しけく**: 원하는 것이다. 주격은 아니다.
2 **好くする 人**: 남자이다.
3 **執ふばかりを**: 'ばかり'는 추량한 한도이다. 종지형에 붙는 것은 추량의 원래 뜻이 강하다. 'を'는 역접의
　영탄이다. 단순한 강조의 뜻은 아니다.
4 **玉梓の**: '使'를 상투적으로 수식하는 枕詞이다. '玉'은 美稱이다.
5 **待ちし**: 지금도 오지 않는다.

2943   나의 목숨이요/ 길기를 바란다네/ 거짓말을요/ 잘도 하는 사람을/ 움쭉 못하게 하려

해설

　나의 목숨이 오래도록 지속되기를 바라는 것이네. 시종일관 교묘하게 거짓말을 하고 있는 사람을 움쭉 못하게 하기 위해서라는 내용이다.

2944   사람들 소문/ 시끄러워 아내를/ 만나지 않고/ 마음속으로만요/ 생각하는 요즈음

해설

　사람들의 소문이 시끄러워서 아내를 직접 만나지는 못하고 마음속으로만 생각하며 그리워하는 요즈음이네라는 내용이다.

2945   (타마즈사노)/ 그대의 심부름꾼/ 기다리는 밤/ 습관 되어 지금도/ 잠 못 자는 밤이 많네

해설

　가래나무로 만든 아름다운 지팡이를 가진, 그대가 보낸 심부름꾼을 기다리는 밤의 여파로, 그것이 습관이 되어서 지금도 잠을 자지 못하는 밤이 많네라는 내용이다.
　사랑하는 사람의 소식을 기다리느라 잠을 제대로 자지 못한 것이 습관이 되어서 지금도 잠을 제대로 이루지 못하는 밤이 많다는 뜻이다. 오래도록 연인을 만나지 못하고 있는 여인의 안타까운 심정을 노래한 것이다.

2946 玉桙之　道介行相而　外目耳毛　見者吉子乎　何時鹿将待

玉桙の　道[1]に行き逢ひて　外目にも　見ればよき子を　何時[2]とか待たむ

たまほこの　みちにゆきあひて　よそめにも　みればよきこを　いつとかまたむ

2947 念西　餘西鹿齒　為便乎無美　吾者五十日手寸　應忌鬼尾

思ふにし　余りにしかば　すべを無み[3]　われは言ひてき　忌むべきものを[4]

おもふにし　あまりにしかば　すべをなみ　われはいひてき　いむべきものを

或本歌曰, 門出而　吾反側乎　人見監可毛.[一云, 無乏　出行　家當見 柿本朝臣人麻呂歌集云,　介保鳥之　奈津柴比來乎　人見鴨]

或る本の歌に曰はく[5], 門に出でて　わがこい[6]伏すを　人見けむかも.[一は云はく[7], すべを無み　出でてそ行きし　家のあたり見に. 柿本朝臣人麻呂の歌集に云はく[8], 鳰鳥の[9]　なづさひ來しを　人見けむかも]

　あるほんのうたにいはく, かどにいでて　わがこいふすを　ひとみけむかも[あるはにく, すべをなみ　いでてそゆきし　いへのあたりみに. かきのもとのあそみひとまろのかしゅうにいはく, にほどりの　なづさひこしを　ひとみけむかも]

---

1 **玉桙の 道**: 아름답게 장식한 칼이나 창 등의 무기를 세운 길이다.
2 **何時**: 아내가 될 수 있는 날을.
3 **すべを無み**: 견딜 방법이 없어.
4 **忌むべきものを**: 당시에는 이름을 입에 올리는 것을 불길하다고 해서 피하였다. 원문의 'もの'는 영적인 존재를 말하며, '鬼(魂)'자를 사용하였다.
5 **或る本の歌に曰はく**: 제3구 이하가 차이 나는, 다른 노래이다.
6 **こい**: 'こゆ'는 몸을 옆으로 눕는 것이다. 사랑의 고통이 너무 심해서.
7 **一は云はく**: 앞과 같다.
8 **柿本朝臣人麻呂の歌集に云はく**: 앞과 같다.
9 **鳰鳥の**: 논병아리. 물에 들어갔다 나왔다 하는 모양에서 'なづさふ(물에 잠겨 고생한다)'를 상투적으로 수식하는 枕詞이다.

2946 (타마호코노)/ 길을 가다가 만나서/ 곁눈으로만/ 보아도 좋은 소녀/ 언제라 기다리나

✿ 해설

　　창이나 칼 등을 세운 곧은 길을 가다가 만나서 스쳐 지나가면서 곁눈으로만 보아도 사랑스러운 소녀를, 자신의 사람으로 할 수 있는 날을 언제라고 기다리는 것일까라는 내용이다.
　　사랑스러운 소녀를 빨리 아내로 맞이하고 싶은 심정을 노래한 것이다.

2947 그리워하고/ 너무 그리워해서/ 방법이 없어/ 나는 말해 버렸네/ 삼가야 하는 것을
　　　　어떤 책의 노래에는 말하기를, 문밖을 나와서/ 내가 넘어지는 것/ 남이 보았을까요[혹은
　　　　말하기를, 방법이 없어/ 밖에 나와서 갔네/ 집 주변을 보기 위해. 카키노모토노 아소미
　　　　히토마로(柿本朝臣人麻呂)의 가집에 말하기를, 논병아린양/ 힘을 들여 온 것을/ 남이 보았
　　　　을까요]

✿ 해설

　　그리워서 너무 그리워서, 그런데 어떻게 할 방법이 없었으므로 나는 그대의 이름을 말해 버렸네. 말하지 말아야 했던 것을.
　　어떤 책의 노래에는 말하기를, 문밖을 나와서 사랑의 고통이 너무 심해서 내가 넘어지는 것을 다른 사람이 보았을까요[혹은 말하기를, 어떻게 할 방법이 없었으므로 나는 집을 나와서 갔네. 사랑하는 사람의 집 주변을 보기 위해서. 카키노모토노 아소미 히토마로(柿本朝臣人麻呂)의 가집에 말하기를, 논병아리가 물에 자맥질을 하는 것이 힘든 것처럼, 그렇게 물을 힘들게 건너서 온 것을 다른 사람이 보았을까요]라는 내용이다.
　　'思ふにし'를 全集에서는, '思ひにし'로 읽고 '思ひ'는 '思ふ'의 명사형, 'し'는 강조라고 하였다[『萬葉集』 3, p.308]. '忌むべきものを'를 大系에서는, '사랑하는 연인의 이름을 입밖에 내면 사람들에게 알려질 위험이 있고, 사람들에게 이름이 알려지면 그 이름에 대해서 저주된 경우에는 직접 그 이름의 당사자 자신이 해를 받게 된다고 믿어지고 있었다. 따라서 사랑하는 사람의 이름을 함부로 말해서는 안 되는 것이다'고 하였다[『萬葉集』 3, p.277].

2948　明日者　其門将去　出而見与　戀有容儀　数知兼

　　　　明日の日は　そが¹門行かむ　出でて見よ　戀ひたる姿²　あまた著けむ

　　　　あすのひは　そがかどゆかむ　いでてみよ　こひたるすがた　あまたしるけむ

2949　得田價異　心欝悒　事計　吉為吾兄子　相有時谷

　　　　うたて³異に　心いぶせし　事計⁴　よくせわが背子　逢へる時だに

　　　　うたてけに　こころいぶせし　ことはかり　よくせわがせこ　あへるときだに

2950　吾妹子之　夜戸出乃光儀　見而之従　情空有　地者雖践

　　　　吾妹子が　夜戸出⁵の姿　見てしより　心空なり　地は踏めども

　　　　わぎもこが　よとでのすがた　みてしより　こころそらなり　つちはふめども

---

1 そが: 아내를 가리킨다. '그'는 한정의 기능이 있다.
2 戀ひたる姿: 내 모습이다.
3 うたて: 'うたてし'의 어간이다. 'うたた'와 같다.
4 事計: 남자에 대한 답답한 마음을 시원하게 해줄 계획이다.
5 夜戸出: 남자가 아침에 문을 나서는 것의 반대이다. 남자가 찾아올 것을 기다려서 여자가 문을 나서는 것이다.

2948   내일에는요/ 그대 집 문 가지요/ 나와서 봐요/ 사랑하는 모습이/ 너무 확실하겠죠

🌸 해설

   내일은 그대의 집 문 근처로 가지요. 그러니까 나와서 봐 주세요. 내가 그대를 얼마나 사랑하고 있는지를, 그 야윈 모습을 한눈으로 보아도 너무나도 확실하게 알 수 있겠지요라는 내용이다.
   사랑하는 여인의 집 근처에 갈 것이니 나와서 작자의 야윈 모습을 보고 자신의 사랑을 알아 달라고 하는 뜻이다.

2949   뭔가 다르게/ 마음이 답답하네/ 좋은 방법을/ 생각하세요 그대/ 만날 때만이라도

🌸 해설

   무엇인가 보통 때와는 다르게 마음이 답답하고 편하지가 않네요. 적어도 만나고 있는 때만이라도 마음이 시원해질 좋은 방법을 생각해 보세요 그대여라는 내용이다.
   全集에서는, '겁이 많은 남성이 초조해 하는 태도에 화가 난 여성의 노래인가'라고 하였다『萬葉集』 3, p.309].

2950   나의 아내가/ 밤에 문 나선 모습/ 보고 나서는/ 마음은 하늘이네/ 땅은 밟고 있지만

🌸 해설

   나의 아내가 나를 기다리느라고, 밤에 그녀의 집 문 밖에 나와서 기다리는 모습을 보니 마음은 마치 하늘에 떠 있는 것 같이 안정이 되지를 않네. 비록 발로 땅은 밟고 있지만이라는 내용이다.
   私注에서는, '보려고 해도 볼 기회가 없었는데, 문득 보니 여성이 집 문 밖에 있는 것을 본 이후로 그 모습에 마음이 심란하여 땅에 있어도 마음은 공중에 있는 것'이라고 하였다『萬葉集私注』 6, p.351]. 이 경우에 두 사람은 그날 밤 만난 것이 아닌 것이 된다. '夜戶出の姿'를 全集에서는, '밤중에 문을 열고 돌아가는 것. 여성이 남성을 찾아온 예. 혹은 남자가 오는 것을 기다리며 문 밖에 나와 있는 것을 가리키는 것인가'라고 하였다『萬葉集』 3, p.309]. 제4, 5구로 미루어 생각하면 '남자가 오는 것을 기다리며 문 밖에 나와 있는 것'으로 보아야 할 것이다.

2951 　海石榴市之　八十衢尒　立平之　結紐乎　解巻惜毛

　　　　海石榴市の　八十の衢に[1]　立ち平し　結びし紐を　解かまく惜しも

　　　　つばいちの　やそのちまたに　たちならし　むすびしひもを　とかまくをしも

2952 　吾齡之　衰去者　白細布之　袖乃狎尒思　君乎母准其念

　　　　おのが齡[2]の　衰へぬれば　白栲の[3]　袖のなれにし　君[4]をしそ思ふ[5]

　　　　おのがよの　おとろへぬれば　しろたへの　そでのなれにし　きみをしそおもふ

2953 　戀君　吾哭涕　白妙　袖兼所漬　為便母奈之

　　　　君に戀ひ　わが泣く涙　白栲の　袖さへひち[6]て　爲むすべもなし

　　　　きみにこひ　わがなくなみだ　しろたへの　そでさへひちて　せむすべもなし

---

1 **八十の衢に**: 많은 길이 만나는 곳이다.
2 **おのが齡**: 연령.
3 **白栲の**: 흰 천이라는 뜻으로 '袖'를 상투적으로 수식하는 枕詞이다.
4 **君**: 소매를 서로 교차하였던 친근한 사람이다.
5 **思ふ**: 나이가 들어감에 따라 옛날에 친숙했던 사람에게 마음이 끌리는 것이다.
6 **ひち**: 젖다. '물속에 기다'는 뜻이다.

2951　츠바이치(海石榴市)의/ 많은 갈림길에요/ 항상 나가서/ 묶었는 옷 끈을요/ 푸는 것은
　　　 아쉽네

　　츠바이치(海石榴市)의 여러 길이 만나는 갈림길에 늘 나가서. 그 사람과 묶었던 옷 끈을 풀지 않을
것이네. 아쉬우니까라는 내용이다.
　　일종의 성적제의인 歌垣에서 상대방과 함께 묶었던 옷 끈을 풀지 않겠다는 뜻이다.
　　'海石榴市'를 大系에서는, '奈良縣 磯城郡 大三輪町 大字金屋. (중략)『일본서기』武烈천황조에, 武烈
천황과 平群臣鮪(시비)가 影媛를 두고 싸운 歌垣의 장소가 이 海石榴市이며 장이 선 장소임과 동시에
歌垣의 장소이기도 하였다'고 하였다『萬葉集』 3, p.278]. 全集에서는, '많은 남녀가 땅을 밟는 것을 말하
는데, 그 동작에는 주술적인 의미가 있었다고 한다. 후에 歌垣이 궁중에 들어가 의식화 된 것이『속일본
기』寶龜 원년 3월조에 그 모습이 기록되어 있다. (중략) 歌垣이라는 것은 많은 남녀가 특정한 장소에
모여 먹고 마시고 춤추며 문란하게 교제하는 것을 말한다. 이 '結びし紐'는 그 때 접한 상대방과 서로
묶은 띠. 歌垣 때의 추억을 노래한 것'이라고 하였다『萬葉集』 3, p.309].

2952　나는 나이가/ 들어 버렸으므로/ (시로타헤노)/ 소매처럼 친숙한/ 그대를 생각하네요

　　나는 나이가 많이 들어 버렸으므로 흰 옷소매가 낡아서 닳듯이, 그렇게 친숙했던 그대를 생각하네요라
는 내용이다.

2953　그대 그리워/ 내가 흘리는 눈물/ (시로타헤노)/ 소매까지 젖어서/ 해볼 방법도 없네

　　그대를 그리워해서 내가 흘리는 눈물에, 나의 흰 옷소매까지 젖어서 어떻게 할 방법도 없네라는 내용
이다.
　　大系에서는, 'namida는 조선어 nummïl과 같은 어원'이라고 하였다『萬葉集』 3, p.279].

2954　従今者　不相跡為也　白妙之　我衣袖之　干時毛奈吉

今よりは　逢はじとすれや¹　白栲の²　わが衣手の³　乾る時もなき

いまよりは　あはじとすれや　しろたへの　わがころもでの　ふるときもなき

2955　夢可登　情班　月數多　干西君之　事之通者

夢かとも　心はまとふ⁴　月數多　離れにし君が　言の通へば

いめかとも　こころはまとふ　つきまねく　かれにしきみが　ことのかよへば

2956　未玉之　年月兼而　烏玉乃　夢尓所見　君之容儀者

あらたまの⁵　年月かねて⁶　ぬばたまの⁷　夢にそ見ゆる　君が姿は

あらたまの　としつきかねて　ぬばたまの　いめにそみゆる　きみがすがたは

---

1 **すれや**: 'すれや'는 'すればや'. 제5구와 호응한다.
2 **白栲の**: 흰 천이라는 뜻으로 '袖'를 상투적으로 수식하는 枕詞이다.
3 **衣手の**: '衣(そ)手'라고도 한다.
4 **心はまとふ**: 원문의 '班'은 꿈처럼 마음이 혼란한 뜻을 표기한 것이다.
5 **あらたまの**: '아라타마'를 갈지 않은 구슬로 보고 '未玉'이라고 표기한 것이다. '年'을 상투적으로 수식하는 枕詞이다.
6 **年月かねて**: 겹쳐서.
7 **ぬばたまの**: 매우 검은 것을 형용한 것이다.

2954   이제부터는/ 만나지 않으려나/ (시로타헤노)/ 나의 옷소매는요/ 마를 날도 없네요

이제부터는 만나지 않으려고 그대가 생각하고 있기 때문인가. 그럴 리가 없을 텐데도
내가 입은 흰 옷소매는 눈물에 젖어서 마를 날도 없네요라는 내용이다.

2955   꿈인가 하고/ 마음 혼란했지요/ 여러 달이나/ 헤어졌던 그대의/ 소식이 왔으므로

이것이 도대체 꿈인가 하고 마음이 혼란했었지요. 여러 달이나 헤어져 있던 그대의 소식이 왔으므로라
는 내용이다.
몇 달이나 기다리던 연인으로부터 소식이 왔으므로 반가워서 꿈인가 하고 마음이 혼란했다는 뜻이다.

2956   (아라타마노)/ 세월 오래도록요/ (누바타마노)/ 꿈에 보이는군요/ 그대의 모습이요

오랜 기간 동안 캄캄한 밤의 내 꿈에 보이는군요. 그대의 모습이요라는 내용이다.
全集에서는, '꿈에 상대방이 보이는 것은 만날 수 있는 징조라고 하는 속신을 믿고, 오랫동안 계속
기다린 것을 말하는 것이겠다'고 하였다[『萬葉集』 3, p.310].

2957　従今者　雖戀妹介　将相哉母　床邊不離　夢介所見乞

今¹よりは　戀ふとも妹に　逢はめや²も　床の邊さらず　夢に見えこそ³

いまよりは　こふともいもに　あはめやも　とこのへさらず　いめにみえこそ

2958　人見而　言害目不為　夢谷　不止見与　我戀将息[或本歌頭云, 人目多　直者不相]

人の見て　言とがめせぬ　夢にだに　止まず見えこそ　わが戀止まむ[或る本の歌の頭に云
はく, 人目多み　直には逢はね]

ひとのみて　こととがめせぬ　いめにだに　やまずみえこそ　わがこひやまむ[あるほんの
うたのかしらにいはく, ひとめおほみ　ただにはあはね]

2959　現者　言絶有　夢谷　嗣而所見与　直相左右二

現には　言も⁴絶えたり　夢にだに　續ぎて見えこそ　直に逢ふまでに

うつつには　こともたえたり　いめにだに　つぎてみえこそ　ただにあふまでに

---

1 **今**: 만나기 힘든 사정이 생긴 지금.
2 **逢はめや**: 'や'는 강한 부정을 동반한 의문을 나타낸다.
3 **夢に見えこそ**: 'こそ'는 希求를 나타내는 보조동사이다.
4 **言も**: 만날 수 없을 뿐만 아니라.

2957 지금부터는/ 그리워도 아내를/ 만날 수 있나/ 침상 떠나지 말고/ 꿈에 나타나 줘요

❀ 해설

   지금부터는 아무리 그립더라도 아내를 어찌 만날 수가 있겠는가. 그러니 적어도 그대는 내 침상 곁을 떠나지 말고 항상 꿈에 나타나 주세요라는 내용이다.
   大系에서는, '여행을 떠날 때의 작품인가'라고 하였다[『萬葉集』 3, p.279].

2958 남들이 보고/ 문책을 하지 않는/ 꿈에서나마/ 계속 나타나세요/ 내 고통 그치겠죄[어떤
      책의 노래의 앞부분에 말하기를, 사람들 눈 많아/ 직접 못 만나지만]

❀ 해설

   다른 사람들이 보고 캐묻지 않는 꿈속에서나마 그대는 계속 나타나 주세요. 그러면 내 사랑의 고통은 위로를 받아서 그치겠지요[어떤 책의 노래의 앞부분에 말하기를, 사람들의 눈이 많아서 직접 만나지는 못하지만]라는 내용이다.
   현실에서는 두 사람이 만나면 사람들이 누군지 묻고 하여 괴롭겠지만 꿈에서 만나면 그런 일은 없을 것이므로 꿈속에서라도 계속 나타나서 만나 주면 사랑의 고통이 덜할 것이라는 뜻이다.
   2912번가와 유사한 내용이다.

2959 현실에서는/ 소식도 끊어졌네/ 꿈에서나마/ 계속 나타나세요/ 직접 만날 때까지요

❀ 해설

   현실에서는 그대로부터의 소식도 끊어져 버렸네요. 적어도 꿈에서나마 그대는 계속 나타나 주세요. 직접 만날 때까지요라는 내용이다.
   현실에서는 소식이 끊어진 상태이지만, 직접 만날 때까지 꿈에서나마 계속 나타나서 만나 달라는 뜻이다.

2960　虚蟬之　宇都思情毛　吾者無　妹乎不相見而　年之経去者

　　　　うつせみ[1]の　現し心[2]も　われは無し　妹を相見ずて　年の經ぬれば

　　　　うつせみの　うつしごころも　われはなし　いもをあひみずて　としのへぬれば

2961　虚蟬之　常辞登　雖念　継而之聞者　心遮焉

　　　　うつせみの　常の言葉[3]と　思へども　繼ぎてし聞けば　心はまとふ

　　　　うつせみの　つねのことばと　おもへども　つぎてしきけば　こころはまとふ

2962　白細之　袖不數而宿　烏玉之　今夜者早毛　明者将開

　　　　白栲の[4]　袖離れて寝る　ぬばたまの　今夜ははやも　明けば明けなむ

　　　　しろたへの　そでかれてぬる　ぬばたまの　こよひははやも　あけばあけなむ

---

1 **うつせみ**: 현실의 세상, 사람, 사물 등을 말한다.
2 **現し心**: 현실의 마음. 제정신.
3 **常の言葉**: 남자의 구애의 말. 'つね'는 변하지 않는다는 뜻이다.
4 **白栲の**: 흰 천이라는 뜻으로 '袖'를 상투적으로 수식하는 枕詞이다.

2960 현실 세상의/ 확실한 마음도요/ 나는 없네요/ 아내를 만나지 않고/ 해가 지났으므로

🌸 해설

　　현실 세상의 보통 사람들의 확실한 제정신도 지금 나에게는 없네요. 사랑하는 아내를 만나지 못하고
해가 지났으므로라는 내용이다.
　　사랑하는 아내를 만나지 못하고 한해가 지나가 버렸으므로 그 고통에 제정신이 아니라는 뜻이다.

2961 세상의 보통/ 정해진 말이라고/ 생각하지만/ 계속해서 들으면/ 마음은 흔들리네

🌸 해설

　　그대가 하는 말이, 세상 사람들이 일반적으로 하는 정해진 말이라고 생각을 하지만, 그것도 계속해서
들으면 사실인가 하고 마음은 역시 흔들리게 되네요라는 내용이다.
　　상대방이 하는 말이 흔히 사람들이 하는 입에 발린 말이지만 그것도 계속 들으니 진실한 말처럼 들려
서 마음이 움직인다는 뜻이다.

2962 (시로타헤노)/ 소매 헤어져 자는/ (누바타마노)/ 오늘밤은 일찍이/ 샌다면 그래 다오

🌸 해설

　　흰 옷소매를 사랑하는 사람과 함께 하여서 자지 않고, 헤어져서 혼자서 자는 어두운 오늘밤은 날이
빨리 밝는다면 그렇게 빨리 밝아 주었으면 좋겠네라는 내용이다.
　　혼자 자는 밤이 힘들기 때문에 날이 빨리 새면 좋겠다는 뜻이다.

2963　白細之　手本寛久　人之宿　味宿者不寐哉　戀将渡

　　　　白栲の[1]　手本寛けく[2]　人の寝る　味寝は寝ずや　戀ひわたりなむ

　　　　しろたへの　たもとゆたけく　ひとのぬる　うまいはねずや　こひわたりなむ

寄物陳思

2964　如是耳　在家流君乎　衣尓有者　下毛将着跡　吾念有家留

　　　　かくのみに　ありける[3]君を　衣にあらば　下にも着むと　わが思へりける[4]

　　　　かくのみに　ありけるきみを　きぬにあらば　したにもきむと　わがおもへりける

---

1 **白栲の**: 흰 천이라는 뜻으로 '袖·手本'을 상투적으로 수식하는 枕詞이다.
2 **手本寛けく**: 손목의 옷도 느슨하게 하고.
3 **かくのみに ありける**: 박정함을 말한다. 'のみ'는 강조를 나타낸다.
4 **思へりける**: 영탄 종지이다.

2963 (시로타헤노)/ 옷을 느슨히 하고/ 사람들 자는/ 편한 잠도 못 자고/ 계속 그리워하나

해설

　흰 옷을 느슨하게 하여 일반적으로 세상 사람들이 자는 그러한 편한 잠도 자지를 못하고 계속 그대를 그리워하는 것인가라는 내용이다.

　'手本寬けく'를 大系에서는, '함께 잠을 자므로 느긋한 기분이라고 하는 설과, 혼자 잠을 자므로 (상대방이 팔베개를 하지 않고 있으므로)팔이 느슨하다고 하는 설이 있다'고 하였다(『萬葉集』 3, p.280). 어디에서 끊느냐에 따라서 해석이 달라질 수 있다고 생각된다. 제2구에서 끊으면, 세상 사람들처럼 편한 잠을 자지 못하고, 작자는 혼자 자고 있기 때문에 옷을 느슨히 하고 계속 연인을 그리워한다는 내용이 되겠다. 만약 제3구에서 끊는다면, 다른 사람들이 옷을 느슨히 하고 연인과 함께 흡족한 기분으로 자는 그런 편안한 잠을 자지도 못하고 작자는 계속 연인을 그리워한다는 내용이 되겠다. 후자의 해석이 좋은 것 같다.

景物에 의거해서 생각을 노래하였다

2964　이 정도밖에/ 되지 않은 당신을/ 옷이라고 하면/ 속에다 입으려고/ 나는 생각을 했지요

해설

　나에 대한 생각이 이 정도밖에 되지 않는 이렇게 박정한 당신을, 나는 그런 줄도 모르고 그대가 만약 옷이라면 몸에서 떼지 않고 항상 속에 입고 있으려고 나는 생각했지요라는 내용이다.

　박정한 사람인 줄 모르고 깊이 사랑한 것을 후회하는 노래이다.

2965　橡之　袷衣　裏尒為者　吾将強八方　君之不来座

　　　　橡の　袷の衣　裏にせば¹　われ強ひめや²も　君が來まさぬ³

　　　　つるばみの　あはせのころも　うらにせば　われしひめやも　きみがきまさぬ

2966　紅　薄染衣　淺尒　相見之人尒　戀比日可聞

　　　　紅の　薄染衣⁴　淺らかに⁵　相見し人に　戀ふる頃かも

　　　　くれなゐの　うすぞめころも　あさらかに　あひみしひとに　こふるころかも

2967　年之経者　見管偲登　妹之言思　衣乃縫目　見者哀裳

　　　　年の經ば⁶　見つつ偲へと　妹が言ひし　衣の縫目⁷　見れば哀しも

　　　　としのへば　みつつしのへと　いもがいひし　ころものぬひめ　みればかなしも

---

1 裏にせば: 옷을 뒤집듯이 내 마음을 뒤집는 행위이다.
2 われ強ひめや: 'や'는 강한 부정을 동반한 의문을 나타낸다.
3 君が來まさぬ: 앞쪽 내용과 상반되는 심정이다.
4 紅の 薄染衣: 홍화로 붉게 물들인 옷. 여성을 우의한 것이다.
5 淺らかに: 물들이는 방법이 옅은 것처럼 옅게.
6 年の經ば: 몇 년이나 만나기 힘들다면.
7 衣の縫目: 정성을 다한 흔적이다.

2965 도토리즙에/ 물을 들인 옷을요/ 뒤집듯 하면/ 강하게 말했을까/ 그대 오시지 않네

🌸 **해설**

　　도토리즙에 물들인 옷을 뒤집는 것처럼 그렇게 경솔하게 그대를 가볍게 생각했다면 와 달라고 어떻게 강하게 말을 할 수 있었을까요. 그런데도 그대 오시지 않네요라는 내용이다.

　　상대방을 깊이 생각하고 와 달라고 말을 했는데도 오지 않는 남성을 원망하는 노래이다.

　　'裏に せば'를 大系에서는 中西 進처럼 '뒤집는다'로 해석하고, '옷을 뒤집어 입듯이, 그대의 마음이 나를 향하지 않는다면 무리하게는 말하지 않을 것인데'로 해석하였다『萬葉集』 3, p.281]. 상대방이 작자를 향하는 마음으로 해석한 것이다. 全注에서도, '옷을 뒤집어 입는 것처럼, 그대의 마음이 이미 반대쪽을 향하고 있다면'으로 해석하였다『萬葉集』 12, p.236]. 全集에서도 마찬가지로, '상대방이 작자를 변변찮게 생각한다면'으로 해석하였다『萬葉集』 3, p.312]. 私注에서는, '옷의 안'으로 보고, '겉에 대한 안이므로 傍妻라는 뜻이며, 그 때문에 자연히 소원하게 되었을 것이다. 傍妻라고 해도 첩은 아니며, 제2의 아내라는 뜻이다'고 하였다『萬葉集私注』 6, p.359]. 注釋에서도, '그대를 옷의 안처럼 대수롭지 않게 생각했다면'으로 해석하였다『萬葉集注釋』 12, p.109].

2966 붉은색으로/ 엷게 들인 옷처럼/ 아주 가볍게/ 만나 본 사람이요/ 그리운 요즘이네

🌸 **해설**

　　붉은색으로 엷게 물들인 옷처럼 아주 가볍게 만나 본 사람을 그리워하는 요즈음이네라는 내용이다.

　　가벼운 마음으로 만났던 사람인데 지금은 그립게 생각하게 된다는 뜻이다.

2967 세월이 가면/ 보며 생각하라고/ 아내가 말했던/ 옷의 바느질 땀을/ 보면 슬퍼집니다

🌸 **해설**

　　만약 몇 년 동안이나 만나기가 어렵다면, 세월이 가면 보면서 자신을 생각하라고 아내가 말을 했던, 옷의 바느질 땀을 보면 그것을 꿰맨 아내가 생각이 나서 슬퍼집니다라는 내용이다.

　　全集에서는, '장기간의 여행을 떠나기 전에 말한 것인가'라고 하였다『萬葉集』 3, p.312].

2968　橡之　一重衣　裏毛無　将有兒故　戀渡可聞

　　　　橡の　一重の衣¹　うらもなく　あるらむ兒ゆゑ　戀ひ渡るかも

　　　　つるばみの　ひとへのころも　うらもなく　あるらむこゆゑ　こひわたるかも

2969　解衣之　念乱而　雖戀　何之故其跡　問人毛無

　　　　解衣の²　思ひ亂れて　戀ふれども　何の故そと　問ふ人もなし

　　　　とききぬの　おもひみだれて　こふれども　なにのゆゑそと　とふひともなし

2970　桃花褐　淺等乃衣　淺尒　念而妹尒　将相物香裳

　　　　桃花褐³の　淺らの衣　淺らかに　思ひて妹に　逢はむものかも⁴

　　　　つきそめの　あさらのころも　あさらかに　おもひていもに　あはむものかも

1　**一重の衣**: 홑겹으로 안감이 없다. '우라(心)'를 수식한다.
2　**解衣の**: 바느질의 쏠기를 다 뜯은 옷이다.
3　**桃花褐**: 桃花染을 연분홍색에 비유해서 말한다. 담홍색이다.
4　**ものかも**: 'かも'는 강한 부정이 내포되어 있다.

2968 도토리즙에/ 염색한 홑겹 옷이/ 안감 없듯이/ 무심한 아이 탓에/ 계속 그리워하네

해설

도토리즙에 염색한 홑겹 옷이 안감이 없듯이, 나에 대한 관심이 없는 무심한 아이 때문에 계속 그리워하고 있네라는 내용이다.

작자에 대한 관심이 없는 소녀를 혼자서 그리워하는 안타까운 마음을 노래한 것이다.

2969 (토키기누노)/ 마음도 산란하게/ 그리워하나/ 무엇 때문이냐고/ 묻는 사람도 없네

해설

솔기를 다 뜯어 놓은 옷의 각 부분이 분리되어 흐트러져 있는 것처럼, 그렇게 마음도 산란하게 연인을 그리워하고 있지만 무엇 때문에 그런지 묻는 사람도 없네라는 내용이다.

'解衣の'는 '亂る'를 상투적으로 수식하는 枕詞이다.

2970 연분홍색을/ 엷게 들인 옷처럼/ 마음 가볍게/ 생각하고 아내를/ 어찌 만날 것인가

해설

연분홍색을 엷게 물들인 옷처럼, 그렇게 마음 가볍게 생각하고 아내를 만나는 일이 어떻게 있을 수 있을 것인가라는 내용이다.

아내를 마음 깊이 생각하고 만난다는 뜻이다.

2971　大王之　塩焼海部乃　藤衣　穢者雖為　弥希将見毛

　　　大君の　塩燒く海人[1]の　藤衣[2]　なれはすれども　いやめづらしも[3]

　　　おほきみの　しほやくあまの　ふぢごろも　なれはすれども　いやめづらしも

2972　赤帛之　純裏衣　長欲　我念君之　不所見比者鴨

　　　赤帛の　純裏[4]の衣　長く欲り　わが思ふ君が　見えぬ頃かも

　　　あかきぬの　ひつらのころも　ながくほり　わがもふきみが　みえぬころかも

2973　真玉就　越乞兼而　結鶴　言下紐之　所解日有米也

　　　眞玉つく[5]　遠近かねて[6]　結びつる　わが下紐の　解くる[7]日あらめや

　　　またまつく　をちこちかねて　むすびつる　わがしたびもの　とくるひあらめや

---

　　1 **塩燒く海人**: 왕에게 바칠 소금을 굽는 어부이다. 소금은 **敦賀**와 그 외 여러 곳에서 구웠다.
　　2 **藤衣**: 등나무 섬유로 짠 거친 옷이다. 오래 입어서 적응이 된 것을 아내와 친숙해진 의미로 사용하였다.
　　3 **いやめづらしも**: 싫증나지 않고 한층 사랑스럽다.
　　4 **純裏**: 'ひた[ひと(等)의 轉]'의 축약형이다. 겉과 안이 같은 천을 말한다. 고귀하고 화려한 긴 옷이다. '長く'를 수식한다.
　　5 **眞玉つく**: 구슬을 꿰는 끈(を)에서 'をち'를 수식한다.
　　6 **かねて**: 함께.
　　7 **解くる**: 풀리다.

2971　왕을 위하여/ 소금 굽는 어부가/ 입은 등골 옷/ 친숙해졌는데도/ 더욱 사랑스럽네

해설

　　왕이 먹을 소금을 굽는 사람이 입은, 등나무 섬유로 짠 거친 옷이 오래되어서 몸에 익숙해진 것처럼, 그렇게 오래도록 아내와 친숙해졌는데도 더욱 사랑스러워서 마음이 끌리네라는 내용이다.
　　아내와 함께 한 지가 오래되었지만 싫증이 나지 않고 오히려 더 사랑스럽다는 뜻이다.
　　왕에게 바치는 소금은 敦賀에서 구웠다.

2972　붉은 비단의/ 안도 같은 옷처럼/ 오래까지라/ 내가 생각하는 당신/ 안 보이는 요즈음

해설

　　붉은 비단으로 만든, 안감도 겉과 같게 만든 옷이 길 듯이 그렇게 오래도록 언제까지나 계속해서 관계가 지속되었으면 좋겠다고 내가 생각하는 당신이 요즈음 보이지 않네요라는 내용이다.
　　언제까지나 관계가 지속되기를 원하고 있는데도 근래에 상대방이 찾아오지 않자 원망과 그리움의 감정을 담아 노래한 것이다.

2973　(마타마츠쿠)/ 먼 앞날 생각하고/ 매듭을 묶은/ 나의 속옷 끈이요/ 풀리는 날 있을까요

해설

　　지금뿐만 아니라 먼 앞날까지도 생각하고 단단하게 매듭을 묶은, 나의 속옷 끈이 풀리는 날이 있을까요라는 내용이다.
　　옷 끈을 함께 묶은 상대방을 다시 만날 때까지는 옷 끈이 풀리지 않을 것이라는 뜻이다. 즉 상대방에 대한 사랑이 변하지 않을 것이라는 뜻이다.
　　全集에서는, '단단하게 묶은 것을 풀 일은 없다고 하는 결의를 나타낸다'고 하였다[『萬葉集』 3, p.314].

2974　紫　帶之結毛　解毛不見　本名也妹介　戀度南

　　　紫の　帶¹の結びも　解きも見ず　もとな²や妹に　戀ひ渡りなむ

　　　むらさきの　おびのむすびも　ときもみず　もとなやいもに　こひわたりなむ

2975　高麗錦　紐之結毛　解不放　齋而待杼　驗無可聞

　　　高麗錦　紐の結び³も　解き放けず　齋ひて待てど⁴　しるし無きかも⁵

　　　こまにしき　ひものむすびも　ときさけず　いはひてまてど　しるしなきかも

2976　紫　我下紐乃　色介不出　戀可毛将痩　相因乎無見

　　　紫の　わが下紐の⁶　色に出でず　戀ひかも痩せむ　逢ふよしを無み

　　　むらさきの　わがしたびもの　いろにいでず　こひかもやせむ　あふよしをなみ

---

1 **帶**: 아내의 옷 띠. 고귀한 여성일 것이다.
2 **もとな**: 멍하게. 'もとなし'의 부사형이다.
3 **紐の結び**: 남자가 묶은 것이다.
4 **齋ひて待てど**: 남자의 방문이다.
5 **無きかも**: 'かも'는 영탄을 나타낸다.
6 **わが下紐の**: 드러나지 않는 것을 표현한 것이다.

2974   보라색깔의/ 옷 띠의 매듭도요/ 못 끌러보고/ 공연스레 그녀를/ 그리워하는 걸까

🌸 해설

내가 묶은, 보라색깔의 아내의 옷 띠의 매듭을 만나서 풀 기회도 없이, 마음 쓸쓸하게 아내를 계속 그리워하는 것일까라는 내용이다.

2975   고구려 비단/ 옷 끈의 매듭조차/ 풀지 않고서/ 단정히 기다려도/ 그 보람이 없네요

🌸 해설

고구려 방식으로 짠 아름다운 비단으로 만든 옷 끈의 매듭조차 풀지 않고 조심해서 단정히 기다려 보지만 그 보람이 없네요라는 내용이다.
화려하고 아름다운 비단으로 만든 옷 끈을 풀지 않고 사랑하는 사람을 기다리고 있지만 오지 않자 슬퍼하는 노래이다.

2976   보라색깔의/ 나의 속옷 끈처럼/ 표를 내지 않고/ 그리움에 야위네/ 만날 방법이 없어

🌸 해설

보라색으로 물을 들인 나의 속옷 끈처럼 안색이나 태도에는 표시가 나지 않게, 그리움에 야위어 가는 것인가. 사랑하는 사람을 만날 방법이 없어서라는 내용이다.
사랑하는 사람을 만날 수가 없어서 겉으로 드러나지는 않지만 그리움 때문에 야위어 가고 있다는 뜻이다.

2977　何故可　不思将有　紐緒之　心尒入而　戀布物乎

何故か　思はずあらむ　紐の緒の[1]　心に入りて　戀しきものを

なにゆゑか　おもはずあらむ　ひものをの　こころにいりて　こひしきものを

2978　眞十鏡　見座吾背子　吾形見　将持辰尒　将不相哉

眞澄鏡　見ませ[2]わが背子　わが形見[3]　持たむ時には　逢はざらめやも[4]

まそかがみ　みませわがせこ　わがかたみ　もたむときには　あはざらめやも

2979　眞十鏡　直目尒君乎　見者許増　命對　吾戀止目

眞澄鏡　直目に君を　見てばこそ　命に向かふ[5]　わが戀止まめ

まそかがみ　ただめにきみを　みてばこそ　いのちにむかふ　わがこひやまめ

---

1 紐の緒の: 끈은 고리에 한쪽을 넣어서 묶으므로 '入りて'에 이어진다. 상대방이 들어와서.
2 見ませ: 'ませ'는 경어이다.
3 わが形見: 모습을 보이는 것이다.
4 逢はざらめやも: 모습을 대신하는 것이 있으면 반드시 만날 수 있는 것이다. 'や'는 강한 부정을 동반한 의문을 나타낸다.
5 命に向かふ: 목숨의 한계에 다가간다.

2977　무엇 때문에/ 생각 않을 수 있나/ (히모노오노)/ 마음에 들어와서/ 이리 그리운 것을

✿ 해설

　　어떻게 해서 생각을 하지 않고 있을 수가 있겠나요. 옷 끈을 고리에 넣어서 묶듯이, 그렇게 그대가
내 마음에 들어와서 이렇게 그리운 것을이라는 내용이다.
　　상대방이 이미 마음에 들어와 버렸으므로 생각하지 않을 수가 없다는 뜻이다.

2978　(마소카가미)/ 보세요 나의 그대/ 나의 흔적을/ 가졌을 때에는요/ 못 만날 일 있을까

✿ 해설

　　맑은 거울을 나처럼 생각하고 보아 주세요. 나의 사랑하는 그대여. 내 모습을 대신할 징표를 가졌을
때에는 어째서 만나지 못할 일이 있을 수가 있겠나요라는 내용이다.
　　여성이 남성에게 징표로 거울을 건네면서, 그 거울을 자신인 듯 생각하고 보고 있으면 언젠가는 만나
게 될 것이라고 하는 뜻이다.

2979　(마소카가미)/ 직접 눈으로 그댈/ 보아야만이/ 목숨 끝을 향하는/ 내 사랑도 멎겠죠

✿ 해설

　　맑은 거울을 보는 것처럼 직접 눈으로 그대를 보아야만 그대를 향해 목숨을 건 나의 그리움도 진정이
되겠지요라는 내용이다.
　　사랑하는 사람을 직접 만나 보아야만 사랑의 고통이 진정될 것이라는 뜻이다.

2980 犬馬鏡　見不飽妹介　不相而　月之経去者　生友名師

　　　　眞澄鏡　見飽かぬ妹に　逢はずして　月の經[1]ぬれば　生けりともなし

　　　　まそかがみ　みあかぬいもに　あはずして　つきのへぬれば　いけりともなし

2981 祝部等之　齋三諸乃　犬馬鏡　懸而偲　相人毎

　　　　祝部[2]らが　齋ふ三諸の[3]　眞澄鏡　懸けて偲ひつ　逢ふ人ごとに[4]

　　　　はふりらが　いはふみもろの　まそかがみ　かけてしのひつ　あふひとごとに

2982 針者有杼　妹之無者　将着哉跡　吾乎令煩　絶紐之緒

　　　　針はあれど　妹し無ければ　着け[5]めやと　われを煩し[6]　絶ゆる紐の緒

　　　　はりはあれど　いもしなければ　つけめやと　われをなやまし　たゆるひものを

---

1 **月の經**: 달이 바뀌는 것이다.
2 **祝部**: 神職의 하나이다.
3 **齋ふ三諸の**: 신이 강림하는 장소이다. 거울을 신을 대신하는 것으로 보고 제사를 지냈다.
4 **逢ふ人ごとに**: 다른 사람을 보며 아내를 생각한다.
5 **着け**: 끈을 옷에.
6 **われを煩し**: 마음을 혼란한 상태로 한다. 쇠약하게 하고 혼란하게 하는 것이다.

2980 (마소카가미)/ 싫증 안 나는 아내/ 만나지 않고/ 세월이 흘렀으니/ 산 것 같지를 않네

　　맑은 거울을 아무리 보아도 싫증이 나지 않듯이, 그렇게 싫증이 나지 않는 아내를 만나지 않고 세월이 흘러 버렸으므로 살아 있는 것 같지를 않네라는 내용이다.
　　사랑하는 아내를 만나지 않은 지 오래 되었으므로 몸은 살아 있지만 산 것 같지가 않다는 뜻이다.

2981 신관들이요/ 받드는 미모로(三諸)의/ (마소카가미)/ 걸어서 생각하네/ 만나는 사람마다

　　신관들이, 자신들이 소중하게 받드는 미모로(三諸)의 거울을 걸듯이 그렇게 나는 아내를 마음에 담아서 생각하네. 만나는 사람 사람마다라는 내용이다.
　　다른 사람들을 보면 그때마다 아내 생각이 난다는 뜻이다.
　　'懸けて偲ひつ'를 大系에서는, '만나는 사람마다 그대의 일을 입에 올려서 그리워한다'고 해석하였다 [『萬葉集』 3, p.284].

2982 바늘은 있지만/ 아내가 없으니까/ 달 수 있겠나/ 나를 애 먹이려듯/ 떨어져 버린 옷 끈

　　"바늘은 있지만 그것을 달아줄 아내가 없으니까, 달 수 없을 것"이라고 하며 나를 애 먹이려고 하는 듯이 떨어져 버린 옷 끈이네라는 내용이다.
　　옷 끈이 떨어진 것으로 인해 더욱 아내 생각을 하게 된 것이다.
　　大系에서는, 'fari(針) panïl(針)과 같은 어원'이라고 하였다[『萬葉集』 3, p.284].

2983 高麗釼　己之景迹故　外耳　見乍哉君乎　戀渡奈牟

高麗劍[1]　己が心から[2]　外のみに　見つつや君を　戀ひ渡りなむ

こまつるぎ　わがこころから　よそのみに　みつつやきみを　こひわたりなむ

2984 釼大刀　名之惜毛　吾者無　比来之間　戀之繁介

劍刀[3]　名の惜しけくも　われは無し　このころの間の　戀の繁きに[4]

つるぎたち　なのをしけくも　われはなし　このころのまの　こひのしげきに

2985 梓弓　末者師不知　雖然　真坂者君介　縁西物乎

梓弓　末[5]はし知らず[6]　しかれども　まさか[7]は君[8]に　寄りにしものを

あづさゆみ　すゑはししらず　しかれども　まさかはきみに　よりにしものを

一本歌曰，梓弓　末乃多頭吉波　雖不知　心者君介　因之物乎

一本の歌に曰はく，梓弓　末のたづき[9]は　知らねども　心は君に　寄りにしものを

あるほんのうたにいはく，あづさゆみ　すゑのたづきは　しらねども　こころはきみに
よりにしものを

---

1 **高麗劍**: 끝 부분이 둥근 고리 모양인 큰 칼로 'わ'를 상투적으로 수식하는 枕詞이다.
2 **己が心から**: 작자의 마음을 약하게 하는 것이 있으므로 직접 만날 수 없다. 사람들 눈, 사람들 소문 때문이
아니라.
3 **劍刀**: 큰 칼의 날을 'な'라고 한다. 그래서 'な'를 상투적으로 수식하는 枕詞이다.
4 **戀の繁きに**: 계속 사랑했다는 뜻이다.
5 **梓弓 末**: '弓の末'…가는 끝은. '梓弓'은 '末'을 상투적으로 수식하는 枕詞이다.
6 **知らず**: '知る'는 내 힘이 미치는 것이다.
7 **まさか**: 'すゑ'에 대해 현재를 말한다.
8 **君**: '吾'로 되어 있는 이본들도 있다.
9 **たづき**: 방법이다.

2983 (코마츠루기)/ 나의 마음 때문에/ 멀리서만이/ 보면서요 그대를/ 계속 그리워하나

✽ 해설

다른 누구의 탓이 아니라, 그 여자도 나를 사랑할까 생각하며 이것저것 걱정하는 나의 약한 마음 때문에 직접 만나지를 못하고 멀리서만 보면서 그대를 계속 그리워하는 것인가라는 내용이다.

사랑하는 사람을 직접 만나지 못하고 멀리서만 바라보고 그리워하는 자신의 소극적인 마음을 한심해 하는 듯한 노래이다.

2984 (츠루기타치)/ 이름 아까운 것도/ 나는 없네요/ 요근래 동안의요/ 사랑의 격렬함에

✽ 해설

큰 칼의 날과 같은 발음인 이름이 아깝다는 생각도 나는 하지 않네요. 요즈음의 사랑이 격렬하기 때문에라는 내용이다.

상대방에 대한 사랑이 너무 강렬해서 이름도 명예도 아깝지가 않다는 뜻이다.

큰 칼의 '날'과 '이름'의 일본어 소리가 'な'로 같은 것을 이용한 노래이다.

2985 (아즈사유미)/ 끝은 알지 못하네/ 그렇지만요/ 현재는 그대에게/ 마음 기울었는 걸
　　　어떤 책의 노래에 말하기를, (아즈사유미)/ 미래 예측할 방법/ 모르지만요/ 마음은 그대에
　　　게/ 기울었는 것을요

✽ 해설

가래나무로 만든 멋진 활의 끝처럼, 앞으로의 미래는 나는 알 방법이 없네요. 그렇지만 현재는 그대에 게 마음을 기울였는 걸요

어떤 책의 노래에 말하기를, 가래나무로 만든 멋진 활의 끝처럼, 미래를 예측할 방법을 나는 모르지만 어찌 되었든 마음은 그대에게 기울어져 버린 것이네요라는 내용이다.

앞으로 어떻게 될 것인지는 알 수 없지만 현재로서는 마음이 상대방에게 기울어져 버렸다는 뜻이다.

2986　梓弓　引見緩見　思見而　既心齒　因尒思物乎

　　　梓弓　引きみゆるへみ　思ひ見て　すでに¹心は　寄りにしものを

　　　あづさゆみ　ひきみゆるへみ　おもひみて　すでにこころは　よりにしものを

2987　梓弓　引而不緩　大夫哉　戀云物乎　忍不得牟

　　　梓弓　引きてゆるへぬ²　大夫や　戀とふものを　忍びかねてむ³

　　　あづさゆみ　ひきてゆるへぬ　ますらをや　こひとふものを　しのびかねてむ

2988　梓弓　末中一伏三起⁴　不通有之　君者會奴　嗟羽将息

　　　梓弓　末の中⁵ころ　不通めりし　君には逢ひぬ　嘆きは息めむ

　　　あづさゆみ　すゑのなかころ　よどめりし　きみにはあひぬ　なげきはやめむ

---

1 **すでに**: 지금 새삼스럽게 사랑의 고통에서 벗어날 수 없다.
2 **引きてゆるへぬ**: 마음이 강한 것이다. 따라서 견딜 수 있을 것이다.
3 **忍びかねてむ**: 'かね'는 할 수 있다. 'て'는 강조하는 뜻이다.
4 **一伏三起**: 조선의 놀이 윷에서 4개의 나무토막 중에서 한 개가 안, 3개가 바깥을 향하면 '코로(걸)'라고 한 것에 의한다.
5 **末の中**: 활의 가운데 부분인 줌통을 말한다.

2986 (아즈사유미)/ 당겼다 놓았다 하듯/ 생각해 보고/ 이미 벌써 마음은/ 쏠려 버렸는 걸요

가래나무로 만든 멋진 활을 당겼다가 느슨하게 풀었다가 하는 것처럼, 여러 가지를 생각해 본 데다 벌써 마음은 그대에게 쏠려 버렸는 걸요라는 내용이다.

2987 (아즈사유미)/ 당겨서 놓지 않는/ 사내대장부/ 사랑이라 하는 것/ 견딜 수 없을 건가

가래나무로 만든 멋진 활을 당겨서는 느슨하게 놓지 않는 사내대장부가, 사랑이라고 하는 것을 견딜 수 없을 것인가라는 내용이다.

사랑의 고통이 무척 커서 견디기 힘들지만 강한 사내대장부이니 사랑의 고통을 이겨낼 수 있을 것이라는 뜻이다.

2988 (아즈사유미)/ 가운데 줌통처럼/ 오지 않았던/ 그대를 만났네요/ 탄식은 멎겠지요

가래나무로 만든 멋진 활의 중간 부분인 줌통, 그 중간 부분처럼 중도에 잘 오지 않았던 그대를 만났네요. 이제 탄식하지 않을 것입니다라는 내용이다.

한동안 중간에 찾아오지 않던 연인이 오랜만에 찾아오자 이제 사랑의 고통과 탄식이 멎겠다고 하는 뜻이다. 활의 '줌통'과 '중간'의 소리가 'なか'로 같은 것을 이용한 노래이다.

2989　今更　何壮鹿将念　梓弓　引見縦見　縁西鬼乎

　　　　今さらに　何をか思はむ　梓弓　引きみゆるへみ　寄りにしものを

　　　　いまさらに　なにをかおもはむ　あづさゆみ　ひきみゆるへみ　よりにしものを

2990　嬥嬥等之　續麻之多田有　打麻懸　續時無二　戀度鴨

　　　　少女らが　績麻の絡垜¹　打麻²懸け　績む³時無しに　戀ひ渡るかも

　　　　をとめらが　うみをのたたり　うちそかけ　うむときなしに　こひわたるかも

2991　垂乳根之　母我養蠶乃　眉隠　馬聲蜂音石花蜘蟵荒鹿　異母二不相而

　　　　たらちねの⁴　母が養ふ蚕の　繭隠り　いぶせくも⁵あるか　妹に逢はずして

　　　　たらちねの　ははがかふこの　まよごもり　いぶせくもあるか　いもにあはずして

---

1 **績麻の絡垜**: 3개의 다리를 가진 실을 감는 도구이다.
2 **打麻**: 두드려서 부드럽게 한 삼베이다.
3 **績む**: '績む'와 '巻む'가 발음이 같으므로 이어진다.
4 **たらちねの**: 감시자로서의 어머니에 많이 사용되는 표현이다.
5 **いぶせくも**: 답답하다. 상쾌하지 않다.

2989 새삼스럽게/ 무엇을 걱정할까요/ (아즈사유미)/ 당겼다 놓았다 하듯/ 쏠려 버렸는 걸요

※ 해설

　지금 새삼스럽게 무엇을 걱정할까요. 가래나무로 만든 멋진 활을 당겼다가 느슨하게 풀었다가 하는
것처럼, 여러 가지를 생각해 보고 벌써 마음을 그 사람에게 맡겨 버렸는 걸요라는 내용이다.
　2986번가와 유사하다.

2990 아가씨들이/ 삼실 짜는 북에다/ 삼 걸고 짜듯/ 쉬는 일 없이 계속/ 그대 그리워하네

※ 해설

　아가씨들이 삼실 짜는 북에다 삼을 걸고 짜듯이, 그렇게 싫증이 나서 쉬는 일 없이 계속 그대를 그리워
하고 있네요라는 내용이다.

2991 (타라치네노)/ 어머니 치는 누에/ 고치에 숨듯/ 마음이 울적하네요/ 아내를 만나지 못해

※ 해설

　어머니가 치는 누에가 고치 속에 들어 있어서 알 수 없듯이 마음이 울적하네요. 아내를 만나지 못해서
라는 내용이다.
　'蜘蟵'를 大系에서는, '거미. kumo(蜘蛛)는 조선어 kömïi(蜘蛛)와 같은 어원인가'라고 하였다『萬葉集』
3, p.286].
　권제11의 2495번가에도 'たらちねの 母が養ふ蚕の 繭隱り'의 표현이 보인다.

2992　玉手次　不懸者辛苦　懸垂者　續手見巻之　欲寸君可毛

　　　　玉襷[1]　懸けねば苦し　懸けたれば　續ぎて見まくの　欲しき君かも

　　　　たまだすき　かけねばくるし　かけたれば　つぎてみまくの　ほしききみかも

2993　紫　綵色之蘰　花八香介　今日見人介　後将戀鴨

　　　　紫の　綵色の蘰[2]　はなやかに　今日見し人に　後戀ひむかも

　　　　むらさきの　まだらのかづら　はなやかに　けふみしひとに　のちこひむかも

2994　玉蘰　不懸時無　戀友　何如妹介　相時毛名寸

　　　　玉蘰[3]　懸けぬ時無く　戀ふれども　何しか妹に　逢ふ時も無き

　　　　たまかづら　かけぬときなく　こふれども　なにしかいもに　あふときもなき

---

1 **玉襷**: '玉'은 美稱이다.
2 **綵色の蘰**: 보라색으로 물을 들인 蘰(장식)은, 나무 잎과 뿌리로 만든 장식물(葉根蘰)과 마찬가지로 성인 여성의 비녀인가.
3 **玉蘰**: 보통은 머리에 두른다. 나중에는 어깨에 걸치는 것도 생겼는가. 또 잎, 뿌리를 본래의 장식에 끼워서 늘어뜨렸는가.

2992 (타마다스키)/ 걸지 않음 괴롭네/ 건다면은요/ 계속해서 보기를/ 원하는 그대인가

　　멜빵을 목에 걸듯이, 마음에 걸지 않으면 괴롭네요. 마음에 건다면 계속해서 보고 싶어지는 그대네요 라는 내용이다.

　　상대방을 마음에 담지 않아도 괴롭고, 마음에 담아도 계속 보고 싶어서 괴롭다는 뜻이다.

2993 보라색깔의/ 반점 장식과 같이/ 화려하게도/ 오늘 보았는 사람/ 후에 그리워할까

　　보라색깔의 반점무늬로 염색을 한 머리 장식과 같이 화려하게 아름다운, 오늘 본 그 사람을 후에 그리워하게 될까라는 내용이다.

　　보라색의 반점 무늬로 염색을 한 머리 장식처럼 그렇게 화사한 사람을 오늘 보았는데 그 인상이 강렬 하여 나중에 그리워하게 될까라는 뜻이다.

2994 (타마카즈라)/ 걸치잖는 때 없이/ 사랑하지만/ 무엇 때문에 아내/ 만나는 때도 없나

　　아름다운 장식을 걸치는 것처럼 마음에 아내를 생각하지 않는 때가 없이 늘 생각하며 사랑하지만 무엇 때문에 아내를 만나는 때도 없는 것일까라는 내용이다.

　　아내를 늘 생각하고 있지만 만날 수 없는 안타까움을 노래한 것이다.

2995　相因之　出来左右者　疊薦　重編數　夢西将見

　　　逢ふよしの　出で來るまでは　疊薦　へだて編む數¹　夢にし見てむ²

　　　あふよしの　いでくるまでは　たたみこも　へだてあむかず　いめにしみてむ

2996　白香付　木綿者花物　事社者　何時之真坂毛　常不所忘

　　　白香付く　木綿は花物³　言こそは　何時のまさかも　常忘らえね

　　　しらかつく　ゆふははなもの　ことこそは　いつのまさかも　つねわすらえね

2997　石上　振之高橋　高々尒　妹之将待　夜曽深去家留

　　　石上　布留⁴の高橋　高高に⁵　妹が待つらむ　夜そ更けにける

　　　いそのかみ　ふるのたかはし　たかたかに　いもがまつらむ　よそふけにける

---

1 へだて編む數: 짜임 눈이 많듯이 많다. '疊薦'은 깔자리로 하는 명석이다.
2 夢にし見てむ: 의지. 꿈은 상대방의 마음에 의한 것이므로 희망이 된다.
3 木綿は花物: 일시적인 꽃이다. 木綿花라는 말이 있다.
4 石上 布留: 布留는 石上·布留처럼 함께 말하는 관습이 있다.
5 高高に: 高橋는 布留川에 놓인 높이가 높은 다리이다. 마음이 흥분된 것을 비유한다.

2995 만날 방법이/ 나오기까지는요/ 까는 멍석의/ 짜임 눈이 많듯이/ 꿈에 보이겠지요

🌸 해설

　사랑하는 사람을 만날 방법이 생길 때까지 바닥에 까는 멍석을 계속해서 짜는, 그 짜임의 눈이 많듯이 그렇게 많이 꿈에 보이겠지요라는 내용이다.

　직접 만날 때까지는 꿈에서라도 상대방 여성을 많이 보고 싶다는 뜻이다. 金集에서는, '그녀의 꿈에 보이겠지요'로 해석하였다『萬葉集』 3, p.319].

2996 (시라카츠쿠)/ 목면 일시적인 꽃/ 진실한 말만/ 언제까지라도요/ 잊을 수가 없지요

🌸 해설

　백발같이 가늘게 잘라서 다는 목면은 일시적인 꽃입니다. 그것과 달리 진실한 말이라야만 어느 때라 할지라도 잊을 수가 없는 것입니다라는 내용이다.

　'白香付く'를 大系에서는 삼베・목면 등을 가늘게 잘라서 백발처럼 해서 神事에 사용하는 것'이라고 하였다『萬葉集』 3, p.287]. 全集에서는 '木綿'을 상투적으로 수식하는 枕詞일 것이라고 하였다『萬葉集』 3, p.319].

2997 이소노카미(石上)/ 후루(布留) 높은 다린 양/ 흥분이 되어/ 아내 기다릴 것인/ 밤은 깊어
　　　버렸네

🌸 해설

　마치 이소노카미(石上)의 후루(布留) 높은 다리인 것처럼 그렇게 마음이 높게 흥분이 되어서 이제나 오는가 저제나 오는가 하고 아내가 나를 기다리고 있을 것인 밤은 깊어 버렸네라는 내용이다.

　찾아갈 것이라고 아내와 약속을 했지만, 무슨 사정이 있어서 가지 못하게 되었거나 아니면 방문 시간 이 늦어지게 된 남편이, 자신을 기다리고 있을 아내를 걱정하는 노래이다.

2998　湊入之　葦別小船　障多　今来吾乎　不通跡念莫

湊入の　葦別小船　障多み[1]　いま來む[2]われを　よどむ[3]と思ふな

みなといりの　あしわけをぶね　さはりおほみ　いまこむわれを　よどむとおもふな

或本歌曰, 湊入尒　蘆別小船　障多　君尒不相而　年曽経来

或る本の歌に曰はく[4], 湊入に　葦別小船　障多み　君に逢はずて　年そ經にける

あるほんのうたにいはく, みなといりに　あしわけをぶね　さはりおほみ　きみにあはずて
としそへにける

2999　水乎多　上尒種蒔　比要乎多　擇擢之業曽　吾獨宿

水[5]を多み　高田[6]に種蒔き　稗を多み　擇擢えしわざ[7]そ　わが獨り寝る[8]

みづをおほみ　あげにたねまき　ひえをおほみ　えらえしわざそ　わがひとりぬる

---

1 **障多み**: '障'은 배가 나아가는 것을 방해하는 갈대이다.
2 **いま來む**: 아내를 중심으로 하여 표현한 것이다.
3 **よどむ**: 기분이 느슨해진다.
4 **或る本の歌に曰はく**: 비유가 같은 다른 노래이다. 여성의 노래이다.
5 **水**: 灌漑의 물이다.
6 **高田**: 높은 지형의 밭이다.
7 **擇擢えしわざ**: 구별해서 버린다. 뽑혀진 피는 나를 비유한 것이다.
8 **わが獨り寝る**: 비슷한 표현이 1476번가에도 보인다.

2998　나루에 들어와/ 갈대 헤치는 밴 양/ 방해가 많아서/ 지금 가려는 나를/ 느긋하다 생각
　　　마오
　　　어떤 책의 노래에 말하기를, 나루에 들어와/ 갈대 헤치는 밴 양/ 방해가 많아서/ 그대
　　　못 만나고서/ 해가 지나버렸네

❀ 해설

　　나루에 들어와서 갈대를 헤치고 앞으로 나아가는 작은 배가 갈대 때문에 잘 나아갈 수 없는 것처럼,
그렇게 방해가 많기 때문에 그대에게 갈 수 없었지만, 이제부터 가려고 하고 있어요. 그러니 내 마음이
느슨해졌다고 생각하지 말아 주세요.
　　어떤 책의 노래에 말하기를, 나루에 들어와서 갈대를 헤치고 앞으로 나아가는 작은 배가 갈대 때문에
잘 나아갈 수 없는 것처럼, 그렇게 방해가 많기 때문에 그대를 만나지 못하고 해가 지나가 버렸네라는
내용이다.
　　작은 배의 진행을 방해하는 갈대를, 작자의 사랑을 방해하는 것에 비유하였다.
　　권제11의 2745번가와 유사한 내용이다.

2999　물이 많으므로/ 높은 밭에 씨 뿌려/ 가라지 많아서/ 뽑아 버려졌네요/ 나는 혼자서 자네

❀ 해설

　　물이 많으므로 높은 곳에 있는 밭에 씨를 뿌려서 벼를 키우는데, 가라지가 많아서 뽑아 버려졌네요.
뽑아 버려진 가라지처럼 나는 혼자서 자네라는 내용이다.
　　'稗を多み 擇擢選えしわざぞ'를 注釋에서는 中西 進과 같이 해석하였다『萬葉集注釋』 12, p.132l. 大系
에서는 가라지를 뽑는 것이 마치 火田과 같이 힘든 것으로 보고 일이 많아서 혼자서 자는 것처럼으로
해석하였다『萬葉集』 3, p.287l. 私注에서는, '가라지 속에서 벼이삭을 가려내는 것처럼, 그렇게 선택된
아내인 자신이 혼자서 잔다'로 해석하여 여성의 노래로 보았다『萬葉集私注』 6, p.379l. 全集에서는, '가라
지가 많아서 뽑아 버려진 것 같네. 혼자서 자는 것은'으로 해석하고 남성의 노래로 보았다『萬葉集』
3, p.320l. 全注에서도 '가라지가 많아서 뽑혀 버려진 그런 모습입니다. 나는 혼자서 잡니다'로 해석하고
작자를 남성 같다고 하였다『萬葉集全注』 12, pp.281~283l.

3000   霊合者　相宿物乎　小山田之　鹿猪田禁如　母之守為裳[一云, 母之守之師]

魂合はば　相寝むものを¹　小山田²の　鹿猪田禁る如　母し守らす³も[一は云はく, 母が守らしし]

たまあはば　あひねむものを　をやまだの　ししだもるごと　ははしもらすも[あるはいはく, ははがもらしし]

3001   春日野尓　照有暮日之　外耳　君乎相見而　今曽悔寸

春日野に　照れる夕日の⁴　外のみに　君を相見て　今そ悔しき

かすがのに　てれるゆふひの　よそのみに　きみをあひみて　いまそくやしき

3002   足日木乃　従山出流　月待登　人尓波言而　妹待吾乎

あしひきの　山より出づる　月待つと　人には言ひて　妹待つわれを

あしひきの　やまよりいづる　つきまつと　ひとにはいひて　いもまつわれを

---

1 **相寝むものを**: 혼의 결합에 의해, 헤어진 두 사람이 함께 자는 것이 가능하다고 생각하였다.
2 **小山田**: '小'는 친애의 정을 나타낸다.
3 **守らす**: 'す'는 경어이다.
4 **照れる夕日の**: 저녁 해처럼 직접적으로가 아니게 비추는 것을 '外'로 느낀 것이다.

3000 혼이 만나면/ 함께 잘 수 있는 걸/ 산 사이의 밭/ 짐승 밭 금하듯이/ 어머니 감시하네[혹은
      말하기를, 어머니가 지켰네]

🌸 **해설**

   사랑하는 사람과 혼이 만나면 함께 잘 수 있는 것을. 산 사이에 있는 밭에 사슴·멧돼지 등과 같은
짐승이 들어가지 못하도록 지키는 것처럼 어머니가 감시를 하고 있네[혹은 말하기를, 어머니가 지켰네]라
는 내용이다.
   두 사람의 혼이 만나면 함께 잘 수 있는데도 남성과 만나지 못하도록 여성의 어머니는 쓸데없이 감시
를 하고 있다는 뜻이다.
   남성의 작품으로 보기도 하지만 注釋에서는 여성의 노래로 보았다[『萬葉集注釋』 12, p.134]. 全集에서
는 남녀가 만난 후에 부른 노래라고 하였다[『萬葉集』 3, p.320].

3001   카스가(春日) 들에/ 비추는 저녁 해 양/ 멀리서만이/ 그대를 보았는데/ 지금 후회스럽네

🌸 **해설**

   카스가(春日) 들에 비추는 저녁 해가 바로 내려 쬐지 않고 어슴푸레 비추듯이, 그렇게 멀리서만 그대를
본 것이 지금은 후회스럽네라는 내용이다.
   직접 만나지 못하고 먼발치서만 여성을 본 것을 후회한다는 뜻이다.

3002   (아시히키노)/ 산에서요 나오는/ 달 기다린다/ 남에게는 말하고/ 아내 기다리는 나

🌸 **해설**

   발을 아프게 끌며 걸어야하는 산 위로 떠오르는 달을 기다린다고 다른 사람에게는 말하고, 실제로는
아내를 기다리는 나인 것을이라는 내용이다.
   'あしひきの'는 '山'을 상투적으로 수식하는 枕詞이다.

3003 夕月夜　五更闇之　不明　見之人故　戀渡鴨

夕月夜　曉闇の¹　おほほしく²　見し人ゆゑに　戀ひ渡るかも

ゆふづくよ　あかときやみの　おほほしく　みしひとゆゑに　こひわたるかも

3004 久堅之　天水虚介　照月之　将失日社　吾戀止目

ひさかたの³　天つみ空に　照る月の　失せむ日⁴にこそ　わが戀止まめ

ひさかたの　あまつみそらに　てるつきの　うせむひにこそ　わがこひやまめ

3005 十五日　出之月乃　高々介　君乎座而　何物乎加将念

望の日の　いでにし月の　高高に⁵　君を坐せて⁶　何をか思はむ

もちのひの　いでにしつきの　たかだかに　きみをいませて　なにをかおもはむ

---

1 **夕月夜 曉闇の**: '夕月夜'는 달 자체를 가리키기도 하고, 달밤을 말하기도 한다. 여기에서는 달을 가리킨다.
　새벽녘에는 달이 기울어져서 어둡게 된다.
2 **おほほしく**: 흐릿하게. 원문의 '不明'은 뜻으로 표기한 것이다.
3 **ひさかたの**: 먼 것을 표현한 것이다. '天'을 상투적으로 수식하는 枕詞이다.
4 **失せむ日**: 있을 수 없기 때문에 사랑의 종말도 없다.
5 **高高に**: 마음이 흥분이 된 상태로 기다리는 것을 표현하는데 사용한다.
6 **君を坐せて**: 기다리며 여기에 있게 하고. '坐せて'는 경어이다. 보름달의 인상에 君을 겹친 것이다.

3003 하늘의 달이/ 새벽에 어둡듯이/ 어렴풋하게/ 본 사람 때문에요/ 계속 그리워하네

해설

달이 해가 뜨기 전에 기울어져서 새벽녘이 밝지 않고 어둡듯이, 그렇게 분명하지 않고 어렴풋하게 본 사람인데 계속 그리워하는 것인가라는 내용이다.

또렷하지 않고 어렴풋하게 보았을 뿐인 사람인데도 계속 생각이 나서 그립다는 뜻이다.

3004 (히사카타노)/ 높은 하늘에서요/ 비추는 달이/ 없어지는 날에야/ 내 사랑도 멎겠지

해설

멀고 먼 높은 하늘에서 비추는 달이 없어지는 날에야 내 사랑도 멎겠지요라는 내용이다.

달이 없어질 리가 없으므로 자신의 사랑도 멈추지 않을 것이라는 뜻이다.

3005 십오일 밤에/ 떠오르는 달처럼/ 기다리었던/ 그대가 있는데요/ 무엇을 걱정할까요

해설

십오일 밤에 떠오르는 보름달처럼, 그렇게 바라보며 기다렸던 그대가 지금 와서 여기에 있는데 무슨 걱정이 있을까요라는 내용이다.

보름달처럼 기다렸던 사랑하는 남성과 만났으므로 아무 걱정도 없다는 뜻이다.

3006 月夜好　門介出立　足占為而　徃時禁八　妹二不相有

　　　月夜[1]よみ　門に出で立ち　足占[2]して　ゆく時さへ[3]や　妹に逢はざらむ

　　　つくよよみ　かどにいでたち　あうらして　ゆくときさへや　いもにあはざらむ

3007 野干玉　夜渡月之　清者　吉見而申尾　君之光儀乎

　　　ぬばたまの[4]　夜渡る月の　清けくは[5]　よく見てましを　君が姿を

　　　ぬばたまの　よわたるつきの　さやけくは　よくみてましを　きみがすがたを

3008 足引之　山呼木高三　暮月乎　何時君乎　待之苦沙

　　　あしひきの　山を木高み　夕月を[6]　何時かと君を　待つが苦しさ

　　　あしひきの　やまをこだかみ　ゆふづきを　いつかときみを　まつがくるしさ

---

1 **月夜**: 달이다.
2 **足占**: 일정한 거리를 걷기 전에, 도착할 발의 좌우에 길흉을 정해 놓고 일을 판단하는 점인가.
3 **時さへ**: 길한 것으로 나온 때도. 'さへ'는 첨가.
4 **ぬばたまの**: 범부채 열매처럼 검다는 뜻으로 '夜'를 상투적으로 수식하는 枕詞이다.
5 **清けくは**: 확실한 상태를 말한다. 'ば'는 조건법을 만들며 'まし'와 호응한다.
6 **夕月を**: 밤이 어두워지자 나온 달이다.

006   달이 밝아서/ 문밖에 나가서는/ 발로 점 치고/ 가는 때조차도요/ 아내를 못 만날 건가

✿ 해설

　달이 밝고 아름다우므로 문밖에 나가서 발로 걸어서 길흉을 점 쳐서, 결과가 가는 것이 좋다고 나와서 가는 때조차도 아내를 만나지 못할 것인가라는 내용이다.
　문밖에 나가서 발로 길흉을 점 쳐서 만날 것이라는 좋은 결과를 얻었으므로 아내를 어찌 못 만날 수 있을 것인가라는 뜻이다.
　여러 번 아내를 찾아갔지만 못 만난 적이 있었던 듯하다.
　全集에서는 'ゆく時さへや'로 미루어, '이전에도 연인을 만나지 못하고 돌아간 경험이 있는 것을 알 수 있다'고 하였다[『萬葉集』 3, p.321].

007   (누바타마노)/ 밤에 떠가는 달이/ 청명했다면/ 잘 보았을 것인데/ 그대의 모습을요

✿ 해설

　캄캄한 밤하늘에 떠가는 달이 청명했다면 잘 보았을 것인데. 그대의 모습을이라는 내용이다.
　달이 밝지 않아서 상대방의 모습을 잘 볼 수 없었던 것이 유감이라는 뜻이다.

008   (아시히키노)/ 산의 나무 높아서/ 저녁달을요/ 언젠가고 그대를/ 기다리는 괴로움

✿ 해설

　산의 나무들이 높아서 저녁에 달이 뜨는 것이 언제일까 하고 기다리는 것이 힘든 것처럼, 그렇게 그대를 기다리는 것이 괴롭네라는 내용이다.
　언제 올지도 모르는 상대방을 기다리는 것이 고통스럽다는 뜻이다.

3009　橡之　衣解洗　又打山　古人尒者　猶不如家利

　　　橡の　衣¹解き洗ひ　眞土山　本つ人²には　なほ如か³ずけり

　　　つるばみの　きぬときあらひ　まつちやま　もとつひとには　なほしかずけり

3010　佐保川之　川浪不立　静雲　君二副而　明日兼欲得

　　　佐保川⁴の　川波立たず　静けくも⁵　君に副ひて　明日さへ⁶もがも

　　　さほがはの　かはなみたたず　しづけくも　きみにたぐひて　あすさへもがも

3011　吾妹兒尒　衣借香之　宜寸川　因毛有額　妹之目乎将見

　　　吾妹子に　衣⁷春日の　宜寸川　縁⁸もあらぬか⁹　妹が目を見む

　　　わぎもこに　ころもかすがの　よしきがは　よしもあらぬか　いもがめをみむ

1 **橡の 衣**: 검게 물들인 옷이다. 평상복이다.
2 **眞土山 本つ人**: 'またうち'--'もとつ', 'まつち'--'もとつ'의 소리로 이어진다. '本つ人'은 옛날부터 친숙한 사람
　이다.
3 **如か**: 미친다.
4 **佐保川**: 작자는 佐保에 살고 있다.
5 **静けくも**: 기다리며 그리워하는 마음에 번뇌하지 않고.
6 **明日さへ**: 아침에 돌아가지 말고.
7 **衣**: 연인끼리 옷을 교환한다.
8 **縁**: 같은 소리로 이어진다. 'よし'는 수단이다.
9 **あらぬか**: 'ぬか'는 願望을 나타낸다.

3009 도토리즙에/ 옷을 뜯어 빤다는/ 마츠치(眞土)의 산/ 옛날 사람에게는/ 미치지를 못하네

해설

　　도토리즙에 염색한 옷을 뜯어서 빨아 다시 두드린다고 하는 뜻을 이름으로 한 마츠치(眞土) 산, 그와 같이 이전에 친숙했던 사람에게는 미치지 못하네라는 내용이다.

　　이전에 친숙했던 사람이 제일 좋다는 뜻이다.

　　'眞土山'을 大系에서는 '大和에서 紀伊로 가는 도중에 있는 산. 和歌山縣 橋本市 眞土'라고 하였다[『萬葉集』3, p.289].

3010 사호(佐保) 강의요/ 강 물결 일지 않고/ 잠잠하듯이/ 그대의 곁에서요/ 내일도 있었으면

해설

　　사호(佐保) 강의 강 물결이 일지 않고 잠잠하듯이 사랑의 고통을 받으며 괴로워하는 일이 없도록, 헤어지지 않고 그대의 곁에서 내일도 이렇게 함께 있었으면 좋겠네라는 내용이다.

　　날이 밝아도 연인이 돌아가지 말고 그대로 함께 있었으면 좋겠다는 뜻이다.

3011 내 아내에게/ 옷 준다는 카스가(春日)/ 요시키(宜寸) 강아/ 방법이 없는 걸까/ 아내 만나고
　　　 싶네

해설

　　나의 사랑하는 아내에게 옷을 빌려 준다는 뜻을 이름으로 한 카스가(春日)의 요시키(宜寸) 강이여. 그 강 이름처럼 아내를 만날 수 있는 좋은 방법이 없는 것일까. 아내를 만나고 싶네라는 내용이다.

　　지명 카스가(春日)의 '春'과 빌려주다(貸す)의 발음이 같은 'かす'인 것을 이용한 노래이다.

3012　登能雲入　雨零川之　左射礼浪　間無毛君者　所念鴨

との¹曇り　雨布留川²の　さされ波³　間無くも君は　思ほゆるかも

とのぐもり　あめふるかはの　さされなみ　まなくもきみは　おもほゆるかも

3013　吾妹兒哉　安乎忘為莫　石上　袖振川之　将絶跡念倍也

吾妹子や　吾を忘らすな　石上　袖布留川⁴の　絶えむと思へや⁵

わぎもこや　あをわすらすな　いそのかみ　そでふるかはの　たえむとおもへや

3014　神山之　山下響　逝水之　水尾不絶者　後毛吾妻

神山の⁶　山下響み　行く川の　水脈⁷し絶えずは　後も⁸わが妻

かむやまの　やましたとよみ　ゆくみづの　みをしたえずは　のちもわがつま

---

1 **との**: 'たな'와 같다. 완전히.
2 **雨布留川**: 비가 내리다(降る: 후루)-布留(후루).
3 **さされ波**: 'さざ波'와 같다.
4 **袖布留川**: 소매를 흔드는(후루) 것은 연인 사이의 동작이다. 따라서 布留(후루)川에 연결시켰다.
5 **絶えむと思へや**: 'や'는 강한 부정을 동반한 의문을 나타낸다.
6 **神山の**: 'みわやま'로 읽기도 한다.
7 **水脈**: 물이 흘러가는 길이다. 제5구와 관련하여 두 사람 사이의 관계를 말한다.
8 **後も**: 계속.

012 잔뜩 흐려서/ 비 내리는 후루(布留) 강/ 잔잔한 물결/ 틈이 없이도 그대/ 생각이 나는군요

해설

　하늘이 잔뜩 흐려서 비가 내린다는 뜻과 같은 이름을 가진 후루(布留) 강의 잔잔한 물결이여. 그 물결처럼 잠시도 쉬는 사이가 없이 그대가 생각이 나는군요라는 내용이다.
　끊임없이 상대방이 생각난다는 뜻이다.

013 나의 그대여/ 나를 잊지 말아요/ 이소노카미(石上)/ 소매 흔드는 후루(布留)/ 끊어진다
　　　 생각할까

해설

　내가 사랑하는 그대여. 부디 나를 잊지 말아 주세요. 이소노카미(石上)의, 소매를 흔든다는 뜻을 이름으로 한 후루(布留) 강의 물이 끊어지지 않는 것처럼, 두 사람 사이가 끊어진다는 것을 어떻게 생각할수가 있을까요라는 내용이다.
　후루(布留) 강의 물이 끊어지지 않는 것처럼 두 사람의 사이도 계속 지속될 것이라는 뜻이다.
　'石上 袖布留川'을 大系에서는, '奈良縣 天理市 石上에 있는 布留川'이라고 하였다『萬葉集』 3, p.290].

014 카무(神) 산의요/ 산기슭 울리면서/ 흐르는 강의/ 수맥 안 끊어지면/ 후에도 나의 아내

해설

　카무(神) 산의 산기슭을 울리면서 힘차게 흐르는 강의 수맥이 끊어지지 않듯이 끊어지지 않는다면, 그대는 후에도 계속 나의 아내이지요라는 내용이다.
　강의 수맥은 끊어지지 않는 것이므로 '만약 그 수맥이 끊어지면'이라는 불가능한 조건을 제시하면서 자신의 사랑이 영속적일 것이라고 노래하였다.
　'神山'을 'かむやま'로 읽으면 雷岳이다. '水脈'을 大系에서는 '初瀬川의 수맥'이라고 하였다『萬葉集』 3, p.290].

3015 如神　所聞瀧之　白浪乃　面知君之　不所見比日

神¹の如　聞ゆる瀧の　白波の²　面知る君が　見えぬこのころ

かみのごと　きこゆるたぎの　しらなみの　おもしるきみが　みえぬこのころ

3016 山川之　瀧尓益流　戀為登曽　人知尓来　無間念者

山川の　瀧に溢れる　戀すとそ　人知りにける　間無くし思へば

やまがはの　たぎにまされる　こひすとそ　ひとしりにける　まなくしおもへば

3017 足檜木之　山川水之　音不出　人之子姤　戀渡青頭鶏

あしひきの　山川水の　音に出でず³　人の子ゆゑに　戀ひ渡るかも

あしひきの　やまがはみづの　おとにいでず　ひとのこゆゑに　こひわたるかも

---

1 **神**: 'かみなり(천둥)'이다.
2 **白波の**: 'しら'…'しる'로 이어진다. 흰 물결처럼 눈에 띄는 모습을 '知る'에 연결시킨다.
3 **音に出でず**: 소리를 내지 않고 가만히.

3015 천둥과 같이/ 들려오는 급류의/ 흰 물결같이/ 얼굴 아는 그대가/ 보이잖는 요즈음

해설

　천둥과 같이 우렁차게 소리를 내며 흐르는 급류에서 일어나는 흰 물결이 눈에 잘 띄듯이 그렇게 눈에 띄는 얼굴을 확실하게 알고 있는 그대가 보이지 않는 요즈음이네라는 내용이다.
　눈에 띄게 아름다운 얼굴을 확실하게 알고 있는 상대방이 최근에 보이지 않는 것을 이렇게 표현하였다.
　3068번가에도 비슷한 내용이 보인다.

3016 산의 개울의/ 급류보다도 더한/ 사랑을 해서/ 남들 알아 버렸네/ 끊임없이 생각하니

해설

　산의 개울을 힘차게 흐르는 급류보다도 더 격렬한 사랑을 하고 있으니 다른 사람들이 알아 버렸네. 끊임없이 생각을 하고 있으므로라는 내용이다.

3017 (아시히키노)/ 산속 개울물처럼/ 소리 내지 않고/ 남의 사람 때문에/ 계속 그리워하나

해설

　산속을 흐르는 개울물처럼 확실하게 소리를 내지도 못하고 소문이 나지 않게 몰래 계속 그리워하고 있는 것인가. 다른 사람이 사랑하는 여자 때문에라는 내용이다.
　다른 남성의 연인이므로 확실하게 드러내지도 못하고 그리워만 하고 있는 상태를 노래한 것이다.

3018　高湍尒有　能登瀬乃川之　後将合　妹者吾者　今尒不有十方

　　　　高湍なる¹　能登瀬の川の　後²も逢はむ　妹にはわれは　今にあらずとも

　　　　たかせなる　のとせのかはの　のちもあはむ　いもにはわれは　いまにあらずとも

3019　浣衣　取替河之　河余杼能　不通牟心　思兼都母

　　　　洗ひ衣³　取替川⁴の　川淀の　よどまむ心　思ひかねつも⁵

　　　　あらひぎぬ　とりかひがはの　かはよどの　よどまむこころ　おもひかねつも

3020　斑鳩之　因可乃池之　宜毛　君乎不言者　念衣吾為流

　　　　斑鳩の　因可の池の⁶　宜しくも　君を言はねば　思ひそわがする⁷

　　　　いかるがの　よるかのいけの　よろしくも　きみをいはねば　おもひそわがする

---

1 **高湍なる**: 높은 급류이다.
2 **後**: '의と'---'のち'로 소리가 이어진다.
3 **洗ひ衣**: 옷을 빨아서 바꾼다.
4 **取替川**: 取替(鳥飼)川의 소재에 대해서는, 大阪府 攝津市 등 여러 설이 있다.
5 **思ひかねつも**: '心을 思ふ'의 표현은 2701번가 외에 많이 있다.
6 **因可の池の**: 'よる'---'よろ', 같은 소리로 이어진다.
7 **思ひそわがする**: 어쨌든 불안하여 마음이 아프다.

3018 높은 급류인/ 노토세(能登瀬)의 강처럼/ 후에 만나지요/ 아내를요 나는요/ 지금이 아니라
     도요

해설

　높고 세찬 급류인 노토세(能登瀬)의 강처럼 힘차게 흘러가서 나는 아내를 후에라도 만나지요. 비록
지금이 아니더라도라는 내용이다.
　'高湍'을 中西 進은 높은 여울로 보았는데, 大系·注釋·全集·全注에서는 지명으로 보았으며 소재를
알 수 없다고 하였다. 私注에서는 '巨勢'로 보았다『萬葉集私注』 6, p.387].

3019 (아라히기누)/ 바꾸는 토리카히(取替)/ 강여울처럼/ 멈칫거리는 마음/ 생각할 수가 없네

해설

　옷을 빨아서 바꾼다고 하는 뜻을 이름으로 한 토리카히(取替) 강의 얕은 웅덩이처럼 멈칫거리는 마음
을 나는 가질 수 없네라는 내용이다.
　'洗ひ衣'를 全集에서는, '取替(とりかひ: 바꾼다는 뜻)를 상투적으로 수식하는 枕詞. 막 세탁한 새 옷과
지금까지 입고 있던 헌 옷을 바꾼다는 뜻으로 수식한다'고 하였다『萬葉集』 3, p.324]. '取替川'을 大系에서
는 '奈良縣 生鷗郡'이라고 하고 '그대가 있는 곳으로 가지 않고 있는 마음을 계속 억누르는 것은 도저히
할 수 없네요'로 해석하였다『萬葉集』 3, p.291].
　이상 10수는 강에 의거하여 노래하였다.

3020 이카루가(斑鳩)의/ 요루카(因可) 연못처럼/ 호감이 가게/ 그대를 말 않으니/ 생각을 나는
     하네요

해설

　이카루가(斑鳩)의 요루카(因可) 연못처럼, 그대를 호감이 가게 말을 하지 않으니 나는 걱정을 하게
되네요라는 내용이다.
　사람들이 상대방에 대한 좋은 말을 하지 않으니 걱정이 된다는 뜻이다.
　'因可(よる)'와 '宜(よろ)'의 소리가 비슷한 것을 이용한 노래이다.
　大系에서는 '斑鳩'를 聖德태자의 斑鳩宮이 있던 곳. 奈良縣 生鷗郡 斑鳩町'이라고 하고, '因可の池'는
소재불명이라고 하였다『萬葉集』 3, p.291].

3021 　絶沼之　下従者将戀　市白久　人之可知　歎為米也母

　　　隱沼の^1　下ゆは^{2}戀ひむ　いちしろく^3　人の知るべく　嘆きせめやも

　　　こもりぬの　したゆはこひむ　いちしろく　ひとのしるべく　なげきせめやも

3022 　去方無三　隠有小沼乃　下思尓　吾曽物念　頃者之間

　　　行方無み　隠れる小沼の　下思に　われそ物思ふ　このころの間

　　　ゆくへなみ　こもれるをぬの　したもひに　われそものおもふ　このころのあひだ

3023 　隱沼乃　下従戀餘　白浪之　灼然出　人之可知

　　　隱沼の　下ゆ戀ひ余り　白波の　いちしろく出でぬ　人の知るべく

　　　こもりぬの　したゆこひあまり　しらなみの　いちしろくいでぬ　ひとのしるべく

---

1 **隱沼の**: 물이 흘러가지 않는 숨은 늪이다. 밑에 감춘다는 뜻으로 '下'를 상투적으로 수식하는 枕詞이다.
2 **下ゆは**: 'ゆ'는 경과점을 나타낸다. 마음속에서.
3 **いちしろく**: 두드러지게.

3021 (코모리누노)/ 은밀히 사랑해요/ 두드러지게/ 사람들이 알도록/ 탄식할 것인가요

🌸 해설

　숨어서 보이지 않는 늪처럼 그렇게 마음속으로 은밀히 사랑을 하고 있지요. 사랑하는 것을 사람들이 확실히 알도록 어떻게 탄식을 할 것인가요라는 내용이다.
　밖으로 드러내면 사람들이 알아 버릴 것이므로 사람들이 알지 못하게 마음속으로만 은밀히 사랑을 하고 있다는 뜻이다.

3022 가는 곳 없이/ 숨어 있는 늪처럼/ 마음속으로/ 나는 생각을 하네요/ 요즈음 매일마다요

🌸 해설

　물이 흘러가는 곳이 없이 숨어 있는 늪처럼 그렇게 마음속으로, 사람들이 모르게 나는 은밀히 생각을 하네요. 요즈음 날마다라는 내용이다.

3023 (코모리누노)/ 맘으로 너무 사랑해/ (시라나미노)/ 확실하게 나타났네/ 남들이 알 정도로

🌸 해설

　숨어서 보이지 않는 늪처럼 마음속으로 너무 사랑한 나머지, 흰 파도처럼 확실하게 사랑하는 마음이 태도에 나타나 버렸네. 남들이 알 정도로라는 내용이다.
　마음속으로 너무 사랑을 한 나머지 자신도 모르게 그것이 밖으로 드러나서 사람들이 알게 되었다는 뜻이다.

3024　妹目乎　見巻欲江之　小浪　敷而戀乍　有跡告乞

　　　妹が目を　見まくほり¹江の　さざれ波　重きて²戀ひつつ　ありと告げこそ³

　　　いもがめを　みまくほりえの　さざれなみ　しきてこひつつ　ありとつげこそ

3025　石走　垂水之水能　早敷八師　君介戀良久　吾情柄

　　　石ばしる⁴　垂水の水の⁵　愛しきやし⁶　君に戀ふらく⁷　わが情から

　　　いはばしる　たるみのみづの　はしきやし　きみにこふらく　わがこころから

3026　君者不来　吾者故無　立浪之　數和備思　如此而不来跡也

　　　君は來ず　われは故無く⁸　立つ波の　しくしく⁹わびし　かくて¹⁰來じとや

　　　きみはこず　われはゆゑなく　たつなみの　しくしくわびし　かくてこじとや

1　見まくほり: 'ほり(欲り)'---'ほり江'으로 이어진다.
2　重きて: 'しく'는 '중복하다'는 뜻이다.
3　ありと告げこそ: 'こそ'는 希求의 보조동사이다.
4　石ばしる: 급류를 형용한 것이다.
5　垂水の水の: '물이 달린다: 走(はし)る'에서 '愛(は)し'로 이어진다.
6　愛しきやし: 사랑스러운. 원문의 '早'는 물을 의식하고 표기한 것이다.
7　戀ふらく: '戀ふ'의 명사형이다.
8　われは故無く: 어쩐지 안정되지 않는 마음을 까닭 없이 이는 파도에 비유한 것이다.
9　しくしく: '重(し)く'의 첩어이다. 중복해서, 계속.
10　かくて: 이상과 같이.

3024 아내의 눈을/ 보고 싶은 호리(ほり) 강/ 잔물결처럼/ 계속 사랑을 하고/ 있다고 전해 주면

해설

아내의 눈을 보고 싶다고 하는 뜻을 이름으로 한 호리(ほり) 강의 잔잔한 물결이 계속 치는 것처럼, 그렇게 끊임없이 계속 아내를 사랑을 하고 있다고 전해주면 좋겠네라는 내용이다.
'보고 싶다(欲り)'와 'ほり江'의 'ほり' 발음이 같은 것을 이용한 노래이다.

3025 바위 흐르는/ 급류의 물처럼요/ 사랑스러운/ 그대를 사랑함은/ 내 마음에서지요

해설

바위 위를 세차게 흐르는 급류의 물처럼, 사랑스러운 그대를 그렇게 격렬하게 사랑하는 것은 내 마음으로부터이지요라는 내용이다.
'水'를 大系에서는, 'midu(水)는 조선어 mil(水)과 같은 어원'이라고 하였다『萬葉集』 3, p.292].

3026 그대 오잖고/ 나는 까닭이 없이/ 치는 파도 양/ 계속해서 외롭네/ 그래도 안 오나요

해설

그대는 오지를 않고 나는 까닭이 없이, 계속 치는 파도처럼 계속해서 외롭네. 그런데도 그대는 오지 않는다고 하는 것인가요라는 내용이다.
외로워하며 기다리지만 그래도 오지 않는 상대방을 원망하며 부른 노래이다.
'われは故無く 立つ波の'를 全集에서는, '나는 상대방에게 원망을 들을 만한 일을 한 기억이 없는데라는 기분으로 말한다'고 하였다『萬葉集』 3, p.325].

3027　淡海之海　邊多波人知　奧浪　君乎置者　知人毛無

　　　　淡海の　海邊は¹人知る　沖つ波²　君をおきては　知る人も無し

　　　　あふみのうみ　へたはひとしる　おきつなみ　きみをおきては　しるひともなし

3028　大海之　底乎深目而　結義之³　妹心者　疑毛無

　　　　大海の　底を深めて　結びてし　妹が心は　疑ひもなし

　　　　おほうみの　そこをふかめて　むすびてし　いもがこころは　うたがひもなし

3029　貞能汭介　依流白浪　無間　思乎如何　妹介難相

　　　　佐太の浦⁴に　寄する白波　間なく　思ふをなにか⁵　妹に逢ひ難き

　　　　さだのうらに　よするしらなみ　あひだなく　おもふをなにか　いもにあひかたき

---

　1 **海邊は**: 해안의 모습과 파도의 모양이다. 곧 보이는 나의 겉모습이다.
　2 **沖つ波**: 해변의 반대인 바다 가운데의 파도이다. '沖'은 '奧'로 내 마음 깊은 곳이다. 어떤 파도가 있는지 알지 못하고.
　3 **結義之**: '義之'는 서예의 대표자인 왕희지의 이름을 사용한 것이다.
　4 **佐太の浦**: 어디인지 알 수 없다.
　5 **なにか**: 왜.

3027 아후미(淡海)의 바다/ 해변은 사람 아네/ 바다 속 파도/ 그대를 제외하곤/ 아는 사람도
      없네

✿ 해설

  아후미(淡海) 바다의 해변 가까이의 얕은 곳은 사람들이 다 알고 있네. 그러나 깊은 바다 속의 파도와
같은 내 마음속의 파도를 그대를 제외하고는 아는 사람도 없네요라는 내용이다.

3028 넓은 바다의/ 바닥 깊은 것처럼/ 약속을 했던/ 아내의 마음은요/ 의심할 바가 없네

✿ 해설

  넓은 바다의 바닥이 깊은 것처럼, 그렇게 마음을 깊게 하여 서로 약속을 했던 아내의 마음은 의심할
바가 없네라는 내용이다.
  서로 굳게 맹세한 사랑의 공고함을 노래한 것이다.
  '底'를 大系에서는, 'sökö(底)는 조선어 sok(裏)과 같은 어원인가 한다'라고 하였다『萬葉集』 3, p.293].

3029 사다(佐太)의 포구에/ 밀리는 흰 파돈 양/ 끊임이 없이/ 생각하는데 어찌/ 아내 만나기
      힘드나

✿ 해설

  사다(佐太)의 포구에 끊임없이 밀려오는 흰 파도처럼, 그렇게 끊임없이 아내를 생각하는데도 어찌
아내를 만나기 힘든 것인가라는 내용이다.
  끊임없이 아내를 생각하고 있는데도 만나기가 힘든 고통을 노래한 것이다.

3030　念出而　爲便無時者　天雲之　奥香裳不知　戀乍曽居

　　思ひ出でて　すべなき時[1]は　天雲の　奥處[2]も知らに　戀ひつつそ居る

　　おもひいでて　すべなきときは　あまくもの　おくかもしらに　こひつつそをる

3031　天雲乃　絶多比安　心有者　吾乎莫憑　待者苦毛

　　天雲の　たゆたひ[3]やすき　心あらば　われをな憑め[4]　待たば苦しも

　　あまくもの　たゆたひやすき　こころあらば　われをなたのめ　またばくるしも

3032　君之當　見乍母将居　伊駒山　雲莫蒙　雨者雖零

　　君があたり[5]　見つつも居らむ　生駒山　雲なたなびき[6]　雨は降るとも[7]

　　きみがあたり　みつつもをらむ　いこまやま　くもなたなびき　あめはふるとも

---

1 **すべなき時**: 사랑으로 인한 고통을 해소시킬 방법이 없는 때이다.
2 **奥處**: 'おくか'의 'か'는 장소를 나타낸다.
3 **たゆたひ**: 흔들리는 것이다.
4 **な憑め**: 'な'는 금지를 나타낸다.
5 **君があたり**: 生駒山의 저쪽이다. 실제로 보이는 것은 아니다.
6 **雲なたなびき**: 'な'는 금지를 나타낸다.
7 **雨は降るとも**: 이 유희성은 집단가요의 성격이 남아 있는 것인가.

3030 생각이 나서요/ 방법이 없을 때는/ (아마쿠모노)/ 속 깊이도 모르고/ 계속 그리워하네

해설

　그대를 생각하고 어떻게 할 방법이 없을 때는 하늘의 구름 속 깊이를 모르는 것처럼 그렇게 끝도 없이 계속 그리워하고 있네라는 내용이다.

　만날 수가 없어서 느끼는 사랑의 고통을 어떻게 할 방법이 없을 때는 계속 그리워할 뿐이라는 뜻이다.

　'天雲の'는 '奧'를 상투적으로 수식하는 枕詞이다.

3031 (아마쿠모노)/ 흔들리기가 쉬운/ 마음이 있다면/ 나를 내버려 둬요/ 기다리면 괴롭네

해설

　하늘의 구름처럼 변하기 쉬운 마음이 있다면 나를 의지하게 하지 말아요. 기다리고 있으면 괴로운 것이네요라는 내용이다.

　만약 앞으로 마음이 변할 것이라면 기다리는 것이 괴로울 것이니 차라리 자신이 상대방을 의지하게 하지 말라는 뜻이다. 상대방의 마음이 변할 것을 두려워하는 노래이다.

　'天雲の'는 'たゆたひ'를 상투적으로 수식하는 枕詞이다.

3032 그대의 주변을/ 계속 보며 있지요/ 이코마(生駒) 산에/ 구름아 끼지 말게/ 비는 내리더 　　　라도

해설

　그대가 사는 집의 주변을 계속 보며 있지요. 그러니 연인의 집 근처를 볼 수 있도록 이코마(生駒) 산에 구름아 끼지 말아 다오. 비는 내리더라도라는 내용이다.

　'生駒山'을 大系에서는, '통설로는 奈良縣 生駒山과 大阪府 枚岡市와의 사이의 生駒山. 奈良市 嫩初山 설도 있다'고 하였으며, '雲'에 대해서는, 'kumo(雲)는 조선어 kurum(雲)과 같은 어원인가'라고 하였다 [『萬葉集』 3, p.293].

　全集에서는, '『伊勢物語』 23단의 기록에 의하면, 작자(女)는 河內國의 高安(八美市)에 살고, 生駒山을 사이에 두고 大和에 있는 남자를 생각하고 이 노래를 부른 것이 된다'고 하였다[『萬葉集』 3, p.326].

3033 中々二　如何知兼　吾山介　焼流火氣能　外見申尾

なかなかに　なにか知りけむ[1]　わが山に　燃ゆる火気の　外に[2]見ましを

なかなかに　なにかしりけむ　わがやまに　もゆるけぶりの　よそにみましを

3034 吾妹兒介　戀為便名鴈　胷乎熱　旦戸開者　所見霧可聞

吾妹子に　戀ひすべ無かり　胸を熱み[3]　朝戸開くれば　見ゆる霧[4]かも

わぎもこに　こひすべなかり　むねをあつみ　あさとあくれば　みゆるきりかも

3035 暁之　朝霧隠　反羽二　如何戀乃　色丹出介家留

暁の　朝霧隱り[5]　かへらばに[6]　何しか戀の　色に[7]出でにける

あかときの　あさぎりごもり　かへらばに　なにしかこひの　いろにいでにける

---

1 **なにか知りけむ**: 서로 맹세하는 것이다.
2 **外に**: 내 연기를, 산의 연기처럼 멀리서라는 뜻이다. 연기는 噴煙.
3 **胸を熱み**: 가슴이 뜨거우므로. 하룻밤의 상태이다.
4 **見ゆる霧**: 작자는 안개와 가슴 답답함을 공유한다.
5 **朝霧隠り**: 감추어진 답답한 마음을 비유한 것이다.
6 **かへらばに**: 반대로.
7 **色に**: 안색이나 태도 등 표면에 드러나는 것이다.

3033   어중간하게/ 어떻게 알았을까/ 나라는 산에/ 타오르는 연기여/ 멀리서 봤더라면

해설

어중간하게 어떻게 그 사람을 알게 되어 버렸을까. 그 사람을 알아버린 결과 나라고 하는 산에 타오르는 연기여. 다른 산의 연기처럼 멀리서 보고 있으면 좋았을 것인데라는 내용이다.

차라리 상대방을 모르고 있었더라면 좋았을 텐데 알아 버리고 나서 사랑의 고통을 겪게 된 것을 노래한 것이다.

'わが山に'를 大系에서는, '내가 소유하고 있는 산에 봄에 피우는 들불의 연기를 멀리서 보듯이 무관계하게 옆에서 보고 있었으면 좋았는데'로 해석하였다(『萬葉集』 3, p.294). 私注・注釋・全集에서도 그렇게 해석하였다. 이 해석이 나은 것 같다.

3034   나의 그녀가/ 그리워 방법 없어/ 가슴이 뜨거워/ 아침에 문을 열면/ 보이는 안개인가

해설

내가 사랑하는 그녀가 그리워서 어떻게 할 방법 없어서 가슴이 뜨거우므로 아침에 문을 여니 온통 끼어 있는 안개가 보이네라는 내용이다.

사랑하는 여인을 밤새 그리워하다가 답답함을 해소하려고 문을 열었지만 바깥도 자신의 마음처럼 온통 안개가 끼어 있었다는 뜻이다.

3035   날이 밝을 때/ 아침 안개에 숨듯/ 그런데 되레/ 무엇 때문에 사랑/ 밖으로 드러났는가

해설

날이 밝을 때의 아침 안개에 숨듯이 그렇게 남들이 모르게 마음속으로만 사랑하고 있었는데 반대로 어찌해서 사랑은, 사람들이 알 수 있도록 밖으로 드러나 버렸는가라는 내용이다.

3036　思出　時者為便無　佐保山尓　立雨霧乃　應消所念

思ひ出づる　時はすべ無み　佐保山に　立つ雨霧の¹　消ぬべく思ほゆ

おもひいづる　ときはすべなみ　さほやまに　たつあまぎりの　けぬべくおもほゆ

3037　敉目山　徃反道之　朝霞　髣髴谷八　妹尓不相牟

殺目山²　往來の道の　朝霞　ほのかにだにや³　妹に逢はざらむ

きりめやま　ゆききのみちの　あさがすみ　ほのかにだにや　いもにあはざらむ

3038　如此将戀　物等知者　夕置而　旦者消流　露有申尾

かく戀ひむ　ものと知りせば　夕置きて　朝は消ぬる　露にあらましを⁴

かくこひむ　ものとしりせば　ゆふべおきて　あしたはけぬる　つゆにあらましを

---

1 **立つ雨霧の**: 흐린 상태이다.
2 **殺目山**: 殺目山을 넘어가는 길은 지금도 해무가 짙다.
3 **ほのかにだにや**: 정말 조금만이라도.
4 **露にあらましを**: 'せば…まし'는 현실에 반대되는 가상이다. 고통을 받기보다 이슬로 사라지고 싶다는 바람
이다.

3036 그리움이 이는/ 때는 방법이 없어/ 사호(佐保) 산에요/ 끼는 비안개인 듯/ 꺼질 듯이 생각
      되네

🌸 해설

　사랑하는 사람이 생각날 때는 어떻게 할 방법이 없어서 사호(佐保) 산에 끼는 비안개가 사라지듯이,
그렇게 사라질 것처럼 생각되네라는 내용이다.
　사랑하는 연인이 그리울 때는 어떻게 할 방법이 없어서 안개가 사라지는 것처럼 그렇게 죽을 것 같다
는 뜻이다.
　'佐保山'을 大系에서는, '奈良市 法蓮町의 산'이라고 하였다『萬葉集』 3, p.294].

3037 키리메(殺目) 산을/ 오고가는 길의요/ 아침 안갠 양/ 정말 조금이라도/ 아내를 못 만나
      는가

🌸 해설

　키리메(殺目) 산을 오고가는 길에 끼는 아침 안개처럼 정말 조금만 어렴풋하게라도 아내를 만나지
못하는 것일까라는 내용이다.
　아내를 어렴풋하게라도 만나고 싶은 애절한 마음을 노래한 것이다.
　'殺目山'을 大系에서는, '和歌山縣 日高郡 印南町(舊切目村)의 산'이라고 하였다『萬葉集』 3, p.294].

3038 이리 그리운/ 것이라 알았다면/ 저녁에 내려서/ 아침에 스러지는/ 이슬이라면 좋겠네

🌸 해설

　이 정도로 사랑이 고통스러운 것이라는 것을 알았더라면, 차라리 저녁에 내려서 아침에는 스러지는
이슬이 되었으면 좋겠네라는 내용이다.
　견디기 힘든 고통스러운 사랑을 하는 것보다는 차라리 죽어 버리는 것이 더 낫겠다는 뜻이다.

3039 暮置而　旦者消流　白露之　可消戀毛　吾者為鴨

　　　夕置きて　朝は消ぬる　白露の　消ぬべき[1]戀も　われはするかも

　　　ゆふへおきて　あしたはけぬる　しらつゆの　けぬべきこひも　われはするかも

3040 後遂尒　妹尒将相跡　旦露之　命者生有　戀者雖繁

　　　後つひに　妹に逢はむと　朝露の　命は生けり　戀は繁けど

　　　のちつひに　いもにあはむと　あさつゆの　いのちはいけり　こひはしげけど

3041 朝旦　草上白　置露乃　消者共跡　云師君者毛

　　　朝な朝な　草の上白く　置く露の　消なば[2]共にと　いひし君はも[3]

　　　あさなさな　くさのうへしろく　おくつゆの　けなばともにと　いひしきみはも

---

1 **消ぬべき**: 사랑의 고통에.
2 **消なば**: 'な'는 완료의 조동사이다.
3 **いひし君はも**: 'は·も' 모두 강조하는 뜻을 나타낸다.

3039 저녁에 내려서/ 아침에 스러지는/ 흰 이슬처럼/ 사라져 버릴 사랑/ 나는 하는 것인가

🌸 해설

저녁 무렵에 내려서 아침에는 스러지는 흰 이슬처럼, 그렇게 사라져 버릴 것 같은 허망하고 고통스러운 사랑을 나는 하는 것인가라는 내용이다.
목숨이 끊어질 것처럼 힘든 사랑을 하는 괴로움을 노래한 것이다.

3040 마지막에는/ 그녀를 만날 거라/ 아침 안갠 양/ 목숨은 살아 있네/ 사랑은 격렬해도

🌸 해설

결국 최후에는 소원이 성취되어서 사랑하는 그 소녀를 만날 수 있을 것이라고 생각을 하므로, 나는 곧 사라지는 아침 안개처럼 허망한 목숨을 부지하고 있네. 사랑하는 마음은 끊임이 없이 계속 일어나서 고통스럽지만이라는 내용이다.

3041 아침마다요/ 풀잎의 끝에 하얗게/ 내린 이슬이/ 스러지듯이 함께/ 말을 했던 그대여

🌸 해설

아침마다 풀잎 끝에 하얗게 내린 이슬이 스러지듯이, 그렇게 사라진다면 함께 그러자고 말을 했던 그대여라는 내용이다.
생명이 끝날 때까지 함께 하자고 말을 했던 그대인데 상대방이 마음이 변했거나 먼저 사망했거나 해서 함께 하지 못하고 있는 외로움을 노래한 것이겠다.

3042 朝日指　春日能小野尒　置露乃　可消吾身　惜雲無

朝日さす　春日の小野[1]に　置く露の　消ぬべきわが身　惜しけくもなし

あさひさす　かすがのをのに　おくつゆの　けぬべきわがみ　をしけくもなし

3043 露霜乃　消安我身　雖老　又若反　君乎思将待

露霜[2]の　消やすきわが身　老いぬとも[3]　また若反り[4]　君をし待たむ

つゆしもの　けやすきわがみ　おいぬとも　またをちかへり　きみをしまたむ

3044 待君常　庭耳居者　打靡　吾黒髪尒　霜曽置尒家類[或本歌尾句曰, 白細之　吾衣手尒　露曽置尒家留]

君待つと　庭に[5]し居れば　うち靡く　わが黒髪に　霜そ置きにける[6][或る本の歌の尾句[7]に曰はく, 白栲の[8]　わが衣手に　露そ置きにける]

きみまつと　にはにしをれば　うちなびく　わがくろかみに　しもそおきにける[あるほんのうたのびくにいはく, しろたへの　わがころもでに　つゆそおきにける]

1 **春日の小野**: '小'는 친애를 나타내는 표현이다. '朝日さす'는 거의 상투적인 표현이다.
2 **露霜**: 이슬과 서리이다.
3 **老いぬとも**: 가정을 나타낸다.
4 **若反り**: 'をつ'는 다시 젊어지는 것이다.
5 **庭に**: 원문의 '耳'를 'に'로 읽는다. 'し'는 첨가해서 읽은 것이다.
6 **霜そ置きにける**: 촉촉하게 젖은 감촉이다.
7 **尾句**: 下句이다.
8 **白栲の**: 흰 천이라는 뜻으로 '衣手'를 상투적으로 수식하는 枕詞이다.

3042 (아사히사스)/ 카스가(春日)의 들의요/ 이슬과 같이/ 사라져 버릴 내 몸/ 아깝지도 않네요

   아침 해가 비추는 카스가(春日)의 들에 내린 이슬이 스러지듯이, 그렇게 사라져 버릴 내 몸은 아깝지도 않네요라는 내용이다.

3043 (츠유시모노)/ 사라지기 쉬운 몸/ 늙었지만도/ 다시 젊어져서는/ 그대를 기다리죠

   이슬과 서리가 사라지기 쉽듯이, 그렇게 사라지기 쉬운 내 몸은 비록 늙었지만 다시 젊어져서 그대를 기다리지요라는 내용이다.
   '露霜の'는 '消'를 상투적으로 수식하는 枕詞이다.

3044 그대 기다려/ 정원에 서 있으면/ 출렁거리는/ 나의 검은 머리에/ 서리가 내린 것이네[어떤 책의 노래의 下句에 말하기를, (시로타헤노)/ 나의 옷의 소매에/ 서리가 내린 것이네]

   그대를 기다리느라고 정원에 서 있으면, 출렁거리는 나의 검은 머리에 서리가 내린 것이네[어떤 책의 노래의 下句에 말하기를, 나의 흰 옷소매에 서리가 내린 것이네]라는 내용이다.
   연인을 기다리느라 머리에 서리가 하얗게 내리는데도 밖에 서 있었다는 뜻이다.

3045　朝霜乃　可消耳也　時無二　思将度　氣之緒尓為而

　　　　朝霜の　消ぬべくのみや　時無しに[1]　思ひ渡らむ　息の緒にして[2]

　　　　あさしもの　けぬべくのみや　ときなしに　おもひわたらむ　いきのをにして

3046　左佐浪之　波越安蹔仁　落小雨　間文置而　吾不念國

　　　　ささなみの[3]　波越すあざ[4]に　降る小雨　間も置きて　わが思はなくに[5]

　　　　ささなみの　なみこすあざに　ふるこさめ　あひだもおきて　わがおもはなくに

3047　神左備而　巖尓生　松根之　君心者　忘不得毛

　　　　神さびて[6]　巖に生ふる　松が根の[7]　君が心は　忘れかねつも[8]

　　　　かむさびて　いはほにおふる　まつがねの　きみがこころは　わすれかねつも

---

1 **時無しに**: 항상. 끊임이 없이.
2 **息の緒にして**: '息の緒'는 생명이다. 긴 것을 '緒'라고 한다. 사라질 목숨을, 연인을 의지하여 이어갈까라는 뜻이다.
3 **ささなみの**: 小波. 다만 小波는 당시 'さざれなみ'라고 하였으므로 'さざ波'와는 다른 것으로, 이것은 지명(近江의 樂浪)이라고 하는 설도 있다. 원래 'さざ'는 의성어로, 쏴아쏴아 울리는 파도를 말한 것이겠다.
4 **波越すあざ**: 미상이다. 밭의 두렁, 벼랑, 동혈 등의 설이 있다. 얕은 여울이라는 뜻인가.
5 **わが思はなくに**: 사이를 두고 생각하는 것을 부정한 것이다.
6 **神さびて**: 'さぶ'는 그것다운 모습을 나타내는 뜻이다.
7 **松が根の**: 움직이지 않는 소나무 뿌리를 중심으로 하여 소나무를 표현한 것이다. 바위가 뿌리의 종류이다.
8 **忘れかねつも**: 'かね'는 할 수 없는 것이다.

3045 (아사시모노)/ 사라져 버릴 정도/ 때도 없이요/ 계속 생각하는가/ 목숨으로 하고서

해설

　아침에 서리가 사라지듯이, 그렇게 사라져 버릴 정도로 끊임없이 항상 그 사람을 계속 생각하고 있는
가. 그 사람을 목숨으로 하고서라는 내용이다.
　상대방을 목숨처럼 생각하고 그리워하는 고통을 노래한 것이다.
　'朝霜の'는 '消'를 상투적으로 수식하는 枕詞이다.

3046 잔물결이요/ 밭두렁을 넘듯이/ 오는 가랑비/ 사이를 두고서는/ 나는 생각을 않는데

해설

　잔물결이 밭두렁을 넘는 것처럼 내리는 가랑비가 쉬지 않고 추적추적 내리듯이, 그렇게 사이를 두고서
는 나는 생각을 하지 않는데라는 내용이다.
　쉬지 않고 상대방을 계속 생각한다는 뜻이다.
　'ささなみ'를 大系에서는, '지명. 琵琶湖의 중남부 연안 지방의 옛 이름'이라고 하였다[『萬葉集』 3,
p.296].

3047 신령스럽게/ 바위 위에 나 있는/ 솔뿌리같이/ 그대의 마음은요/ 잊기가 힘드네요

해설

　신령스럽게 바위 위에 나 있는 소나무 뿌리가 흔들림이 없는 것처럼 그렇게 흔들림이 없이 견고한,
나를 향한 그대의 마음을 잊어버릴 수가 없네라는 내용이다.

3048 御獦為 鴈羽之小野之 櫟柴之 奈礼波不益 戀社益

御獵する 雁羽の小野の 櫟柴の[1] 馴れは益らず[2] 戀こそ益れ

みかりする かりはのをのの ならしばの なれはまさらず こひこそまされ

3049 櫻麻之 麻原乃下草 早生者 妹之下紐 不解有申尾

櫻麻の[3] 麻原の下草[4] 早く生ひば 妹が下紐 解かざらましを[5]

さくらをの をふのしたくさ はやくおひば いもがしたびも とかざらましを

3050 春日野介 淺茅標結 断米也登 吾念人者 弥遠長介

春日野に 淺茅標結ひ[6] 絶えめや[7]と わが思ふ人は いや遠長に[8]

かすがのに あさぢしめゆひ たえめやと わがおもふひとは いやとほながに

1 **櫟柴の**: '柴'는 잡목이다. 'なら'…'なれ'로 이어진다.
2 **馴れは益らず**: 친숙해져서 점차로 감동이 없어지기는커녕.
3 **櫻麻の**: 麻의 일종이다. 'をぶ'는 마 밭이다.
4 **麻原の下草**: 'をぶ'는 마 밭이다. 아내를 우의한 것이다. 알맞게 잘 성장했으므로 내가 끈을 풀었다.
5 **解かざらましを**: 현실에 반대되는 가상이다.
6 **淺茅標結ひ**: 맹세를 비유한 것이다.
7 **絶えめや**: 'や'는 강한 부정을 동반한 의문을 나타낸다.
8 **いや遠長に**: 한층 멀고 길게 생각된다.

3048 사냥을 하는/ 카리하(雁羽)의 들의요/ 상수리같이/ 친숙해 싫어질까/ 사랑 더욱 커지네

해설

왕이 사냥을 하는 카리하(雁羽)의 들의 상수리나무처럼 친숙해서 마음이 멀어지기는커녕 사랑하는 마음이 더욱 커지네라는 내용이다.

'馴れは益らず'를 全集에서는, '상대방이 자신에 대해 아직 충분히 마음을 열어 놓지 않은 것을 말한다'고 하였다[『萬葉集』 3, p.330].

3049 櫻麻가 났는/ 마 밭의 풀과 같이/ 빨리 자라나면/ 아내의 속옷 끈을/ 풀 수 없었을 텐데

해설

櫻麻가 나 있는 마 밭의 풀이 어느새 빨리 자라듯이 그렇게 빨리 자라 버렸다면 아내의 속옷 끈을 풀 수가 없었을 텐데라는 내용이다.

아내가 풀처럼 그렇게 빨리 성장하지 않았으므로 자신의 아내로 삼을 수 있었다는 뜻이다.

全集에서는, '빨리 성장했다면 다른 사람이 속옷 끈을 풀어서 자신은 그렇게 할 수가 없었을 것인데, 성장이 늦었으므로 운 좋게 아내의 옷 끈을 풀 수 있었다는 뜻일 것이다. 다만, 'ましを'는 일반적으로 '~하면 좋았다'고 후회하는 경우에 사용되는 점에 의문이 있다'고 하였다[『萬葉集』 3, p.330].

3050 카스가(春日) 들에/ 낮은 띠 표로 묶어/ 끊어질 건가/ 내가 생각하는 사람/ 한층 오래
　　　 살기를

해설

카스가(春日) 들에 낮은 띠풀을 표로 묶어서, 어떻게 끊어질 일이 있을 것인가 하고 내가 생각하는 사람은, 더욱 오래도록이라고 생각이 되네요라는 내용이다.

자신이 배우자로 생각하고 있는 여성은 언제까지나 변함없이 목숨이 길기를 바란다는 노래이다.

'春日野に 淺茅標結ひ'를 全集에서는, '미성숙한 여성을 자신의 사람으로 하는 것의 비유'라고 하였다[『萬葉集』 3, p.330].

3051　足檜木之　山菅根乃　懃　吾波曽戀流　君之光儀介[或本歌曰, 吾念人乎　将見因毛我母

あしひきの　山菅¹の根の　ねもころに²　われはそ戀ふる　君が姿に[惑る本の歌に曰はく
わが思ふ人を　見むよし³もがも⁴]

あしひきの　やますげのねの　ねもころに　われはそこふる　きみがすがたに[あるほんの
うたにいはく, わがおもふひとを　みむよしもがも]

3052　垣津旗　開澤生　菅根之　絶跡也君之　不所見頃者

杜若　咲く澤に生ふる　菅の根の⁵　絶ゆとや君が　見えぬこのころ

かきつはた　さくさはにおふる　すがのねの　たゆとやきみが　みえぬこのころ

---

1 **山菅**: 산에 자라는 골풀이다. 根(ね)의 음을 다음 구의 'ねもころに'의 'ね'에 연결시킨다.
2 **ねもころに**: 마음을 다하여서.
3 **よし**: 방법이다.
4 **もがも**: 願望을 나타낸다.
5 **菅の根の**: 뿌리가 끊어지는 것으로 다음 구의 '絶ゆ'에 연결된다.

3051 (아시히키노)/ 산의 골풀 뿌린 양/ 마음 다하여/ 나는 그리워하네/ 그대의 모습을요[어떤 책의 노래에 말하기를, 내가 생각하는 사람/ 볼 방법이 있다면]

해설

발이 아프도록 힘들게 가야 하는 산의 골풀 뿌리가 세밀하게 뒤엉겨 있는 것처럼, 그렇게 마음을 다하여서 나는 그리워하네. 그대의 모습을[어떤 책의 노래에 말하기를, 내가 생각하는 사람을 만나볼 방법이 있다면 좋겠네]이라는 내용이다.

'あしひきの'는 '山'을 상투적으로 수식하는 枕詞이다.

3052 제비붓꽃이/ 피는 연못에 나 있는/ 골풀 뿌린 양/ 끊어지려나 그대/ 보이잖는 요즈음

해설

제비붓꽃이 피는 연못에 나 있는 골풀 뿌리가 끊어지듯이, 그렇게 두 사람의 관계가 끊어지려고 하는 것인가. 그대가 보이지 않는 요즈음이네요라는 내용이다.

사랑하는 사람의 방문이 뜸해지자 두 사람의 관계가 끊어질 것인가 하고 걱정하는 노래이다.

'開澤生'을 大系・全注에서는 中西 進과 마찬가지로 '피는 못'으로 해석하였다(『萬葉集』3, p.297), (『萬葉集全注』12, p.351)). 그러나 全集에서는, '平城京 북쪽의 지명 佐紀'로 보고 'かきつはた'는 佐紀를 상투적으로 수식하는 枕詞로 보았다(『萬葉集』3, p.331). 私注・注釋에서도 佐紀澤으로 해석하였다(『萬葉集私注』6, p.404), (『萬葉集注釋』12, p.168)). 大系에서는 '開澤'을, '佐紀澤의 뜻으로 해석하면 乙類 kï가 된다. 開에 의해 추측되는 咲き의 き는 甲類 ki이므로 佐紀澤으로 하는 설은 성립될 수 없다'고 하였다(『萬葉集』3, p.297). '開澤'을 구태여 고유명사로 해석할 필요는 없을 것 같다.

3053　足檜木之　山菅根之　懃　不止念者　於妹将相可聞

あしひきの　山菅の根の　ねもころに¹　止まず²思はば　妹に逢はむかも

あしひきの　やますげのねの　ねもころに　やまずおもはば　いもにあはむかも

3054　相不念　有物乎鴨　菅根乃　懃懇　吾念有良武

相思はず　あるものをか³も　菅の根の　ねもころごろに⁴　わが思へるらむ⁵

あひおもはず　あるものをかも　すがのねの　ねもころごろに　わがもへるらむ

3055　山菅之　不止而公乎　念可母　吾心神之　頃者名寸

山菅の⁶　止まずて君を　思へかも⁷　わが心神の⁸　このころは無き

やますげの　やまずてきみを　おもへかも　わがこころとの　このころはなき

---

1 **ねもころに**: 마음을 다하여.
2 **止まず**: やま菅---やまず로 호응한다.
3 **あるものをか**: 'か'는 의문을 나타낸다.
4 **ねもころごろに**: 'ねもころ'를 강조한 것이다.
5 **思へるらむ**: 'らむ'는 현재 추량이다.
6 **山菅の**: やま菅---やまず로 이어진다.
7 **思へかも**: '思へばかも'이다.
8 **心神の**: 정신이다.

3053 (아시히키노)/ 산의 골풀 뿌린 양/ 마음 다하여/ 끊임없이 그리면/ 아내 만날 수 있을까

🌼 해설

　발이 아프도록 힘들게 가야 하는 산의 골풀 뿌리가 서로 섬세하게 엉기어 있듯이 그렇게 마음을 다하여서 끊임없이 그립게 생각하면 아내를 만날 수 있을 것인가라는 내용이다.
　아내를 만나고 싶은 마음을 노래한 것이다.

3054 　서로 생각 않고/ 있는 그 사람을요/ (스가노네노)/ 마음을 다하여서/ 나는 생각하는가

🌼 해설

　나를 생각하지 않고 있는 그 사람을, 마치 골풀 뿌리가 서로 섬세하게 엉기어 있듯이 그렇게 마음을 다하여서 나는 생각하고 있는 것인가라는 내용이다.
　짝사랑의 괴로움을 노래한 것이다.
　'菅の根の'는 'ね'를 상투적으로 수식하는 枕詞이다.

3055 (야마스게노)/ 끊임없이 그대를/ 생각해선가/ 나의 단단한 마음/ 요즈음은 없네요

🌼 해설

　산의 골풀 뿌리처럼 끊임없이 그대를 생각하기 때문인가. 나의 단단한 마음이 요즈음은 없네요라는 내용이다.
　연인에 대한 그리움 때문에 마음이 이성적이지 않은 상태가 된 것을 노래한 것이다.
　'山菅の'는 소리의 유사성에서 '止まず'를 상투적으로 수식하게 된 枕詞이다.

3056　妹門　去過不得而　草結　風吹解勿　又将顧[一云, 直相麻氐介]

妹が門　行き過ぎかねて　草結ぶ¹　風吹き解くな　又顧りみむ[一は云はく, ただに逢ふまでに]

いもがかど　ゆきすぎかねて　くさむすぶ　かぜふきとくな　またかへりみむ[あるはいはく, ただにあふまでに]

3057　淺茅原　茅生丹足蹈　意具美　吾念兒等之　家當見津[一云, 妹之家當見津]

淺茅原　茅生²に足踏み　心ぐみ³　わが思ふ子ら⁴が　家のあたり見つ[一は云はく, 妹が家のあたり見つ]

あさぢはら　ちふにあしふみ　こころぐみ　わがもふこらが　いへのあたりみつ[あるはいはく, いもが　いへのあたりみつ]

3058　内日刺　宮庭有跡　鴨頭草乃　移情　吾思名國

うち日さす⁵　宮にはあれど　鴨頭草の⁶　移ろふ情　わが思は⁷なくに

うちひさす　みやにはあれど　つきくさの　うつろふこころ　わがおもはなくに

---

1 **草結ぶ**: 사랑을 연결시키는 행위. 함께 만나는 것은 불가능하지만 적어도.
2 **淺茅原 茅生**: 낮은 띠가 자라 있는 들판의, 그 자라나 있는 낮은 띠에.
3 **心ぐみ**: '心ぐし(마음이 아픈 상태)'에 'み'를 첨가. 마음이 아프기 때문에.
4 **わが思ふ子ら**: 여성이다.
5 **うち日さす**: 태양이 비춘다는 뜻으로 '궁정'을 상투적으로 수식하는 枕詞이다. 아름답고 고귀한 것을 우의. 작자는 궁중에서 근무하는 여성이다.
6 **鴨頭草の**: '月草'는 닭의장풀. '鴨頭草の'는 '移ろふ'를 상투적으로 수식하는 枕詞이다.
7 **わが思は**: 마음을 생각하다.

3056　아내의 집 문/ 지나치기 힘들어/ 풀을 묶지요/ 바람 불어 풀지 마/ 다시 돌아와 보자

　　　　[또는 말하기를, 직접 만날 때까지는]

❀ 해설

　　아내의 집 문을 그냥 지나쳐서 가기가 힘이 들어서 나는 풀을 묶지요. 그러니 바람이여. 묶은 풀이
풀어지지 않도록 불지 말아 다오. 다시 돌아와 보재또는 말하기를, 직접 만날 때까지는]라는 내용이다.
　　'草結ぶ'를 大系에서는, '類感 주술의 하나. 풀을 묶음으로써 자신과 여성이 헤어지지 않도록 하는
마음을 담는다'고 하였다[『萬葉集』 3, p.298].

3057　낮은 띠 들판/ 띠를 발로 밟듯이/ 마음 아프게/ 내가 생각는 소녀/ 집 근처를 보았다네

　　　　[또는 말하기를, 아내의/ 집 근처를 보았다네]라는 내용이다.

❀ 해설

　　낮은 띠 들판에 나 있는 띠를 발로 밟으면 발이 아프듯이, 그렇게 마음이 아프게 괴로워하면서, 내가
생각하는 소녀의 집 근처를 바라보았다네[또는 말하기를, 아내의 집 근처를 보았다네]라는 내용이다.
　　'茅'를 大系에서는, 'ti(茅)는 조선어 tïi(茅)와 같은 어원인가'라고 하였다[『萬葉集』 3, p.298].

3058　(우치히사스)/ 궁정에는 있지만/ (츠키쿠사노)/ 변하기 쉬운 마음/ 나는 생각지 않는데

❀ 해설

　　비록 햇빛이 비추는 빛나는 궁정에 나는 있지만, 닭의장풀 꽃으로 염색한 것이 빨리 색이 옅어져서
변하는 것처럼, 그렇게 변하기 쉬운 마음을 나는 가지고 있지 않은데라는 내용이다.
　　화려한 궁정에 있지만 자신의 마음은 쉽게 변하지 않을 것이라는 뜻이다.

3059　百尓千尓　人者雖言　月草之　移情　吾将持八方

百に千に¹　人は言ふとも　月草の²　移ろふ情　わが持ためや³も

ももにちに　ひとはいふとも　つきくさの　うつろふこころ　わがもためやも

3060　萱草　吾紐尓着　時常無　念度者　生跡文奈思

忘れ草⁴　わが紐に着く　時と無く　思ひ渡れば　生けり⁵とも無し

わすれぐさ　わがひもにつく　ときとなく　おもひわたれば　いけりともなし

3061　五更之　目不酔草跡　此乎谷　見乍座而　吾止⁶偲為

曉の　目さまし草と⁷　これをだに　見つつ坐して　われと偲はせ

あかときの　めさましくさと　これをだに　みつついまして　われとしのはせ

---

1 **百に千に**: 수가 많은 것이다.
2 **月草の**: '月草'는 닭의장풀. '鴨頭草の'는 '移ろふ'를 상투적으로 수식하는 枕詞이다.
3 **わが持ためや**: 'や'는 강한 부정을 동반한 의문을 나타낸다.
4 **忘れ草**: 원추리. 일본 고대인들은 이것을 가지고 있으면 근심을 잊게 된다고 믿었다.
5 **生けり**: 'けり'는 완료를 나타낸다.
6 **止**: '止'는 다른 예가 없으며, '少'의 오자라는 설도 있다. 혹은 '不止偲為'인가.
7 **目さまし草と**: 어떤 풀인지 알 수 없다. 아침에 눈을 뜨게 하는 풀로 도라지꽃 종류인가. 아침의 아내를 생각나게 하는 것이다.

3059 여러 가지로/ 사람들은 말해도/ (츠키쿠사노)/ 변하는 마음을요/ 내가 가질 것인가

🌸 **해설**

　　이것저것 여러 가지로 사람들은 소문을 내어 말을 해도, 닭의장풀 꽃으로 염색한 것이 빨리 색이
옅어져서 변하는 것처럼 그렇게 변하기 쉬운 마음을 어떻게 내가 가질 것인가라는 내용이다.
　　사람들은 소문을 내어 말을 많이 해도 자신의 마음은 변하지 않는다는 뜻이다.

3060 원추리 풀을/ 내 옷 끈에 끼우네/ 끊임이 없이/ 계속 생각을 하면/ 산 것 같지도 않네

🌸 **해설**

　　가지고 있으면 사랑의 고통을 잊게 된다고 하는 원추리 풀을 내 옷 끈에 매어 다네. 끊임이 없이
연인을 계속 생각하고 있으면 괴로워서 살아 있는 것 같지도 않네라는 내용이다.
　　사랑의 고통이 심하므로 그 고통을 잊기 위해서, 고통을 잊게 해준다고 하는 원추리 풀을 옷 끈에
매어 단다는 뜻이다.

3061 새벽녘에요/ 눈 뜨게 하는 풀로/ 이것이라도/ 계속 보며 있으며/ 나라고 생각해요

🌸 **해설**

　　새벽녘에 눈을 뜨게 하는 풀로서, 적어도 이것만이라도 계속 보며 있으며 나라고 생각해 주세요라는
내용이다.
　　어떤 종류의 풀을 보내면서 아침에 눈을 뜨면 자신을 생각하라고 한 노래이다.
　　'目さまし草'를 私注에서는, '풀 이름은 아니고, くさるもの(物)라는 뜻으로 눈을 뜨게 하는 재료의
뜻일 것이라고 한다'고 하였다(『萬葉集』 6, p.408). 大系·注釋·全集·全注에서도 모두 물건으로 보았다.
무엇인가 물건을 보내면서 함께 곁들여 보낸 노래라고 보았다.

3062　萱草　垣毛繁森　雖殖有　鬼之志許草　猶戀尓家利

忘れ草　垣もしみみに[1]　植ゑたれど　醜の醜草[2]　なほ戀ひにけり

わすれぐさ　かきもしみみに　うゑたれど　しこのしこくさ　なほこひにけり

3063　淺茅原　小野尓標結　空言毛　将相跡令聞　戀之名種尓[或本歌曰, 将来知志　君矣志将待

淺茅原　小野に標結ふ[3]　空言も　逢はむと聞こせ　戀の慰に[惑る本の歌に曰はく, 來むと
知らせし[4]　君をし待たむ]

あさぢはら　をのにしめゆふ　むなことも　あはむときこせ　こひのなぐさに[あるほんの
うたにいはく, こむとしらせし　きみをしまたむ]

又見柿本朝臣人麻呂歌集[5]. 然落句[6]小異耳.

---

1 **しみみに**: 빼곡하게.
2 **醜の醜草**: 매도하는 말이다.
3 **小野に標結ふ**: 넓은 범위에 표를 묶을 수 없다. 따라서 거짓말이다.
4 **來むと知らせし**: 나에게.
5 **又見柿本朝臣人麻呂歌集**: 2466번가를 가리킨다.
6 **落句**: 본래는 율시의 7·8구를 말한다. 여기에서는 마지막 구라는 뜻이다.

3062 원추리 풀을/ 담장 밑에 빼곡이/ 심었지만요/ 도움 안 되는 풀로/ 더한층 그립네요

✿ 해설

사랑의 고통을 잊게 한다는 풀인 원추리 풀을 담장 밑에까지 빼곡이 심어서 사랑의 고통을 잊어 보려고 노력했지만 나에게는 전연 도움이 되지 않네요. 사랑의 고통이 없어지기는커녕 더한층 상대방이 생각나서 그립네요라는 내용이다.

여러 가지로 애를 써 보아도 사랑의 고통에서 벗어나기 힘든 것을 노래한 것이다.

'醜'를 全集에서는, '불쾌한 것을 나쁘게 말한 것'이라고 하였다[『萬葉集』 3, p.333].

3063 낮은 띠 들판/ 들판에 표 묶는단/ 거짓말로도/ 만나자고 말해요/ 사랑 고통 위로로

[어떤 책의 노래에 말하기를, 오겠다고 알려준/ 그대를 기다리죠]

또 카키노모토노 아소미 히토마로(柿本朝臣人麻呂)의 가집에 보인다. 그러나 마지막 구가 조금 다를 뿐이다.

✿ 해설

낮은 띠가 나 있는 들판 전체에 표를 한다고 하는 거짓말이라도 좋으니 나에게 만나자고 말을 해 주세요. 내가 사랑으로 인해 받는 고통이 위로가 되도록[어떤 책의 노래에 말하기를, 오겠다고 알려준 그대를 기다리죠]이라는 내용이다.

또 카키노모토노 아소미 히토마로(柿本朝臣人麻呂)의 가집에 보인다. 그러나 마지막 구가 조금 다를 뿐이다.

권제11의 2466번가 '淺茅原 小野に標結ふ 空言も いかなりといひて 君をし待たむ'를 보면 제4, 5구가 3063번가와 다를 뿐이다.

'むな(空)'를 大系에서는, '身(む)無(な)의 뜻. mu(身)는 조선어 mom(身)과 같은 어원'이라고 하였다[『萬葉集』 3, p.299].

3064 人皆之　笠尓縫云　有間菅　在而後尓毛　相等曽念

　　　人皆の　笠に縫ふといふ　有間菅[1]　ありて[2]後にも　逢はむとそ思ふ

　　　ひとみなの　かさにぬふといふ　ありますげ　ありてのちにも　あはむとそもふ

3065 三吉野之　蜻乃小野尓　苅草之　念乱而　宿夜四曽多

　　　み吉野の　蜻蛉の小野に[3]　苅る草の[4]　思ひ亂れて　寝る夜しそ多き

　　　みよしのの　あきづのをのに　かるかやの　おもひみだれて　ぬるよしそおほき

3066 妹待跡　三笠乃山之　山菅之　不止八将戀　命不死者

　　　妹待つと[5]　三笠の山の　山菅の[6]　止まずや戀ひむ　命死なずは

　　　いもまつと　みかさのやまの　やますげの　やまずやこひむ　いのちしなずは

---

1 **有間菅**: 'あり間菅---ありて---あはむ'로 연결된다.
2 **ありて**: 'ありて…'는 '…계속 하면서'라는 뜻이다.
3 **蜻蛉の小野に**: 宮瀧 부근이다.
4 **苅る草の**: 원추리. 베면 흐트러진다.
5 **妹待つと**: '三笠'을 왜 수식하게 되었는지는 알 수 없다.
6 **山菅の**: 'やま菅---やまず'로 연결된다.

3064 사람들 모두/ 갓으로 짠다고 하는/ 아리마(有間) 골풀/ 이렇게 후에라도/ 만나려 생각하네

해설

　사람들이 모두 갓으로 짠다고 하는 아리마(有間) 지역에서 나는 골풀, 그 아리마(有間)의 소리처럼 이런 상태로 계속 있다가 시간이 지나면 후에라도 만나려고 생각하네라는 내용이다.
　'有間(ありま)'과 'ありて'의, 같은 'あり' 발음을 이용한 노래이다. '有間菅'을 大系에서는, '兵庫縣 有馬 지방에서 나는 골풀'이라고 하였다『萬葉集』 3, p.236].
　권제11의 2757번가 '大君の 御笠に縫へる 有間菅 ありつつ見れど 事なき吾妹'와 같은 발상이다.

3065 요시노(吉野)의요/ 아키즈(蜻蛉)의 들판에/ 베는 풀처럼/ 생각 흐트러져서/ 자는 밤이 많으네요

해설

　요시노(吉野)의 아키즈(蜻蛉) 들판에서 베는 풀이 엉클어지듯이, 사랑하는 사람을 생각하기 때문에 그렇게 생각이 흐트러져서 자는 밤이 많네요라는 내용이다.

3066 (이모마츠토)/ 미카사(三笠)의 산의요/ 산 골풀처럼/ 계속 사랑을 하나/ 목숨 죽지를 않고

해설

　사랑하는 아내를 기다린다고 하는 미카사(三笠) 산의 산 골풀처럼, 끊어지는 일이 없이 계속 사랑을 하는 것인가. 목숨이 죽지를 않고 살아 있는 동안은이라는 내용이다.
　'妹待つと'는 '三笠'을 상투적으로 수식하는 枕詞이다.

3067　谷迫　峯邊延有　玉葛　令蔓之有者　年二不来友[一云, 石葛　令蔓之有者]

谷狹み　峰邊に延へる　玉葛[1]　延へてしあらば　年に[2]來ずとも[一は云はく, 石葛の[3]　延へてしあらば]

たにせばみ　みねへにはへる　たまかづら　はへてしあらば　としにこずとも[あるいはいはく, いはつなの　はへてしあらば]

3068　水莖之　岡乃田葛葉緒　吹變　面知兒等之　不見比鴨

水莖の[4]　岡の葛葉を　吹きかへし[5]　面知る子等が　見えぬ頃かも

みづくきの　をかのくずはを　ふきかへし　おもしるこらが　みえぬころかも

3069　赤駒之　射去羽計　真田葛原　何傳言　直将吉

赤駒の　い行きはばかる[6]　眞葛原　何の[7]傳言　直に[8]し良けむ

あかごまの　いゆきはばかる　まくずはら　なにのつてこと　ただにしえけむ

---

1 **玉葛**: '玉'은 美稱이다. 덩굴이다.
2 **年に**: 일 년이다.
3 **石葛の**: 바위 위로 벋어가는 덩굴이다.
4 **水莖の**: 싱싱한 가지이다.
5 **吹きかへし**: 눈에 띄는 인상을 '面知る'에 연결시킨다.
6 **い行きはばかる**: 꺼리는 상태를, 다른 사람을 꺼리는 傳言에 연결시킨다.
7 **何の**: 부정적인 기분을 나타낸다.
8 **傳言 直に**: 직접 말하는 것인가.

3067 계곡 좁아서/ 봉우리 향해 벋은/ 덩굴과 같이/ 오래 계속 된다면/ 일 년 동안 안 와도[또는 말하기를, 바위 위 덩굴/ 오래 계속 된다면]

해설

계곡이 좁아서 봉우리를 향하여 벋은 덩굴과 같이, 그렇게 서로의 사랑이 끊어지지 않고 앞으로도 오래도록 계속 된다면, 일 년 동안 한 번도 오지 않아도 괜찮아요[또는 말하기를, 바위 위를 벋어가는 덩굴처럼, 그렇게 나에 대한 사랑이 오래 계속 된다면]라는 내용이다.

'狹み'를 大系에서는, 'seba(狹)는 조선어 čop(狹)과 같은 어원인가'라고 하였다[『萬葉集』 3, p.300].

3068 (미즈쿠키노)/ 언덕의 덩굴 잎을/ 불어 뒤집듯/ 얼굴을 아는 아이/ 보이잖는 요즈음

해설

싱싱한 가지가 난 언덕의 덩굴 잎을, 바람이 불어서 뒤집어 뒷면의 흰색을 눈에 띄게 확실하게 보여주네. 그처럼 눈에 띄는 얼굴을 알고 있는 그 아이가 보이지 않는 요즈음이네라는 내용이다.

눈에 띄도록 아름다운 소녀가 얼마동안 보이지 않자 궁금해 하는 노래이다.

3015번가와 유사한 노래이다.

3069 붉은 말이요/ 가기를 꺼려하는/ 덩굴 밭처럼/ 왜 말을 전하는가/ 바로 하는 게 좋지

해설

붉은 말이 앞으로 나아가기를 꺼려하는, 덩굴이 많이 나 있는 밭처럼 그렇게 다른 사람을 신경을 써서 꺼리며 전하는 말이 무슨 도움이 될까요. 바로 말을 하는 것이 좋을 것인데라는 내용이다.

사람들의 눈을 꺼려서 상대방이 직접 오지 않고 심부름꾼을 보내어서 말을 전하는 것을 나무라는 노래이다.

'眞葛原'의 '眞'은 접두어이다.

'眞葛原'을 全集에서는, '상대방이 작자 곁을 방문하려고 생각하면서도 그것을 방해하는 무언가의 사정을 비유한 말'이라고 하고, '何の傳言'은 '상대방이 직접 오지 않고 심부름꾼을 통해 말을 전한 것이 화가 나서 한 말'이라고 하였다[『萬葉集』 3, p.335].

3070　木綿疊　田上山之　狭名葛　在去之毛　今不有十方

　　　木綿疊¹　田上山の　さな葛²　ありさりてしも³　今ならずとも

　　　ゆふたたみ　たなかみやまの　さなかづら　ありさりてしも　いまならずとも

3071　丹波道之　大江乃山之　真玉葛　絶牟乃心　我不思

　　　丹波道⁴の　大江の山の　眞玉葛⁵　絶えむの心　わが思はなくに⁶

　　　たにはぢの　おほえのやまの　またまづら　たえむのこころ　わがおもはなくに

3072　大埼之　有礒乃渡　延久受乃　徃方無哉　戀度南

　　　大崎⁷の　荒礒⁸の渡　延ふ葛の　行方も無くや⁹　戀ひ渡りなむ

　　　おほさきの　ありそのわたり　はふくずの　ゆくへもなくや　こひわたりなむ

---

1 **木綿疊**: 닥나무 섬유로 짠 자리이다. 'たたむ(포갠다)' 뜻으로 'た'를 수식한다.
2 **さな葛**: 'さ·な'는 美稱이다. 덩굴이다. 길게 벋는 모양으로 다음 내용을 수식한다.
3 **ありさりてしも**: 이렇게 계속 있은 후에야말로 만날 수 있겠지.
4 **丹波道**: 丹波로 가는 길. 大江山은 京都市 右京區 大枝町 沓掛의 서북쪽에 있다.
5 **眞玉葛**: '眞·玉'은 美稱이다. 덩굴이 끊어지는 것을 다음 구와 연결시켰다.
6 **わが思はなくに**: 'なく'는 부정의 명사형이다. 'に'는 역접의 영탄을 나타낸다.
7 **大崎**: 和歌山縣 海草郡 下津町 大崎.
8 **荒礒**: 바위가 거친 해안이다.
9 **行方も無くや**: 덩굴도 마음도 종말을 알지 못하고.

3070 (유후타타미)/ 타나카미(田上) 산의요/ 덩굴과 같이/ 후에는 만나겠지/지금이 아니라도

해설

목면으로 짠 깔 자리를 포갠다는 뜻을 이름으로 한 타나카미(田上) 산의, 벋어가는 덩굴과 같이 이 상태로 계속 지낸 후에는 만날 수 있겠지. 꼭 지금이 아니더라도라는 내용이다.
비록 지금은 만날 수가 없지만 나중에는 만날 수가 있을 것이라고 기대하는 노래이다.
'田上山'을 大系에서는, 滋賀縣 栗太郡. 宇治川의 상류에 있다'고 하였다[『萬葉集』 3, p.300].

3071 타니하(丹波) 길의/ 오호에(大江)의 산의요/ 덩굴과 같이/ 끊어지려는 마음/ 나는 생각 않는 걸

해설

타니하(丹波)로 가는 길에 있는 오호에(大江)의 산의 아름다운 덩굴 풀과 같이, 두 사람 사이가 끊어지 기를 원하는 그런 것을 나는 생각하지 않고 있는 것이라는 내용이다.
권제14의 3507번가 '谷狹み 峰に延ひたる 玉かづら 絶えむの心 我が思はなくに'와 유사한 내용이다.

3072 오호사키(大崎)의/ 거친 해안 선착장/ 벋는 풀처럼/ 가는 곳도 없이요/ 계속 그리워하나

해설

오호사키(大崎)의 거친 바위가 많은 해안의 선착장에, 정해진 곳도 없이 벋어가는 덩굴처럼 그렇게 가는 곳도 모르고 계속 그리워하는 것인가라는 내용이다.
앞으로 두 사람의 관계가 어떤 방향으로 나아가게 될지 모르는 불안감을 나타낸 노래이다.

3073 木綿裏[一云, 疊] 白月山之 佐奈葛 後毛必 将相等曽念[或本歌曰, 将絶跡妹乎 吾念莫久介]

木綿裏[一は云はく, 疊] 白月山²の さな葛³ 後もかならず 逢はむとそ思ふ[惑る本の歌に曰はく, 絶えむと妹を わが思はなくに]

ゆふつつみ[あるはいはく, たたみ] しらつきやまの さなかづら のちもかならず あはむとそおもふ[あるほんのうたにいはく, たえむといもを わがおもはなくに]

3074 唐棣花色之 移安 情有者 年乎曽寸経 事者不絶而

唐棣花色⁴の 移ろひやすき 情⁵なれば 年をそ來經る 言は絶えずて

はねずいろの うつろひやすき こころなれば としをそきふる ことはたえずて

3075 如此為而曽 人之死云 藤浪乃 直一目耳 見之人故介

かくしてそ 人の死ぬといふ 藤波の⁶ ただ一目のみ 見し人ゆゑに

かくしてそ ひとのしぬといふ ふぢなみの ただひとめのみ みしひとゆゑに

---

1 **木綿裏**: 神事에 사용하는 것인가. 목면은 닥나무의 섬유이다. 희다. 그래서 '白'을 상투적으로 수식하는 枕詞이다.
2 **白月山**: 어디인지 알 수 없다. 白槻의 산이라는 뜻인가.
3 **さな葛**: 덩굴의 총칭이다. 덩굴이 벋어 끝에서 만난다는 뜻으로 '心情'을 나타낸다.
4 **唐棣花色**: 산앵도로 물을 들인 붉은 색인가.
5 **情**: 상대방의 마음이다.
6 **藤波の**: 물결을 이루는 등꽃이다. 팔찌로 한 연모의 정을 '思ひ纏(まつ)はり'(3248번가)라고도 표현한다.

3073 (유후츠츠미)[혹은 말하기를, 깔 자리]/ 시라츠키(白月)의 산의/ 덩굴과 같이/ 후에라도
      반드시/ 만나려고 생각하네[어떤 책의 노래에 말하기를, 끊어지려고 아내/ 나는 생각을
      않는데]

✿ 해설

   흰 자뤼[혹은 말하기를, 깔 자리]같이 희다는 뜻을 이름으로 한 시라츠키(白月) 산의 아름다운 덩굴이
벋어가서 끝에서 만나듯이, 지금이 아니더라도 후에라도 반드시 그렇게 만나려고 생각하네[어떤 책의
노래에 말하기를, 두 사람 사이가 끊어지려고 하는 마음으로, 나는 아내와의 관계를 생각하는 것이 아닌
데]라는 내용이다.
   '木綿裏'은 『萬葉集』에서 이 작품에만 보인다.

3074 (하네즈이로노)/ 바래어 지기 쉬운/ 마음이었기에/ 일 년을 보내었네/ 소식은 끊이잖고

✿ 해설

   산앵도 색으로 물들인 것이 색이 옅어지기 쉬운 것처럼 상대방이 그렇게 변하기 쉬운 마음이었으므로
만나는 일도 없이 일 년을 보내었네. 소식만은 끊어지지 않고 오고가지만이라는 내용이다.
   결혼 등 무엇인가 결단을 내리지 못하고 변덕스러운 상대방에 대한 불평의 뜻이 담겨 있는 노래이다.
   '唐棣花色の'는 '移ろひ'를 상투적으로 수식하는 枕詞이다.

3075 이렇게 하여/ 사람 죽는다고 하네/ 등꽃과 같이/ 단지 한 번 만을요/ 본 사람 때문에요

✿ 해설

   이렇게 사랑 때문에도 사람은 죽는다고 하는 것이다. 물결을 이루는 등꽃과 같이 아름다운, 단지
한번만 보았을 뿐인 아름다운 그 사람 때문에라는 내용이다.
   한번 보았을 뿐인데도 아름다운 그 사람이 생각나서 죽을 것 같다는 뜻이다.

3076　住吉之　敷津之浦乃　名告藻之　名者告而之乎　不相毛恠

　　　住吉の　敷津の浦の　名告藻の¹　名は告りてしを　逢はなくもあやし²

　　　すみのえの　しきつのうらの　なのりその　なはのりてしを　あはなくもあやし

3077　三佐呉集　荒礒尒生流　勿謂藻乃　吉名者不告　父母者知等毛

　　　みさご居る　荒礒に生ふる　莫告藻の³　よし⁴名は告らじ⁵　父母は知るとも

　　　みさごゐる　ありそにおふる　なのりその　よしなはのらじ　おやはしるとも

---

1 **名告藻の**: 모자반이다. 이름을 말한다는 뜻으로 다음 구에 이어진다. 이름을 말하는 것은 구혼에 응한다는
　뜻이다. 그런데 남자는 오지 않는다.
2 **逢はなくもあやし**: 도리를 알지 못하는 일이다.
3 **莫告藻の**: 모자반이다. 이름을 말하지 말라는 뜻이다.
4 **よし**: 제5구의 'とも'와 호응한다. 결단의 느낌이다.
5 **名は告らじ**: 권제3의 363번가와 같은 형식이므로, 원문의 '不'을 '令'의 오자라고 보는 설도 있다. 노래의
　뜻은 반대가 된다.

3076 스미노에(住吉)의/ 시키츠(敷津)의 포구의/ 모자반 같이/ 이름은 말했는데/ 못 만나니 이
      상하네

　　스미노에(住吉)의 시키츠(敷津)의 포구의 모자반이, 이름을 말한다는 뜻인 것처럼, 나도 이름은 말했
는데 상대방을 만나지도 못하고 있으니 이상하네라는 내용이다.
　　'住吉'을 大系에서는, '大阪市 住吉區, 住吉 신사 서쪽에 敷津의 이름이 남아 있다'라고 하였다[『萬葉集』
3, p.301].
　　'なのりそ(모자반)'의 'のり'는 원형이 'の(告)る'로 '말하다'는 뜻이다. 그런데 'な'는 두 가지로 해석을
할 수 있다. 첫째는 '名告藻'인데 이렇게 보면 이름을 말하라는 뜻의 해초가 된다.
　　두 번째는 '勿告藻', '莫告藻'로 쓰는 경우이다. 이렇게 쓰게 되면 'な'는 하지 말라는 부정명령을 나타내
는 '勿‧莫'을 뜻하므로 '이름을 말하지 말라'는 뜻이 된다.
　　여기에서는 이름을 말하다는 뜻이다.

3077 물수리 사는/ 거친 바위에 돋은/ 모자반처럼/ 좋아 이름 말 않죠/ 부모가 알더라도

　　물수리가 사는 물가 주위에 돋아 있는 '이름을 말하지 말라'는 뜻의 모자반 이름처럼, 좋아요 그대의
이름은 말하지 않지요. 두 사람의 사랑을 비록 부모님이 알았다고 하더라도라는 내용이다.
　　고대 일본에서 이름을 함부로 말하는 것은 금기시 되었으므로, 두 사람의 관계를 부모가 알게 된다고
해도 상대방의 이름을 절대로 말하지 않겠다고 약속하는 노래이다.
　　권제3의 362번가 'みさごゐる 磯廻に生ふる 名乗藻の 名は告らしてよ 親は知るとも'와 363번가 'みさご
ゐる 荒磯に生ふる 名乗藻の よし名は告らせ 親は知るとも'와 거의 같은 내용이다.
　　'なのりそ(모자반)'의 'のり'는 원형이 'の(告)る'이며 '말하다'는 뜻이다. 그런데 'な'는 두 가지로 해석을
할 수 있다. 첫째는 '名告藻'인데 이렇게 보면 이름을 말하라는 뜻의 해초가 된다.
　　두 번째는 '勿告藻', '莫告藻'로 쓰는 경우이다. 이렇게 쓰게 되면 'な'는 하지 말라는 부정명령을 나타내
는 '勿‧莫'을 뜻하므로 '이름을 말하지 말라'는 뜻이 된다. 따라서 3077번가는 '이름을 말하지 않는다'는
뜻이다. 똑같은 'なのりそ(모자반)'를 사용하였지만 한자에 따라서 반대의 내용이 되는 것이다.
　　'よし'는 '비록, 자아' 등 여러 뜻이 있다.

3078　浪之共　靡玉藻乃　片念介　吾念人之　言之繁家口

波のむた　なびく¹玉藻の　片思に　わが思ふ人の　言²の繁けく

なみのむた　なびくたまもの　かたもひに　わがもふひとの　ことのしげけく

3079　海若之　奥津玉藻之　靡将寐　早来座君　待者苦毛

わたつみの³　沖つ玉藻の　靡き寝む　早來ませ⁴君　待たば苦しも

わたつみの　おきつたまもの　なびきねむ　はやきませきみ　またばくるしも

3080　海若之　奥介生有　繩乘乃　名者曽不告　戀者雖死

わたつみの　沖に生ひたる　繩苔の⁵　名はさね⁶告らじ　戀ひは死ぬとも

わたつみの　おきにおひたる　なはのりの　なはさねのらじ　こひはしぬとも

1 **なびく**: 한쪽으로 쏠리는 모습으로 짝사랑을 의미하였다.
2 **言**: 상대방의 연애 소문이다. 따라서 마음이 불안하다.
3 **わたつみの**: 원문의 '海若'은 바다 신이다. 변하여 널리 바다 그 자체를 가리킨다.
4 **早來ませ**: 'ませ'는 경어이다.
5 **繩苔の**: 무슨 뜻인지 알 수 없다.
6 **さね**: '완전히, 결코'. 부정과 호응한다.

3078　파도와 함께/ 쏠리는 해초같이/ 짝사랑으로/ 내가 생각하는 사람/ 소문이 무성하네

해설

　밀려오는 파도와 함께 한쪽으로 쏠리는 해초같이, 내 쪽에서만 일방적으로 짝사랑을 하며 내가 생각하는 그 사람에 대한 연애 소문이 무성하네라는 내용이다.

　작자가 짝사랑하는 사람이 다른 사람과 사랑을 한다는 소문에 불안을 느낀 노래이다.

　'むた'를 大系에서는, 'むた는 조선어 mot(共)과 같은 어원인가'라고 하였다[『萬葉集』 3, p.302].

3079　넓은 바다의/ 깊은 곳 해초처럼/ 쏠려서 자요/ 빨리 오세요 그대/ 기다리면 괴롭네

해설

　넓은 바다의 깊은 곳의 해초처럼 그렇게 쏠려서 함께 잠을 잡시다. 그러니 빨리 오세요 그대여. 기다리고 있으면 괴롭네요라는 내용이다.

　상대방이 도착하기를 기다리기 힘들어 빨리 오라고 재촉하는 마음을 노래한 것이다.

3080　넓은 바다의/ 깊은 곳에 나 있는/ 해초와 같이/ 이름 절대 말 않죠/ 사랑에 죽더라도

해설

　넓은 바다의 깊은 곳에 나 있는 해초와 같이, 이름은 절대로 말을 하지 않아요. 사랑의 고통 때문에 죽는다고 해도라는 내용이다.

　'告らじ'를 大系에서는, 'nöru(告)는 조선어 nil(言)과 같은 어원인가'라고 하였다[『萬葉集』 3, p.302].

　고대 일본에서 이름을 함부로 말하는 것은 금기시되었으므로, 상대방의 이름을 절대로 말하지 않겠다고 약속하는 노래이다.

3081　玉緒乎　片緒介搓而　緒乎弱弥　乱時介　不戀有目八方

玉の緒を　片緒に搓りて[1]　緒を弱み　亂るる時に　戀ひざらめや[2]も

たまのをを　かたをによりて　ををよわみ　みだるるときに　こひざらめやも

3082　君介不相　久成宿　玉緒之　長命之　惜雲無

君に逢はず　久しくなりぬ　玉の緒の[3]　長き命の　惜しけくもなし

きみにあはず　ひさしくなりぬ　たまのをの　ながきいのちの　をしけくもなし

3083　戀事　益今者　玉緒之　絶而乱而　可死所念

戀ふること　益れば今は　玉の緒の　絶えて亂れて　死ぬべく思ほゆ

こふること　まさればいまは　たまのをの　たえてみだれて　しぬべくおもほゆ

---

1 **片緒に搓りて**: 한 가닥 실로 불완전하게 합친다는 뜻인가.
2 **戀ひざらめや**: '야'는 강한 부정을 동반한 의문을 나타낸다.
3 **玉の緒の**: 구슬을 꿰는 끈이라는 뜻이지만, 전체를 긴 구슬로 본다. '息の緒'와 같은 구조이다. 玉은 혼, 혼이 길게 이어지는 목숨으로 '長き命の'에 연결된다.

3081 구슬의 끈을/ 한 가닥으로 하면/ 끈이 약해서/ 흩어지는 때에요/ 사랑 않을 수 있나

❀ 해설

구슬을 꿰는 끈을 한 가닥으로 비벼서 만들면 끈이 약해서 끊어져서 구슬은 흩어져 버리겠지. 그처럼 내 영혼의 끈도 어지러운 때에는 어떻게 사랑의 고통을 당하지 않고 있을 수가 있겠나요라는 내용이다. 두 사람의 사이가 끊어졌을 때는 매우 고통스러울 것이라는 뜻이다.

3082 그대 못 만난 지/ 오래 되어 버렸네/ (타마노오노)/ 긴 목숨이라 해도/ 아깝지도 않네요

❀ 해설

그대를 만나지 못한 지 오래 되었네요. 구슬을 꿴 끈처럼 긴 목숨이라 해도 아깝지도 않네요라는 내용이다.
연인을 오래 만나지 못하고 사랑의 고통을 당하고 있으니 살 의욕이 없다는 뜻이다.
'玉の緒の'는 '長'을 상투적으로 수식하는 枕詞이다.

3083 그리움이요/ 더 깊어진 지금은/ (타마노오노)/ 끊어져 흐트러져/ 죽을 거라 생각되네

❀ 해설

그리움이요 더한층 깊어진 지금은, 구슬을 꿰는 끈이 끊어져서 구슬이 흩어지듯이, 그렇게 혼의 끈이 끊어져서 정신이 혼란스러워 죽을 것만 같이 생각되네라는 내용이다.
상대방에 대한 그리움 때문에 정신이 혼란스러워 죽을 것 같은 심정을 노래한 것이다.
'玉の緒の'는 '節'을 상투적으로 수식하는 枕詞이다.

3084　海處女　潛取云　忘貝　代二毛不忘　妹之光儀者

海少女　潛き取るといふ　忘れ貝[1]　世にも忘れじ　妹が姿は

あまをとめ　かづきとるといふ　わすれがひ　よにもわすれじ　いもがすがたは

3085　朝影介　吾身者成奴　玉蜻　髣髴所見而　佒之兒故介

朝影に　わが身はなりぬ　玉かぎる[2]　ほのかに見えて　去にし子ゆゑに

あさかげに　わがみはなりぬ　たまかぎる　ほのかにみえて　いにしこゆゑに

3086　中々二　人跡不在者　桑子介毛　成益物乎　玉之緒許

なかなかに[3]　人とあらずは　桑子にも　ならましものを[4]　玉の緒[5]ばかり

なかなかに　ひととあらずは　くはこにも　ならましものを　たまのをばかり

---

1 **忘れ貝**: 본래 두 개의 껍질 중에서 한쪽이 잊혀진 것처럼 있는 것을 말한다. 여기에서는 잠수해서 따는
　전복을 말하는가. 'といふ'는 작자에게 실제성이 희박한 것을 나타낸다.
2 **玉かぎる**: 'かぎる'는 빛나는 것이다. 'ほのかに'를 상투적으로 수식하는 枕詞이다.
3 **なかなかに**: 오히려.
4 **ならましものを**: 'ずは…まし'는 현실에 반대되는 가상의 형식이다.
5 **玉の緒**: 緒는 끊어지므로 짧은 비유에도 사용된다.

3084   바다 소녀가/ 잠수해서 딴다 하는/ 한쪽 조가비/ 결코 잊지 않아요/ 아내의 모습을요

해설

　바다 소녀가 잠수해서 딴다고 하는 한쪽만 남은 조개껍질처럼 결코 잊지 않아요. 아내의 모습을요이라
는 내용이다.

　'世に'를 全集에서는, '일생에'라는 뜻이지만, 부정과 호응하여 '결코, 조금도' 등의 뜻을 나타내는 부사
로도 사용한다. 여기에서는 그 한 예'라고 하였다『萬葉集』 3, p.338].

3085   아침 그림자/ 내 몸은 되었네요/ (타마카기루)/ 어렴풋이 보이고/ 가버린 애 때문에

해설

　아침에 해가 뜰 때 그림자가 긴 것처럼 그렇게 내 몸은 야위었네요. 구슬이 빛나는 것처럼 어렴풋이
보이고 가버린 소녀 때문에라는 내용이다.

　어렴풋하게 본 소녀를 사랑하는 고통으로 인해 몸이 야윈 것을 노래한 것이다.

3086   어중간하게/ 사람이 되지 말고/ 누에라도요/ 됐으면 좋았을 걸/ 짧은 동안이라도

해설

　어중간하게 사람이 되지 말고 차라리 누에고치라도 되었더라면 좋았을 것. 정말 짧은 동안만이라도
라는 내용이다.

　작자가 무엇 때문에 누에가 되고 싶다고 했는지는 정확하게 알 수 없다. 大系에서는, '아무런 걱정이
없는 누에가 되고 싶다'로 해석하였다『萬葉集』 3, p.303]. 私注에서는, '고치 속에 숨듯이, 연인과 함께
숨고 싶다는 뜻을 노래한 것일 것이다'고 하였다『萬葉集私注』 6, p.422].

3087　真菅吉　宗我乃河原尒　鳴千鳥　間無吾背子　吾戀者

眞菅よし　宗我の河原に　鳴く千鳥[1]　間無しわが背子　わが戀ふらく[2]は

ますげよし　そがのかはらに　なくちどり　まなしわがせこ　わがこふらくは

3088　戀衣　着楢乃山尒　鳴鳥之　間無無時　吾戀良苦者

戀衣[3]　着奈良の山に[4]　鳴く鳥の　間無く時無し[5]　わが戀ふらくは

こひころも　きならのやまに　なくとりの　まなくときなし　わがこふらくは

3089　遠津人　獦道之池尒　住鳥之　立毛居毛　君乎之曽念

遠つ人　獵道[6]の池に　住む鳥の　立ちても居ても[7]　君をしそ思ふ

とほつひと　かりぢのいけに　すむとりの　たちてもゐても　きみをしそおもふ

---

1 **鳴く千鳥**: 쉬지 않고 우는 千鳥에서 사랑을 생각했다.
2 **戀ふらく**: '戀ふ'의 명사형이다.
3 **戀衣**: 사랑에 휩싸이는 것을 옷에 비유하였다.
4 **着奈良の山に**: 'きなれ…なら'로 연결된다.
5 **間無く時無し**: 제4구에 새와 사랑을 함께 말하였다.
6 **獵道**: 먼 곳에서 날아오는 것에 의한 것이다.
7 **立ちても居ても**: 제4구에 새와 마음을 함께 말하였다.

3087 (마스게요시)/ 소가(宗我)의 강에서요/ 우는 물떼새/ 쉬지 않아요 그대/ 내가 그리워함은

🌸 **해설**

골풀이 아름다운 소가(宗我)의 강에서 쉬지 않고 우는 물떼새. 그처럼 쉬지를 않아요 그대여. 내가 그대를 그리워하는 것은이라는 내용이다.

쉬지 않고 상대방을 그리워하는 마음을 노래한 것이다.

'眞菅よし'는, 'すげ'와 'そが'의 발음의 유사성에서 '宗我'를 상투적으로 수식하는 枕詞이다.

'宗我の河原'을 大系에서는, '奈良縣 高市郡의 曾我川, 檜隈川의 하류의 강'이라고 하였다『萬葉集』3, p.303).

3088 사랑의 옷을/ 입는다는 나라(奈良) 산/ 우는 새처럼/ 틈 없이 때도 없이/ 내가 그리워함은

🌸 **해설**

사랑의 옷을 입어서 익숙해진다고 하는 나라(奈良) 산에서 우는 새가 쉬지 않는 것처럼, 그렇게 쉬는 때도 없고 정한 때도 없네요. 나의 사랑은이라는 내용이다.

나라(奈良) 산에서 쉬지 않고 우는 새처럼 자신도 상대방을 그렇게 쉬지 않고 사랑한다는 뜻이다.

3089 (토호츠히토)/ 카리지(獵道)의 연못에/ 사는 새처럼/ 서 있어도 앉아도/ 그대만을 생각하네

🌸 **해설**

카리지(獵道)의 연못에 사는 새처럼 서 있어도 앉아 있어도 항상 그대만을 생각하네라는 내용이다.

'獵道の池'를 大系에서는, '奈良縣 櫻井市 鹿路에 있는 연못'이라고 하였다『萬葉集』3, p.304).

'遠つ人'을 全集에서는, '먼 곳에 사는 사람이라는 뜻으로, 기러기가 먼 북쪽에서 날아오므로 의인화하여 부르고 그 '카리'와 같은 발음인 지명 '獵道'를 수식하게 된 枕詞'라고 하였다『萬葉集』3, p.339).

3090　葦邊徃　鴨之羽音之　聲耳　聞管本名　戀度鴨

葦邊ゆく　鴨の羽音の　聲のみに¹　聞きつつもとな²　戀ひ渡るかも

あしへゆく　かものはおとの　おとのみに　ききつつもとな　こひわたるかも

3091　鴨尚毛　己之妻共　求食為而　所遺間介　戀云物乎

鴨すらも³　己が妻どち⁴　求食して　後るるほとに　戀ふといふものを

かもすらも　おのがつまどち　あさりして　おくるるほとに　こふといふものを

3092　白檀　斐太乃細江之　菅鳥乃　妹介戀哉　寐宿金鶴

白眞弓⁵　斐太の細江の⁶　菅鳥⁷の　妹に戀ふれか⁸　眠を寢かねつる

しらまゆみ　ひだのほそえの　すがとりの　いもにこふれか　いをねかねつる

---

1 **聲のみに**: 제3구에 오리와 사랑을 함께 말하였다.
2 **聞きつつもとな**: 'もとな'는 'もとなし'의 어간이다. 마음 슬쓸하게.
3 **鴨すらも**: 대표적인 것 하나를 드는 방법이다.
4 **己が妻どち**: 'どち'는 함께. 'つま'는 상대방, 남편, 아내를 말한다.
5 **白眞弓**: 흰 박달나무로 만든 활이다. 飛驒의 특산품이라고도 하며, 활을 쏘는(引く) 것에서 斐太를 상투적으로 수식하는 枕詞라고도 한다.
6 **斐太の細江の**: 좁은 강어귀이다.
7 **菅鳥**: 비둘기, 개개비, 원앙새 등 여러 설이 있다.
8 **妹に戀ふれか**: 제4구에서 우는 소리와 사랑의 뜻을 함께 표현하였다.

3090 갈대 옆 가는/ 오리의 날개 소리/ 소리만을요/ 들으면서 쓸쓸히/ 계속 그리워하나

✿ 해설

　　갈대 근처를 헤엄쳐서 가는 오리의 날개 소리의 울림. 그처럼 소문만 들으면서 만나지 못하고 마음
쓸쓸히 계속 그리워하는 것인가라는 내용이다.
　　직접 만나지는 못하고 소문만 듣고 계속 그리워하는 자신의 쓸쓸한 마음을 노래한 것이다.

3091 오리조차도/ 자기 암컷과 함께/ 먹이 찾으며/ 뒤처지는 때에도/ 그린다고 하는 것을

✿ 해설

　　오리조차도 자기 암컷과 함께 이리 저리 먹이를 찾아다니다가 한쪽이 뒤처지는, 그 잠깐 동안도 상대
방을 그리워하며 찾는다고 하는 것을이라는 내용이다.

3092 (시라마유미)/ 히다(斐太)의 강어귀의/ 원앙새처럼/ 아내 그리워선가/ 잠을 자기 힘드네

✿ 해설

　　흰 박달나무로 만든 활을 당긴다고 하는 뜻을 이름으로 한 히다(斐太)의 강어귀에 있는 원앙새처럼,
아내를 그리워하기 때문인가. 나는 잠을 이룰 수가 없네라는 내용이다.
　　아내에 대한 그리움 때문에 잠을 이루지 못하고 있는 상태를 노래한 것이다.
　　'斐太の細江'을 大系에서는 지명으로 보고, '소재불명. 大和의 高市郡 飛騨이라고도 飛騨國이라고도
볼 수 있다. 또 滋賀縣 愛智郡의 肥田이라고 하면 肥도 斐도 모두 'ヒ'乙類로 일치하지만, 옛날부터 있던
지명인지 아닌지는 명확하지 않다'고 하였다(『萬葉集』 3, p.304].

3093　小竹之上尒　来居而鳴鳥　目乎安見　人妻姤尒　吾戀二来

　　　小竹の上に　來居て鳴く鳥　目を安み¹　人妻ゆゑに²　われ戀ひにけり

　　　しののへに　きゐてなくとり　めをやすみ　ひとづまゆゑに　われこひにけり

3094　物念常　不宿起有　旦開者　和備弖鳴成　鶏左倍

　　　物思ふと³　寝ねず起きたる⁴　朝明には　侘びて鳴くなり　庭つ鳥⁵さへ

　　　ものおもふと　いねずおきたる　あさけには　わびてなくなり　にはつとりさへ

3095　朝烏　早勿鳴　吾背子之　旦開之容儀　見者悲毛

　　　朝烏　早くな鳴きそ　わが背子が　朝明の姿⁶　見れば悲しも

　　　あさからす　はやくななきそ　わがせこが　あさけのすがた　みればかなしも

---

　　1 **目を安み**: 그물눈과 사람의 눈을 함께 말한 것이다.
　　2 **人妻ゆゑに**: 'に'는 역접을 나타낸다.
　　3 **物思ふと**: 'と'는 'とて(~한다고)'이다.
　　4 **寝ねず起きたる**: 침상을 떠났다.
　　5 **庭つ鳥**: 닭, 꿩 등과 대응한다.
　　6 **朝明の姿**: 'すがた'는 '衣(そ)形(がた)'으로, 본래 의복의 모양이다. 치장을 하고 외출하는 모습이다.

3093 조릿대 위에/ 와서 우는 새처럼/ 방심을 하고/ 남의 아내인데도/ 나는 사랑을 했네

해설

　조릿대 위에 와서 우는 새가 그물눈을 신경 쓰지 않고 있듯이, 그렇게 사람들의 눈에 띄지 않을 것이라고 마음을 놓고 남의 아내인데도 나는 사랑을 한 것이네라는 내용이다.

3094 생각을 하느라/ 잠 못 자고 일어난/ 새벽녘에는/ 쓸쓸히 울고 있네/ 집의 닭조차도요

해설

　생각에 잠겨 잠을 못 자고 일어난 새벽녘에는 쓸쓸히 울고 있는 것 같네. 닭조차도라는 내용이다.
　닭의 울음소리에 작자의 쓸쓸한 감정을 이입시킨 것이다.

3095 아침 까마귀/ 일찍 울지 말게나/ 나의 님의요/ 새벽녘의 모습을/ 보면은 슬프네요

해설

　아침의 까마귀야. 그렇게 일찍 울지 말아 다오. 나의 사랑하는 사람이 새벽녘에 돌아가는 모습을 보면 슬프네라는 내용이다.
　까마귀가 울어 새벽이 되면 연인이 돌아가야 하므로 일찍 울지 말라고 까마귀에게 말하여 헤어지기 싫은 마음을 노래한 것이다.
　'な…そ'는 금지를 말하는 것이다.

3096 柜楷越尒　麦咋駒乃　雖罥　猶戀久　思不勝焉

　　　馬柵[1]越しに　麦食む駒の　罥らゆれど　なほし戀しく　思ひかねつも

　　　うませこしに　むぎはむこまの　のらゆれど　なほしこひしく　おもひかねつも

3097 左檜隈　檜隈河尒　駐馬　々尒水令飲　吾外将見

　　　左檜の隈[2]　檜の隈川に　馬駐め　馬に水飲へ　われ外に見む[3]

　　　さひのくま　ひのくまがはに　うまとどめ　うまにみづかへ　われよそにみむ

---

1 **馬柵**: 말 우리에 가로 지른 나무이다.
2 **左檜の隈**: 'さ'는 美稱이다. 檜隈川을 리듬감 있게 중복한 것이다.
3 **われ外に見む**: 직접 만날 수 없어도.

3096   말 우리 넘어서/ 보리 먹는 말처럼/ 혼이 나지만/ 여전히 그리워서/ 생각 참을 수 없네

🌸 해설

　　말 우리 너머로 머리를 길게 빼어서 보리를 먹는 말이 혼이 나네. 그처럼 아내의 어머니로부터 야단을 맞지만 그래도 여전히 그리워서 가만히 생각하고 참고 있을 수가 없네라는 내용이다.

　　아내의 어머니에게 야단을 맞지만 그래도 아내 생각에 가만히 있을 수가 없어서 찾아가야겠다는 뜻이다.

　　'麥'을 大系에서는, 'mugi(麥)는 조선어 mil(麥)과 같은 어원'이라고 하였다[『萬葉集』 3, p.305].

3097   (사히노쿠마)/ 히노쿠마(檜の隈)의 강에/ 말을 멈추고/ 말에게 물 먹여요/ 나는 멀리서
　　　보죠

🌸 해설

　　히노쿠마(檜の隈)의 히노쿠마(檜の隈) 강에 말을 멈추어 세우고 말에게 물을 먹이세요. 나는 직접 만날 수는 없지만 멀리서라도 그대 모습을 보지요라는 내용이다.

　　全集에서는, '헤어져서 돌아가는 남성에게 보내는 여성의 노래'라고 하였다[『萬葉集』 3, p.341].

　　'檜の隈'를 大系에서는, '奈良縣 高市郡 明日香村 檜前'이라고 하였다[『萬葉集』 3, p.305]. 私注에서는, '교통의 중심지이므로 통행자들이 많아 이런 민요도 자연히 성립했을 것이다'고 하였다[『萬葉集私注』 6, p.428].

　　권제7의 1109번가 'さ桧の隈 桧隈川の 瀬を早み 君が手取らば 言寄せむかも'에도 이 작품의 제1,2구와 같은 표현이 보인다.

3098　於能礼故　所轡而居者　驄馬之　面高夫駄介　乗而應来哉

おのれ¹ゆゑ　轡らえて²居れば　驄馬の³　面高夫駄に⁴　乗りて來べしや⁵

おのれゆゑ　のらえてをれば　あをうまの　おもたかぶたに　のりてくべしや

左注 右一首, 平群文屋朝臣益人傳云, 昔聞, 紀皇女⁶竊嫁高安王被嘖之時, 御作此歌. 但, 高安王, 左降任之伊与國守也⁷.

3099　紫草乎　草跡別々　伏鹿之　野者殊異為而　心者同

紫草を　草と別く別く⁸　伏す鹿の　野は異にして⁹　心は同じ¹⁰

むらさきを　くさとわくわく　ふすしかの　のはことにして　こころはおなじ

3100　不想乎　想常云者　真鳥住　卯名手乃社之　神思将御知

思はぬを　思ふといはば¹¹　眞鳥住む　卯名手の社の　神し知らさむ¹²

おもはぬを　おもふといはば　まとりすむ　うなてのもりの　かみししらさむ

---

1 **おのれ**: 꾸중들은 대상이다. 高安王을 가리킨다.
2 **轡らえて**: 야단을 맞는다.
3 **驄馬の**: 흰색 푸른색의 털이 섞인 말이다. 高安王이 의기양양하게 타는 말이다.
4 **面高夫駄に**: '面高'는 콧등을 위로 올린 자태이다. '夫駄'는 짐을 싣는 말이다. 정확하게는 준마이지만 나무라서 '夫駄'라고 하였다.
5 **乗りて來べしや**: 'や'는 강한 부정을 동반한 의문을 나타낸다.
6 **紀皇女**: 紀皇女는 奈良朝 이전에 사망하였다. 高安王은 당시 18세로 연애가 불가능하다고 해서 多紀황녀를 잘못 말한 것이라고 하는 설도 있다. 그렇다면 紀皇女보다 10세 연상이다. 다만 紀皇女는 한 사람이라고 단정지을 수가 없다.
7 **左降任之伊与國守也**: 養老 3년에 伊豫守였다.
8 **草と別く別く**: 구별하고 구별해서. 제멋대로 자는 것이 아니라 고귀한 것을 구별해서 잔다. 紫草는 여성을 비유한 것이다.
9 **野は異にして**: 지금은 잡초가 난 들판에 따로따로 자고 있지만.
10 **心は同じ**: 紫草를 침상으로 하고 싶은 마음은 그대와 같다.
11 **思ふといはば**: 거짓말을 한다.
12 **神し知らさむ**: '知る'는 지배한다는 뜻이다.

3098 그대 때문에/ 질책 받는 것인데/ 백마라 하는/ 콧등 치켜든 짐말/ 타고 와도 좋은가

해설

그대 자신 때문에 야단을 맞는 것인데 백마라고 하는 좋은 말을 콧등을 치켜세우고 그렇게 당당하게 타고 와도 좋은가요라는 내용이다.

高安王과 紀皇女가 밀통을 한 것이 드러나서 두 사람은 만날 수 없는 상황이므로 高安王은 紀皇女를 방문할 수가 없는데도 당당하게 멋진 말을 타고 왔으므로 그런 高安王을 나무라면서도 반가워하는 듯한 紀皇女의 노래이다.

> **좌주** 위의 1수는, 平群文屋朝臣益人이 전하여 말하는 것에 의하면 "이전에 듣기로 紀皇女가 몰래 高安王과 연애를 하여 질책을 받았을 때 이 노래를 지었다"고 한다. 다만 高安王은 좌천되어 伊與守에 임명되었다.

3099 지치꽃 풀을/ 풀과 구별하면서/ 잠자는 사슴/ 들은 달리 하지만/ 마음은 같네요

해설

지치꽃 풀을 다른 풀과 구별하여 다치지 않도록 조심해서 자는 사슴처럼, 지금은 침상을 달리 해서 따로 잡초 들판에 자고 있지만 지치꽃을 침상으로 해서 자고 싶은 마음은 그대와 같네요라는 내용이다.

사랑하는 여인을 세상의 일반적인 사람과는 달리 고귀하게 생각하면서 따로 살고 있지만 마음은 서로 통한다는 것을 표현하였다.

3100 생각 않는데/ 생각한다 말하면/ 독수리 사는/ 우나테(卯名手)의 신사의/ 신은요 알겠지요

해설

생각하지도 않으면서 생각한다고 거짓말을 한다면, 독수리가 사는 우나테(卯名手) 신사의 신이 알겠지요라는 내용이다.

자신의 말이 거짓말이 아니라는 뜻이다.

'眞鳥住む'를 私注에서는 枕詞로 보았다[『萬葉集私注』6, p.431].

'卯名手'를 大系에서는, '奈良縣 橿原市 雲梯(우나테)에 있는 신사. 畝傍山의 서북쪽'이라고 하였다[『萬葉集』3, p.307].

問答歌[1]

3101 紫者　灰指物曽　海石榴市之　八十街尓　相兒哉誰

　　　紫は　灰指すもの[2]そ　海石榴市の　八十の衢[3]に　逢へる兒や誰

　　　むらさきは　はひさすものそ　つばいちの　やそのちまたに　あへるこやたれ

3102 足千根乃　母之召名乎　雖白　路行人乎　孰跡知而可

　　　たらちねの[4]　母が呼ぶ名を　申さめど[5]　路行く人を　誰と知りてか[6]

　　　たらちねの　ははがよぶなを　まをさめど　みちゆくひとを　たれとしりてか

　　左注　右二首

---

　1 **問答歌**: 복수로 구성된 노래이다. 이 분류로 相聞歌를 끝내고, 뒤에 羇旅歌를 실었다.
　2 **紫は 灰指すもの**: 여성은 결혼해서 아름답게 된다는 것을 우의한 것이다. 여성을 '紫'에, 남성을 '灰'에 비유한 것이다.
　3 **八十の衢**: 80갈래의 길이라는 뜻. 즉 四通八達 거리이다. 歌垣이 옛날부터 행해졌으며, 이 작품도 그런 때의 노래이다.
　4 **たらちねの**: '母'를 상투적으로 수식하는 枕詞이다. 사랑의 감시자로서의 母를 말한다.
　5 **申さめど**: 구혼에 응한 것이 된다.
　6 **誰と知りてか**: 그대야말로 이름을 말해요.

문답가

3101 보라 염료는/ 재를 섞어야 해요/ 츠바이치(海石榴市)의/ 사통팔달 거리서/ 만난 처녀는
    누구

🌸 해설

　보라색 염료는 재를 섞어야 해요. 재를 만드는 동백(椿), 그 이름과 소리가 같은 츠바이치(海石榴市)의
사통팔달 거리에서 만난 그 처녀는 누구일까라는 내용이다.
　'椿'과 '海石榴市'의 'つば(츠바)'가 같은 소리인 것을 이용한 노래이다.
　中西 進은 이 작품을 남성의 구혼가라고 하였다.

3102 (타라치네노)/ 엄마 부르는 이름/ 말하려 해도/ 길을 가는 사람을/ 누군지 모르는데

🌸 해설

　젖이 풍족한 어머니가 부르는 내 이름을 말하고 싶지만 길을 가는 사람인 그대를 어떤 사람인지 알고
말을 함부로 하겠나요라는 내용이다.
　그러니 상대방이 먼저 이름을 말해 달라는 뜻이다. 위의 노래에 대해 여성이 답한 노래이다.
　일본 고대에서는 다른 사람에게 이름을 말하는 것을 금기시하였다. 이름을 말하는 것은 결혼을 허락한
다는 의미였다.

　　좌주 위는 2수.

3103　不相　然将有　玉梓之　使乎谷毛　待八金手六

　　　逢はなくは　然もありなむ¹　玉梓の²　使をだにも³　待ちやかねてむ⁴

　　　あはなくは　しかもありなむ　たまづさの　つかひをだにも　まちやかねてむ

3104　将相者　千遍雖念　蟻通　人眼乎多　戀乍衣居

　　　逢はむとは　千遍⁵思へど　あり通ひ⁶　人目を多み　戀ひつつそ居る

　　　あはむとは　ちたびおもへど　ありがよひ　ひとめをおほみ　こひつつそをる

　　　左注　右二首

3105　人目太　直不相而　蓋雲　吾戀死者　誰名将有裳

　　　人目多み　直に逢はずして　けだしくも⁷　わが戀ひ死なば　誰が名ならむも⁸

　　　ひとめおほみ　ただにあはずて　けだしくも　わがこひしなば　たがなならむも

1　**然もありなむ**: 그래도 좋다는 뜻이다.
2　**玉梓の**: '使'를 상투적으로 수식하는 枕詞이다. 가래나무로 만든 아름다운 지팡이를 가진 심부름꾼이다.
3　**使をだにも**: 만나는 것은 아니라도, 적어도 심부름꾼이라도라는 뜻이다.
4　**待ちやかねてむ**: 소식을 재촉하는 것이다.
5　**千遍**: 많은 것이다.
6　**あり通ひ**: 동작과 상태가 계속 되는 것을 말한다.
7　**けだしくも**: 추량과 호응, '혹은…일 것이다'라는 뜻이다.
8　**誰が名ならむも**: 2873번가와 결과는 같은 내용이다.

3103 못 만나는 것/ 그럴 수도 있겠죠/ (타마즈사노)/ 심부름꾼이라도/ 기다릴 수 없나요

해설

만나 주지 않으면 못 만나는 것은 어쩔 수 없는 일이겠지요. 그렇지만 적어도 가래나무로 만든 아름다운 지팡이를 가진 그대의 심부름꾼이라도 계속 기다려서 맞이하는 일도 안될까요라는 내용이다.

직접 만나지는 못하더라도 심부름꾼이라도 자주 보내어서 소식을 전해 주었으면 좋겠다는 뜻이다.

3104 만나려고는/ 몇 번을 생각지만/ 항상 오가는/ 사람들 눈 많아서/ 계속 그리고 있죠

해설

만나고 싶다고는 몇 번이고 생각을 하지만, 항상 오고가는 사람들의 눈이 많아서 마음 속으로만 계속 그리워하면서 이렇게 있답니다라는 내용이다.

'あり通ひ'를 全集에서는, "あり'는 계속을 나타내는 접두어. 원문 '蟻通'은 사람들이 개미 행렬처럼 오고 가는 것을 염두에 둔 표기'라고 하였다『萬葉集』 3, p.343].

[좌주] 위는 2수.

3105 사람들 눈 많아/ 직접 못 만나고서/ 행여나 만일/ 내가 죽는다면요/ 누구 이름일까요

해설

사람들의 눈이 많아서 직접 만나지도 못하고, 만약 내가 사랑의 고통 때문에 죽기라도 한다면 소문이 나는 것은 누구의 이름일까요라는 내용이다.

'그대의 이름이 소문날 것이라'는 뜻도, '두 사람의 이름이 소문날 것이라는 뜻'도 되겠지만 전자로 보는 것이 여성에게 만나 달라고 하는, 다소 위협적인 뜻이 되어 긴장감이 있게 된다.

3106 相見　欲為者　従君毛　吾曽益而　伊布可思美為也

うつ　相見まく　欲りすればこそ　君よりも　われそ益りて　いふかしみすれ[1]

あひみまく　ほりすればこそ　きみよりも　われそまさりて　いふかしみすれ

左注　右二首

3107 空蟬之　人目乎繁　不相而　年之経者　生跡毛奈思

うつせみの　人目を繁み　逢はずして　年[2]の經ぬれば　生けりとも無し[3]

うつせみの　ひとめをしげみ　あはずして　としのへぬれば　いけりともなし

3108 空蟬之　人目繁者　夜干玉之　夜夢乎　次而所見欲

うつせみの　人目繁けば　ぬばたまの[4]　夜の夢にを[5]　繼ぎて見えこそ[6]

うつせみの　ひとめしげけば　ぬばたまの　よるのいめにを　つぎてみえこそ

左注　右二首

---

1 いふかしみすれ: 내 목숨을 그대 이상으로.
2 年: 일 년이다.
3 生けりとも無し: 2980번가에도 같은 표현이 있었다.
4 ぬばたまの: 범부채 열매처럼 검다는 뜻으로 '黒·夜' 등을 상투적으로 수식하는 枕詞이다. 사람 눈에 띄지 않고, 어둡다.
5 夜の夢にを: 'を'는 영탄을 나타낸다.
6 繼ぎて見えこそ: 'こそ'는 希求의 보조동사이다.

3106　만나고 싶다/ 원하는 것이므로/ 그대보다도/ 내가 보다 더욱더/ 마음이 괴롭네요

해설

　　그대를 만나고 싶다고 생각하기 때문에 그야말로, 그대보다도 내가 더욱더 마음이 괴롭네요라는
뜻이다.
　　'欲爲者'를 大系에서는 中西 進과 마찬가지로 '欲りすればこそ'로 읽었지만『萬葉集』3, p.307], 私注와
全注에서는 '欲しけくすれば'로[(『萬葉集私注』6, p.435), (『萬葉集全注』12, p.430)], 注釋에서는 '欲しみし
すれば'로 읽었고[『萬葉集注釋』12, p.211], 全集에서는 '欲しきがためば'로 읽었다[『萬葉集』3, p.343]. 그
러나 해석은 거의 같이 하였다.

　　　좌주　위는 2수.

3107　(우츠세미노)/ 사람들 눈 많아서/ 만나지 않고/ 일 년 지났으므로/ 산 것 같지를 않네

해설

　　현실 세상의 사람들의 눈이 많아서 만나지 않고 일 년이 지나 버렸으므로 살아 있는 것 같지를 않네라
는 내용이다.

3108　(우츠세미노)/ 사람들 눈 많으면/ (누바타마노)/ 밤의 꿈에라도요/ 계속 보여 주세요

해설

　　현실 세상의 사람들의 눈이 많아서 직접 만나는 것이 힘들다면, 어두운 밤의 꿈에라도 계속 그대의
모습을 나타내 보여 주세요라는 내용이다.
　　'うつせみの'는 '人'을 상투적으로 수식하는 枕詞이다.

　　　좌주　위는 2수.

3109　慇懃　憶吾妹乎　人言之　繁介因而　不通比日可聞

　　　　ねもころに　思ふ吾妹を　人言の　繁きによりて　よどむ頃かも¹

　　　　ねもころに　おもふわぎもを　ひとごとの　しげきによりて　よどむころかも

3110　人言之　繁思有者　君毛吾毛　将絶常云而　相之物鴨

　　　　人言の　繁くしあらば　君もわれも　絶えむといひて²　逢ひしものかも³

　　　　ひとごとの　しげくしあらば　きみもわれも　たえむといひて　あひしものかも

　　　左注 右二首

3111　為便毛無　片戀乎為登　比日介　吾可死者　夢所見哉

　　　　すべもなき　片戀をすと　このころに　わが死ぬべきは　夢に見えきや⁴

　　　　すべもなき　かたこひをすと　このころに　わがしぬべきは　いめにみえきや

---

　1 **よどむ頃かも**: 체념하는 상태이다.
　2 **絶えむといひて**: 처음 만났을 때의 말. 그렇지 않은데 소문을 핑계로 그대는 만나려고 하지 않는다.
　3 **逢ひしものかも**: ‘かも’는 영탄적 탄식이다. 만날 수 없는 탄식이다.
　4 **夢に見えきや**: 꿈은 이쪽의 생각에 의해 상대방이 꾼다.

3109 마음을 다해/ 생각하는 그녀를/ 사람들 소문/ 무성하기 때문에/ 가기 힘든 요즈음

✿ 해설

　　마음을 다해서 생각하는 그녀를, 사람들의 소문이 시끄럽기 때문에 만나러 가기가 힘든 요즈음이네라는 내용이다.
　　만나러 가고 싶지만 사람들 소문 때문에 가기 힘들다고 변명한 남성의 노래이다.

3110 사람들 소문/ 시끄럽게 된다면/ 그대도 나도요/ 헤어지자고 하고/ 만났던 것인가요

✿ 해설

　　만약 두 사람에 대한 사람들의 소문이 시끄럽게 된다면, 그때는 그대도 나도 서로 헤어지자고 하고 처음에 만났던 것인가요라는 내용이다.
　　그런 약속을 하고 만난 것은 아닌데 사람들 소문이 무성하기 때문에 가기 힘들다고 하는 남성을 비난한 노래이다.

　　　　　左注 위는 2수.

3111 방법도 없는/ 짝사랑을 하느라/ 요즈음에요/ 내 죽을 지경된 것/ 꿈에 보였는가요

✿ 해설

　　어떻게 해결할 방법도 없는 짝사랑을 하느라고 요즈음 내가 거의 죽을 지경이 된 것이, 그대의 꿈에 보였는가요라는 내용이다.
　　다음의 노래로 미루어 보면 이 작품은 여성의 노래이다.

3112　夢見而　衣乎取服　装束間尓　妹之使曽　先尓来

　　　夢に見て　衣を取り着　装ふ¹間に　妹が使そ²　先だちにける³

　　　いめにみて　ころもをとりき　よそふまに　いもがつかひそ　さきだちにける

　　　左注　右二首

3113　在有而　後毛将相登　言耳乎　堅要管　相者無尓

　　　ありありて⁴　後も逢はむと　言のみを　堅め言ひつつ　逢ふとは無しに

　　　ありありて　のちもあはむと　ことのみを　かためいひつつ　あふとはなしに

3114　極而　吾毛相登　思友　人之言社　繁君尓有

　　　極りて⁵　われも逢はむと　思へども　人の言こそ　繁き君⁶にあれ

　　　きはまりて　われもあはむと　おもへども　ひとのことこそ　しげききみにあれ

　　　左注　右二首

---

　　1 **装ふ**: 그녀를 만나러 가기 위하여 단장을 하는 것이다.
　　2 **妹が使そ**: 앞의 노래를 가진 심부름꾼이다.
　　3 **先だちにける**: 나의 출발보다 앞서.
　　4 **ありありて**: 在り在りて. 'ありさりて', 'ありつつも'와 같다.
　　5 **極りて**: 한계를 나타낸다. 여기에서는 사랑의 과정의 끝이다.
　　6 **繁き君**: 어쨌든 소문이 나기 쉬운 그대.

3112 꿈에서 보고/ 옷을 갈아입고서/ 준비하는데/ 그대의 심부름꾼/ 먼저 도착했네요

해설

예. 물론 그대의 모습을 꿈에서 보았지요. 그래서 그대를 만나러 가기 위해 옷을 갈아입고 출발하려고 준비하는데 그대의 심부름꾼이 그대의 노래를 가지고 먼저 도착했네요라는 내용이다.

좌주 위는 2수.

3113 이렇게 하여/ 후에라도 만나자/ 말만으로요/ 굳게 약속을 하고/ 만나는 일은 없이

해설

계속 이렇게 하고 있으면서 후에라도 만나자고 말만으로 굳게 약속을 하고서는 만나는 일은 없네라는 내용이다.
만날 것이라고 말만 하고 실제로는 만나 주지 않는 상대방을 원망하는 노래이다.

3114 결국에는요/ 나도 만나겠다고/ 생각하지만/ 사람들의 소문이/ 시끄러운 그대네요

해설

결국에는 나도 만나겠다고 생각을 하지만, 사람들 사이에 소문이 시끄럽게 나고 있는 그대네요라는 내용이다.
상대방에 대한 연애 소문이 많기 때문에 만나기가 주저된다는 내용이다.

좌주 위는 2수.

3115　氣緒介　言氣築之　妹尚乎　人妻有跡　聞者悲毛

息の緒に[1]　わが息づきし[2]　妹すら[3]を　人妻なりと　聞けば悲しも

いきのをに　わがいきづきし　いもすらを　ひとづまなりと　きけばかなしも

3116　我故介　痛勿和備曽　後遂　不相登要之　言毛不有介

わが故に　いたくな佗びそ[4]　後遂に　逢はじといひし　こともあらなくに[5]

わがゆゑに　いたくなわびそ　のちつひに　あはじといひし　こともあらなくに

左注　右二首

3117　門立而　戸毛閇而有乎　何處従鹿　妹之入来而　夢所見鶴

門立てて[6]　戸も閇したる[7]を　何處ゆか　妹が入り來て　夢に見えつる

かどたてて　ともさしたるを　いづくゆか　いもがいりきて　いめにみえつる

---

1 **息の緒に**: 목숨을 말한다.
2 **わが息づきし**: 탄식한다.
3 **妹すら**: 'すら'는 '妹'를 사랑의 극한으로 하고 연애 일반을 슬퍼하는 표현이다.
4 **いたくな佗びそ**: 마음이 풀이 죽은 모양이다. 앞의 노래를 받은 것이다.
5 **逢はじといひし こともあらなくに**: 'じ', 'なく'의 이중 부정으로 복잡한 심정을 나타내었다.
6 **門立てて**: 문이 가로 막고 있다.
7 **戸も閇したる**: 자물쇠를 건 것이다.

3115 목숨처럼요/ 내가 탄식을 했던/ 그녀였는 걸/ 타인의 아내라고/ 들으면 슬프네요

해설

내 목숨처럼 생각하고 탄식을 하며 사랑했던 그녀였는데, 그 사람이 남의 아내라는 것을 들으니 사랑이라는 것은 슬프네요라는 내용이다.

목숨처럼 사랑한 사람이 다른 사람의 아내라는 것을 알고 슬퍼하는 노래이다.

3116 나 때문에요/ 너무 탄식 말아요/ 후에 마침내/ 못 만난다고 말한/ 일도 있지 않은 데요

해설

나 때문에 너무 그렇게 기운 없이 탄식을 하지 말아 주세요. 후에는 결국 못 만난다고 말한 일도 있지 않은 데요라는 내용이다.

후에도 절대로 못 만난다고 말한 적은 없으니 자신 때문에 너무 괴로워하지 말라는 뜻이다.

'逢はじといひし こともあらなくに'는 언젠가는 만날 수도 있다는 뜻이다.

좌주 위는 2수.

3117 대문을 닫고/ 문도 잠그었는데/ 어디로부터/ 그녀가 들어와서/ 꿈에 보였는 걸까

해설

대문을 닫고 문도 자물쇠로 걸어 잠갔으므로 들어올 수가 없는데 어디로 그녀가 들어와서 내 꿈에 나타난 것일까라는 내용이다.

남성의 장난스런 노래이다.

全集에서는, '『遊仙窟』에 의한 내용이다'고 하였다『萬葉集』 3, p.346].

3118 門立而　戸者雖闔　盗人之　穿穴従　入而所見牟

門立てて　戸は閉したれど　盗人の　穿れる穴より　入りて見えけむ¹

かどたてて　とはさしたれど　ぬすびとの　ほれるあなより　いりてみえけむ

3119 従明日者　戀乍将在　今夕弾　速初夜従　綏解我妹

明日よりは²　戀ひつつもあらむ　今夜だに　速く初夜より³　紐解け吾妹

あすよりは　こひつつもあらむ　こよひだに　はやくよひより　ひもとけわぎも

3120 今更　将寐哉我背子　荒田夜之　全夜毛不落　夢所見欲

今⁴さらに　寝めやわが背子　新夜の⁵　一夜もおちず⁶　夢に見えこそ⁷

いまさらに　ねめやわがせこ　あらたよの　ひとよもおちず　いめにみえこそ

---

1 **入りて見えけむ**: 그대의 꿈에.
2 **明日よりは**: 내일부터는 다시 만나지 못하는 날이 계속되고. 혹은 여행 등을 떠나는가.
3 **速く初夜より**: 初夜는 初更과 같다. 오후 8시부터 9시 30분경까지이다.
4 **今**: 만날 수 없는 지금. 내일 이후를 문제로 한다. 오늘 밤이라고 하는 설은 뒷부분의 내용과 맞지 않는다.
5 **新夜の**: 새로 오는 밤이다.
6 **おちず**: 'おつ'는 빠지다는 뜻이다.
7 **夢に見えこそ**: 'こそ'는 希求의 보조동사이다.

3118   대문을 닫고/ 문도 잠그었으면/ 도둑놈이요/ 파놓은 구멍으로/ 들어가 보였겠죠

❀ 해설

그대가 대문을 닫고 문도 잠갔다면 도둑이 파놓은 구멍으로 들어가서 그대의 꿈에 보였겠지요라는
내용이다.
앞의 남성의 노래에 대해 여성이 장난스럽게 답한 것이다.

좌주   위는 2수.

3119   내일부터는/ 계속 그리워하겠지/ 오늘 밤만도/ 빨리 이른 밤부터/ 옷 끈 풀어요 그대

❀ 해설

내일부터는 또 만날 수가 없으므로 계속 그리워하겠지요. 그러니 적어도 오늘 밤만이라도 빨리 이른
밤부터 옷 끈을 풀어요. 사랑하는 그대여라는 내용이다.
내일 작자가 여행을 떠나는지 무슨 사정으로 인해 당분간 만날 수가 없으니 이른 밤부터 옷 끈을
풀고 빨리 함께 잠을 자자는 뜻이다.

3120   새삼스럽게/ 자겠나요 그대여/ 내일 밤부터/ 하룻밤 빠짐없이/ 꿈에 나타나 줘요

❀ 해설

내일부터는 새삼스럽게 함께 자는 것을 어떻게 바랄 수가 있겠나요. 나의 사랑하는 그대여. 그보다는
내일 밤부터는 하룻밤도 빠지지 말고 내 꿈에 나타나서 모습을 보여 주세요라는 내용이다.
상대방을 직접 만날 수는 없어도 꿈에라도 매일 밤 나타나 달라는 뜻이다.
2842 · 3283번가와 유사한 내용이다.

좌주   위는 2수.

3121　吾勢子之　使乎待跡　笠不着　出乍曽見之　雨零介

わが背子が　使を待つと　笠も着ず　出でつつ¹そ見し　雨の降らく²に

わがせこが　つかひをまつと　かさもきず　いでつつそみし　あめのふらくに

3122　無心　雨介毛有鹿　人目守　乏妹介　今日谷相乎

心無き　雨にもあるか³　人目守り⁴　乏しき⁵妹に　今日だに逢はむを

こころなき　あめにもあるか　ひとめもり　ともしきいもに　けふだにあはむを

左注　右二首

3123　直獨　宿杼宿不得而　白細　袖乎笠介着　沾乍曽来

ただ獨り　寝れど寝かねて　白栲の⁶　袖を笠に着　濡れつつそ來し

ただひとり　ねれどねかねて　しろたへの　そでをかさにき　ぬれつつそこし

1 出でつつ: 'つつ'는 계속을 나타낸다.
2 降らく: '降らく'는 '降る'의 명사형이다.
3 雨にもあるか: 'もあるか'는 영탄이다.
4 人目守り: '守る'는 상태를 살핀다는 뜻이다.
5 乏しき: 조금이라는 뜻으로 가끔씩밖에 만날 수 없는 아내이다.
6 白栲の: 흰 천이라는 뜻으로 '袖'를 상투적으로 수식하는 枕詞이다.

3121 나의 님의요/ 사람 기다리느라/ 삿갓 쓰잖고/ 나와 계속 보았네/ 비가 오는데도요

❀ 해설

내가 사랑하는 사람이 보낸 심부름꾼을 기다리느라고 삿갓도 쓰지를 않고 집을 나와서 계속 보고 있었네요. 비가 내리고 있는 것인데도요라는 내용이다.
사랑하는 사람이 보낸 심부름꾼을 기다리느라고 비가 오는 것도 잊고 있었다는 뜻이다.
권제11의 2681번가와 같은 내용이다.

3122 동정심 없는/ 비인 것인 걸까요/ 남의 눈 피해/ 마음 끌리는 아내/ 오늘만도 보고 싶네

❀ 해설

동정심이 없는 무정한 비네요. 남의 눈을 계속 살피면서, 가끔씩밖에 만날 수 없는 아내를 오늘만이라도 만나고 싶은 것인데라는 내용이다.
사람들 때문에 자주 만날 수 없는 아내를 오늘만이라도 만나고 싶은데 하필이면 비가 와서 만날 수 없게 된 것을 안타까워한 노래이다.

[좌주] 위는 2수.

3123 단지 혼자서/ 자도 잘 수 없어서/ (시로타헤노)/ 소매를 삿갓으로/ 젖으면서 왔지요

❀ 해설

단지 혼자서 잠을 자도 잠이 오지 않아서 흰 옷소매를 삿갓으로 해서 머리를 가리고 비에 젖으면서 왔지요라는 내용이다.
'袖を笠に着'을 全集에서는, '준비를 제대로 하지도 않고 뛰쳐나온 것을 나타낸다'라고 하였다『萬葉集』 3, p.347].

3124　雨毛零　夜毛更深利　今更　君将行哉　紐解設名

　　　雨も降り　夜もふけにけり¹　今さらに　君行かめや²も　紐解き設けな³

　　　あめもふり　よもふけにけり　いまさらに　きみゆかめやも　ひもときまけな

　　　左注　右二首

3125　久堅乃　雨零日乎　我門介　蓑笠不蒙而　来有人哉誰

　　　ひさかたの⁴　雨の降る日を　わが門に　蓑笠着ずて　來る⁵人や誰

　　　ひさかたの　あめのふるひを　わがかどに　みのかさきずて　けるひとやたれ

3126　纏向之　病足乃山介　雲居乍　雨者雖零　所沾乍焉来

　　　纏向の⁶　痛足の山に　雲居つつ⁷　雨は降れども　濡れつつそ來し

　　　まきむくの　あなしのやまに　くもゐつつ　あめはふれども　ぬれつつそこし

　　　左注　右二首

---

1 **夜もふけにけり**: 일찍부터 비를 피하며 있었던 느낌이어 앞의 노래와 맞지 않다.
2 **君行かめや**: 'や'는 강한 부정을 동반한 의문을 나타낸다.
3 **紐解き設けな**: 'まく'는 '미리…한다'는 뜻이다. 'な'는 원망을 나타낸다.
4 **ひさかたの**: 먼 곳이라는 뜻으로 '天・雨'를 상투적으로 수식하는 枕詞이다.
5 **來る**: 'ける'는 '來(く)'에 완료의 조동사 'り'가 접속된 것이다.
6 **纏向の**: '纏向'은 '病足(穴師)'보다 큰 지명이다.
7 **雲居つつ**: 계속 있으면서.

3124 　비도 내리고/ 밤도 깊어 버렸네/ 새삼스럽게/ 그대 돌아가다뇨/ 끈 풀고 준비하죠

❀ 해설

　　비도 내리고 밤도 깊어 버렸네요. 지금 새삼스럽게 그대는 어떻게 돌아갈 수가 있겠나요. 나는 옷
끈을 풀고 잠을 잘 준비를 하지요라는 내용이다.
　　비도 내리고 밤도 깊었으니 돌아가지 말고 함께 잠을 자자는 뜻이다.

　　　[좌주] 위는 2수.

3125 　(히사카타노)/ 비가 내리는 날에/ 우리 집 문에/ 도롱이 삿갓 없이/ 온 사람 누군가요

❀ 해설

　　먼 곳인 하늘에서 비가 내리는 날 우리 집 문에 도롱이도 삿갓도 쓰지 않고 온 사람은 누구인가라는
내용이다.

3126 　마키무쿠(纏向)의/ 아나시(痛足)의 산에는/ 구름이 끼고/ 비는 내리지만요/ 젖으면서
　　　　왔지요

❀ 해설

　　마키무쿠(纏向)의 아나시(痛足)의 산에는 구름이 끼고 비는 내리지만, 비에 젖으면서 그대를 만나러
왔지요라는 내용이다.
　　연인이 그리워서 비가 내리는데도 아랑곳하지 않고 비를 맞으면서 왔다는 뜻이다.
　　'纏向の 痛足の山'을 大系에서는, '奈良縣 磯城郡 大三輪町 穴師山'이라고 하였다 [『萬葉集』 3, p.311].

　　　[좌주] 위는 2수.

羈旅發思[1]

3127　度會　大川邊　若歷木　吾久在者　妹戀鴨

渡會の[2]　大川の邊の　若歷木[3]　わが久ならば　妹[4]戀ひむかも

わたらひの　おほかはのへの　わかひさき　わがひさならば　いもこひむかも

3128　吾妹子　夢見来　倭路　度瀬別　手向吾為

吾妹子を　夢に見え來と　大和路の[5]　渡瀬ごとに　手向そわがする

わぎもこを　いめにみえこと　やまとぢの　わたりせごとに　たむけそわがする

3129　櫻花　開哉散　及見　誰此　所見散行

櫻花　咲きかも散ると[6]　見るまでに　誰かも此處に　見えて散り行く

さくらばな　さきかもちると　みるまでに　たれかもここに　みえてちりゆく

1　**羈旅發思**: 본래 相聞往來와 구별해서 특별히 만든 분류이다. 古今의 체재를 취하면서 앞부분을 柿本朝臣人麿의 가집으로 한다.
2　**渡會의 大川**: 渡會의 齋宮(伊勢神宮) 부근의 강이다. 宮川. 여행하는 도중인가, 여기에서 근무했는가.
3　**若歷木**: 木사さげ인가. '와かひさ'의 'ひさ'에서 다음 구의 '久(ひさ)'로 이어진다.
4　**妹**: 주격이다.
5　**大和路의**: 大和로 가는 길, 大和에 있는 길 모두를 뜻한다.
6　**咲きかも散ると**: 제4구의 '此處に'의 이합집산을 비유한 것이다.

여행하면서 생각을 표현하였다

3127   와타라히(渡會)의/ 큰 강의 주변의요/ 개오동나무/ 내 오래 되었으니/ 아내 그리워할까

🌸 해설

　와타라히(渡會)의 큰 강의 주변의 어린 개오동나무. 그 이름처럼 내가 여행을 떠나온 지 오래 되었으므로 아내는 나를 그리워하며 사랑의 고통을 느끼고 있을까라는 내용이다.

3128   나의 연인을/ 꿈에 나타나라고/ 야마토(大和) 길의/ 강의 선착장마다/ 공물을 내가 바치네

🌸 해설

　내가 사랑하는 그대여. 꿈에 나타나 보이라고, 야마토(大和) 길의 강 선착장마다 공물을 내가 바치네라는 내용이다.
　사랑하는 연인을 꿈에서나마 만날 수 있게 해달라고 신에게 공물을 바쳐서 빈다는 뜻이다.

3129   벚나무 꽃이/ 피어서 지는가고/ 보일 정도로/ 어떤 사람들 여기/ 보였다 사라지나

🌸 해설

　벚꽃이 피어서는 지는가 하고 생각이 될 정도로 어떤 사람들이 여기에 나타났다가는 흩어져서 헤어져 가는 것인가라는 내용이다.
　全集에서는, '여행하는 사람들이 왔다가 떠나가고 하는 모습을, 부산스럽게 지는 벚꽃에 비유하여 부른 노래'라고 하였다[『萬葉集』 3, p.349].

3130 豊洲　聞濱松　心哀　何妹　相云始

豊國[1]の　企救の濱松　根[2]もころに　何しか妹に　相言ひ始めけむ[3]

とよくにの　きくのはままつ　ねもころに　なにしかいもに　あひいひそめけむ

左注 右四首, 柿本朝臣人麻呂歌集出.

3131 月易而　君乎婆見登　念鴨　日毛不易為而　戀之重

月易へて[4]　君をば見む[5]と　思へかも[6]　日も易へずして[7]　戀の繁けく

つきかへて　きみをばみむと　おもへかも　ひもかへずして　こひのしげけく

3132 莫去跡　變毛来哉常　顧介　雖徃不歸　道之長手矣

な行きそと[8]　歸りも來やと　顧みに　行けど歸らず　道の長道[9]を

なゆきそと　かへりもくやと　かへりみに　ゆけどかへらず　みちのながてを

---

1 **豊國**: 豊前國이다.
2 **企救の濱松 根**: 'ね'의 음으로 다음 구에 이어진다.
3 **相言ひ始めけむ**: 사랑의 고통에 의한 회상이다.
4 **月易へて**: 달이 바뀐 것이다. 능동의 표현이지만 실제로는 수동이다.
5 **君をば見む**: 'む'는 미래를 나타내는 것이며, 의지를 나타내는 것이 아니다.
6 **思へかも**: '思へばかも'이다.
7 **日も易へずして**: 제1구와 병렬적인 표현이다.
8 **な行きそと**: 여행을 떠나는 것을 도중까지 배웅하러 왔다가 각기 다른 방향으로 걷기 시작한 후에, 여성이 남성 자신의 뒤로부터.
9 **道の長道**: 'て'는 'ち'와 마찬가지로 거리를 나타낸다.

3130 토요쿠니(豊國)의/ 키쿠(企救) 해변 소나무/ 마음 다하여/ 어찌해 아내에게/ 말을 걸기
       시작했나

해설

　　토요쿠니(豊國)의 키쿠(企救) 해변의 소나무 뿌리가 잘 얽혀서 뻗어 있듯이, 그렇게 마음을 다하여
어찌해서 아내에게 말을 걸기 시작했던 것일까라는 내용이다.
　　말을 걸고 서로 사랑하게 되었으므로 그리움에 고통을 당하게 되었다는 뜻이다.
　　大系에서는 '豊國の'를 '豊前・豊後國(福岡縣・大分縣)'이라고 하고, '企救の濱松'은 '豊前國 企救郡(현
재 小倉市)의 해변의 소나무'라고 하였다[『萬葉集』 3, p.312].

　　　좌주　　위의 4수는 카키노모토노 아소미 히토마로(柿本朝臣人麻呂)의 가집에 나온다.

3131 달이 바뀌어/ 그대를 만날 거라/ 생각해선가/ 하루도 못 지나서/ 그리움이 끝 없네

해설

　　달이 바뀌어서 다음 달이 되어야만 그대를 만날 수가 있다고 생각하기 때문인가. 여행을 떠나와서
하루도 채 지나지 않았는데도 그리움이 끝없이 밀려오네라는 내용이다.

3132 가지 말라며/ 돌아올 것인가고/ 돌아보면서/ 가도 돌아오잖네/ 여행길은 먼 것을

해설

　　혹시나 아내가 "제발 가지 마세요"라고 말하며 떠나는 것을 만류하려고 돌아올 것인가 하고 생각을
해서 뒤를 돌아보고 돌아보고 하면서 길을 가지만 아내는 돌아오지를 않네. 앞으로 여행길은 먼 것인데
라는 내용이다.
　　여행을 떠나는 사람의, 아내와 이별해야 하는 쓸쓸함을 노래한 것이다.

3133　去家而　妹乎念出　灼然　人之應知　歎将為鴨

旅にして　妹を思ひ出　いちしろく¹　人の知るべく　嘆きせむかも

たびにして　いもをおもひで　いちしろく　ひとのしるべく　なげきせむかも

3134　里離　遠有莫國　草枕　旅登之思者　尚戀来

里離り²　遠くあらなくに　草枕³　旅とし思へば　なほ戀ひにけり

さとさかり　とほくあらなくに　くさまくら　たびとしもへば　なほこひにけり

3135　近有者　名耳毛聞而　名種目津　今夜従戀乃　益々南

近くあれば　名⁴のみも聞きて　慰めつ　今夜ゆ⁵戀の　いや益りなむ

ちかくあれば　なのみもききて　なぐさめつ　こよひゆこひの　いやまさりなむ

---

1 **いちしろく**: 두드러지게, 확실하게.
2 **里離り**: 고향을 떠나와서.
3 **草枕**: 풀 베개를 하고 잠을 잔다는 뜻으로 여행이 힘든 것을 표현한 것이다. '旅'를 상투적으로 수식하는 枕詞이다.
4 **名**: 소문. '名のみ'는 '만날 수 없더라도 소문만이라도'라는 뜻이다.
5 **今夜ゆ**: 오늘밤부터 계속.

3133 여행하면서/ 아내를 생각하고/ 확실하게도/ 남들이 알 정도로/ 탄식하게 될까요

❀ 해설

여행길에 있으면 아내를 생각하고 확실하게 남들이 알 정도로 탄식을 하게 될 것인가라는 내용이다.
'嘆きせむかも'를 全集에서는, '여행을 떠나기 전에 예상해서 말한다'고 하였다[『萬葉集』 3, p.350].

3134 고향 떠나서/ 먼 것도 아닌 것인데/ (쿠사마쿠라)/ 여행이라고 하면/ 역시 그리웁네요

❀ 해설

고향을 떠나서 멀리 온 것도 아닌데, 풀 베개를 하고 잠을 자는 힘든 여행이라고 생각을 하니 역시
고향이 그리운 것이네라는 내용이다.

3135 가까이 있어서/ 소문이라도 듣고/ 위로 받았네/ 오늘밤부터 사랑/ 더욱 깊어지겠지

❀ 해설

지금까지는 그녀 가까이에 있었으므로 소문만이라도 듣고 마음을 위로 받았네. 그러나 여행을 떠나는
오늘밤부터는 소문도 들을 수 없으므로 그녀에 대한 그리움이 더욱 깊어지겠지요라는 내용이다.

3136 客在而　戀者辛苦　何時毛　京行而　君之目乎将見

旅にありて　戀ふれば苦し　いつしかも[1]　都に行きて　君[2]が目を見む

たびにありて　こふればくるし　いつしかも　みやこにゆきて　きみがめをみむ

3137 遠有者　光儀者不所見　如常　妹之咲者　面影為而

遠くあれば　姿は見えね　常の如　妹が笑ひは　面影にして

とほくあれば　すがたはみえね　つねのごと　いもがゑまひは　おもかげにして

3138 年毛不歴　反来嘗跡　朝影尒　将待妹之　面影所見

年も經ず　歸り來なむと　朝影に[3]　待つらむ妹し　面影に見ゆ

としもへず　かへりきなむと　あさかげに　まつらむいもし　おもかげにみゆ

1 **いつしかも**: '빨리~하고 싶다'는 뜻이다. 남성 관료의 윗사람에 대한 인사 노래인가, 아니면 왕의 행차에
동행한 官女의 연애 노래인가.
2 **君**: 대상은 남성이다.
3 **朝影に**: 기다리다 지쳐서 야위는 것을 말한다.

3136　여행길에 있어/ 그리워함 괴롭네/ 언젠가 빨리/ 도읍으로 돌아가/ 그대 만나고 싶네

🌸 **해설**

　　여행을 하고 있으므로 직접 만나지 못하고 그리워하는 것은 괴로운 일이네요. 언젠가 빨리 도읍으로 돌아가서 사랑하는 그대를 만나고 싶네요라는 내용이다.
　　全集에서는, '작자는 女官으로 왕의 행행에 동행하고 있는 것으로도, 여행을 하고 있는 남성이 여성을 '君'으로 부른 예의 하나로도 생각할 수 있다'고 하였다『萬葉集』 3, p.350〕. 작자를 女官으로 보는 이유는 '君'이 일반적으로 남성을 가리키기 때문일 것이다.

3137　멀리 있으므로/ 모습은 볼 수 없네/ 변함이 없이/ 아내의 웃는 모습/ 눈에 아른거리네

🌸 **해설**

　　멀리 여행을 떠나와 있으므로 실제로 아내의 모습은 볼 수 없지만, 항상 변함이 없이 아내의 웃는 모습이 눈에 아른거리네라는 내용이다.

3138　일 년도 안 돼/ 돌아올 것이라고/ 그림자처럼/ 기다릴 아내가요/ 눈에 아른거리네

🌸 **해설**

　　일 년도 지나기 전에 돌아올 것이라고, 아침 해가 뜰 때 그림자가 가늘고 긴 것처럼 그렇게 몸이 야위어서 나를 애타게 기다리고 있을 아내가 눈에 아른거리네라는 내용이다.
　　자신이 돌아오기를 애타게 기다리고 있을 아내를 깊이 생각하는 마음을 노래한 것이다.

3139 玉桙之　道尒出立　別来之　日従于念　忘時無

　　　玉桙の　道[1]に出で立ち　別れ來し　日より思ふに　忘る[2]時無し

　　　たまほこの　みちにいでたち　わかれこし　ひよりおもふに　わするときなし

3140 波之寸八師　志賀在戀尒毛　有之鴨　君所遺而　戀敷念者

　　　愛しきやし[3]　然る戀[4]にも　ありしかも　君におくれて　戀しく思へば

　　　はしきやし　しかるこひにも　ありしかも　きみにおくれて　こひしくおもへば

3141 草枕　客之悲　有苗尒　妹乎相見而　後将戀可聞

　　　草枕　旅の悲しく　あるなへに　妹[5]を相見て　後戀ひむかも

　　　くさまくら　たびのかなしく　あるなへに　いもをあひみて　のちこひむかも

---

1 **玉桙の 道**: 예쁜 장식을 한 칼이나 창 등 무기를 세운 곧고 아름다운 길이다. '玉桙の'는 '道'를 상투적으로 수식하는 枕詞이다.
2 **忘る**: 의지적으로 잊는 것이다.
3 **愛しきやし**: '愛し'는 사랑스럽다는 뜻이다. 'やし'는 영탄으로 여기에서는 자신의 몸에 대한 애처로움이다.
4 **然る戀**: 곧 헤어져서 그것을 탄식하는 사랑이다.
5 **妹**: 여행길에서 만난 여성이라고 생각된다.

3139 (타마호코노)/ 여행길을 떠나서/ 헤어져서 온/ 날부터 생각하며/ 잊는 때가 없네요

🌸 **해설**

　예쁜 장식을 한 칼 등 무기를 세운 곧고 예쁜 길을 떠나서, 사랑하는 사람과 헤어져서 온 날부터 계속 아내를 생각하고 있으므로 잊을 때가 없네요라는 내용이다.
　여행을 떠나온 날부터 아내를 잊지 않고 항상 생각한다는 뜻이다.

3140 안타깝게도/ 이리 될 것인 사랑/ 이었던 건가/ 그대 뒤에 남겨져/ 그립게 생각하면요

🌸 **해설**

　정말로 안타깝게도 이렇게 될 것인 애달픈 사랑이었던 것인가. 먼 여행길을 떠난 그대의 뒤에 남아서 그대를 그립게 생각하면요라는 내용이다.

3141 (쿠사마쿠라)/ 여행이 슬프다고/ 생각되는 때/ 그녀를 서로 만난/ 후엔 그립겠지요

🌸 **해설**

　풀 베개를 하고 잠을 자는 힘든 여행이므로 쓸쓸하고 슬프게 생각되는 때에 사랑스러운 그녀를 만났으므로 즐겁지만, 후에 헤어지고 나면 사랑의 고통이 크겠지요라는 내용이다.

3142 國遠　直不相　夢谷　吾亦所見社　相日左右二

國¹遠み　直に逢はなく²　夢にだに　われに見えこそ³　逢はむ日までに

くにとほみ　ただにあはなく　いめにだに　われにみえこそ　あはむひまでに

3143 如是将戀　物跡知者　吾妹兒尒　言問麻思乎　今之悔毛

かく戀ひむ　ものと知りせば⁴　吾妹子に　言問はましを　今し悔しも

かくこひむ　ものとしりせば　わぎもこに　こととはましを　いましくやしも

3144 客夜之　久成者　左丹頬合　紐開不離　戀流比日

旅の夜の　久しくなれば　さにつらふ⁵　紐解き離けず　戀ふるこのころ

たびのよの　ひさしくなれば　さにつらふ　ひもときさけず　こふるこのころ

1 國: 고향이다.
2 直に逢はなく: 'なく'는 부정의 명사형이 아니라, '~없어서'라는 뜻이다.
3 われに見えこそ: 'こそ'는 希求의 보조동사이다.
4 ものと知りせば: 'せば…まし'는 현실에 반대되는 가상이다.
5 さにつらふ: 붉은 색을 띠었다는 뜻으로 아내와 교환한 속옷 끈이다.

3142 고향 멀어서/ 직접은 못 만나고/ 꿈에서라도/ 나에게 보여줘요/ 만나는 날까지는

❀ 해설

　여행을 떠나와 있으므로 고향이 멀어서 직접은 만날 수 없으므로 적어도 꿈에서만이라도 그대의 모습을 나에게 보여 주세요. 직접 만나는 날까지는이라는 내용이다.

3143 이리 그리운/ 것이라 알았다면/ 그녀에게요/ 말을 하고 올 것을/ 지금 후회 되네요

❀ 해설

　이렇게 그리운 것이라는 것을 미리 알았더라면 그녀에게 말을 하고 왔으면 좋았을 것인데. 그렇게 하지 못한 것이 지금 후회가 되네요라는 내용이다.

　사랑하는 여인에게 말도 하지 못하고 온 것을 후회하는 노래이다.

3144 여행의 밤이/ 오래되다 보니까/ 붉은 색을 띤/ 끈도 풀지 않고서/ 그리워하는 요즘

❀ 해설

　여행을 하면서 혼자 자는 밤이 오래 반복이 되다 보니 아내와 교환한 붉은 색의 속옷 끈도 풀지 않고 아내를 그리워하는 요즈음이네라는 내용이다.

　고대 일본에서는, 속옷 끈은 연인이 헤어질 때 서로 매어주는 것으로 다시 만날 때까지 풀지 않았다.

　中西 進은 아내와 교환해서 자신이 입고 있는 옷의 붉은 끈으로 해석하였다. 그런데 全集에서는, '아내의 옷 끈을 푸는 일도 없이 혼자 쓸쓸하게 잠을 자는 모습'이라고 하였다『萬葉集』 3, p.352l.

3145　吾妹兒之　阿乎偲良志　草枕　旅之丸寐尓　下紐解

　　　吾妹子し　吾を偲ふらし¹　草枕　旅の丸寝に²　下紐解けぬ

　　　わぎもこし　あをしのふらし　くさまくら　たびのまろねに　したひもとけぬ

3146　草枕　旅之衣　紐解　所念鴨　此年比者

　　　草枕　旅の衣の　紐解けぬ³　思ほゆるかも　この年頃は

　　　くさまくら　たびのころもの　ひもとけぬ　おもほゆるかも　このとしころは

3147　草枕　客之紐解　家之妹志　吾乎待不得而　歎良霜

　　　草枕　旅の紐解く⁴　家の妹し　吾を待ちかねて　嘆きすらしも

　　　くさまくら　たびのひもとく　いへのいもし　あをまちかねて　なげきすらしも

---

1 **吾を偲ふらし**: 연인의 움직임에 의해 자연히 옷 끈이 풀린다고 생각했다.
2 **旅の丸寝に**: 옷을 벗지 않고 자는 것이다.
3 **紐解けぬ**: 아내가 묶어준 끈까지 풀릴 정도로 몇 년이나 여행을 하였다. 끈이 풀리는 것을 아내가 그리워하기 때문이라고 생각하는 경우와, 사랑이 옅어졌다고 생각하는 경우가 있다. 여기에서는 후자. 불길한 일이지만 이미 그것도 당연하다고 생각하는 오랜 기간이다.
4 **旅の紐解く**: 이것으로 下句를 추량한다. 아내의 생각에 의해 풀렸다고 생각한다.

3145 나의 아내는/ 날 그리워하나 봐/ (쿠사마쿠라)/ 여행길 새우잠에/ 속옷 끈이 풀렸네

해설

   내가 사랑하는 아내는 나를 그리워하고 있나 보네요. 풀 베개를 하며 자야 하는 힘든 여행을 하면서 새우잠을 자는데 속옷 끈이 저절로 풀린 것을 보면이라는 내용이다.
   연인이 헤어질 때 서로 묶어 준 옷 끈이 풀리는 것은 상대방이 생각하기 때문이라고 일본 고대인들은 생각하였다.

3146 (쿠사마쿠라)/ 여행 중에 입은 옷/ 끈이 풀렸네/ 생각이 나는군요/ 이 몇 년 동안은요

해설

   풀 베개를 베고 자야 하는 힘든 여행을 하는 동안, 입은 옷의 끈이 저절로 풀려 버렸네요. 생각이 나는군요. 아내와 만나지 않은 오랜 세월이요이라는 내용이다.
   아내와 만나지 않은 세월이 벌써 오래 된 것을 생각하면 자신에 대한 아내의 사랑이 식어지는 것도 당연하겠다는 뜻이다.
   이 작품에서 작자는 옷 끈이 풀린 것을 아내의 사랑이 옅어졌다는 의미로 해석하였다.

3147 (쿠사마쿠라)/ 여행 옷 끈 풀렸네/ 집의 아내가요/ 기다리기 힘들어/ 탄식하고 있나 봐

해설

   풀 베개를 베고 자야 하는 힘든 여행을 하는 동안, 입은 옷의 끈이 저절로 풀려 버렸네. 집에 있는 아내가 나를 기다리기 힘들어서 탄식을 하고 있는 것인가 보네요라는 내용이다.

3148 玉釼　巻寝志妹乎　月毛不経　置而八将越　此山岬

玉くしろ¹　纏き寝し妹を　月も經ず　置きてや越えむ　この山の岬

たまくしろ　まきねしいもを　つきもへず　おきてやこえむ　このやまのさき

3149 梓弓　末者不知杼　愛美　君尓副而　山道越来奴

梓弓　末は知らねど²　愛しみ³　君に副ひて⁴　山道越え來ぬ

あづさゆみ　すゑはしらねど　うるはしみ　きみにたぐひて　やまぢこえきぬ

3150 霞立　春長日乎　奥香無　不知山道乎　戀乍可将来

霞立つ　春の長日を⁵　奥處なく　知らぬ山道を　戀ひつつか來む⁶

かすみたつ　はるのながひを　おくかなく　しらぬやまぢを　こひつつかこむ

1 玉くしろ: 'くしろ'는 팔에 감는(まく) 장신구이다. 'まく'---'枕にまく'로 이어진다.
2 末は知らねど: 어떻게 되더라도. '知る'는 내 힘 안에 있다는 뜻이다.
3 愛しみ: 경애의 정을 나타낸다.
4 君に副ひて: 떠나는 것을 도중까지 배웅하는 때인가.
5 春の長日を: 긴 날. 그 긴 도중에 휩싸이는 그리움이다.
6 戀ひつつか來む: '行(ゆ)く'와 '來(く)'는 가끔 같이 사용되었다.

3148 (타마쿠시로)/ 베고 잠잔 아내를/ 한 달도 못 돼/ 두고 넘어온 걸까/ 이 산의 허리를요

🌸 해설

　팔찌를 팔에 감듯이 그렇게 팔베개를 베고 잠을 잔 아내를 한 달도 채 지나지 않아서 혼자 남겨 두고 넘어온 것일까. 이 산의 허리를요라는 내용이다.

　'玉くしろ'는 '纏く'를 상투적으로 수식하는 枕詞이다.

3149 (아즈사유미)/ 앞날은 모르지만/ 사모를 하여/ 그대와 함께 하여/ 산길 넘어왔네요

🌸 해설

　가래나무로 만든 활의 끝이 가는 곳을 알 수 없듯이, 어떻게 될지 앞날은 나는 모르지만 그대를 그리워 하여 그대를 따라서 함께 산길을 넘어서 여기까지 왔네요라는 내용이다.

　길을 떠나는 남성을 산길을 넘어서까지 따라와 배웅하는 노래이다. 유녀의 노래로도 볼 수 있다.

　全集에서는, '遊行女婦 등, 하룻밤 함께 지낸 여성의 노래라고도 생각된다'고 하였다『萬葉集』3, p.352].

3150 아지랑이 낀/ 봄의 긴 날 하루를/ 끝도 모르고/ 알지 못하는 산길/ 그리워하며 가나

🌸 해설

　아지랑이가 낀 긴 봄날 하루를, 끝도 모른 채 익숙하지도 않은 알지 못하는 산길을 사랑하는 사람을 그리워하며 가는 것인가라는 내용이다.

　사랑하는 사람이 있는 집을 떠나 여행길에 오른 남성의 쓸쓸한 마음을 노래한 것이다.

3151　外耳　君乎相見而　木綿牒　手向乃山乎　明日香越将去

外のみに　君を相見て　木綿疊[1]　手向の山を[2]　明日か越え去なむ[3]

よそのみに　きみをあひみて　ゆふたたみ　たむけのやまを　あすかこえいなむ

3152　玉勝間　安倍嶋山之　暮露尒　旅宿得為也　長此夜乎

玉かつま[4]　安倍島山の　夕露に　旅寢得せめや[5]　長きこの夜を

たまかつま　あへしまやまの　ゆふつゆに　たびねえせめや　ながきこのよを

1 木綿疊: 닥나무 섬유로 짠 깔 자리. 'た'의 음으로 제4구의 'た'에 연결시켰다. '手向'을 상투적으로 수식하는 枕詞이다.
2 手向の山を: 신에게 공물을 바치고 넘는 산을 말한다.
3 明日か越え去なむ: 君이. 주어가 바뀐다.
4 玉かつま: 'かつま'는 籠. 합한다는 뜻으로 '安(あへ)'을 상투적으로 수식하는 枕詞이다.
5 旅寢得せめや: 'え'는 할 수 있다. 'や'는 강한 부정을 동반한 의문을 나타낸다.

3151　멀리에서만/ 그대를 바라볼 뿐/ (유후타타미)/ 타무케(手向)의 산을요/ 내일은 넘어 버릴까

해설

직접 만나서 말도 나누지 못하고 멀리에서만 바라볼 뿐, 그대는 목면의 깔자리를 짠다는 타무케(手向)산을 내일은 넘어서 가버리는 것일까라는 내용이다.

'유후타타미'와 '타무케'의 '타' 소리가 같은 것을 이용한 노래이다.

中西 進의 해석을 보면 작자를 여성으로 보고 있음을 알 수 있다. 私注에서도, '그 지역의 여성이 여행하는 사람을 잠시 만나고, 떠나가는 사람을 그리워하는 마음이라고 해야 할 것이다'고 하여 작자를 여성으로 보았다『萬葉集私注』6, p.457. 그러나 大系에서는, '친밀하게 말도 나누지 못하고 멀리서 그대를 바라보기만 하고 나는 무서운 手向山을 넘어서 멀리 가겠지요'로 해석하여 작자를 남성으로 보았다『萬葉集』3, p.316]. 全集에서도 제2구의 '君'을 '여행지에서 만난 여성을 말하는가'라고 하고 작자를 남성으로 보았다. '君'을 남성으로 보느냐, 여성으로 보느냐의 차이에 의한 것이다.『萬葉集』에서 '君'은 일반적으로 남성을 가리키지만 여성을 가리키는 경우도 있으므로, 이 작품의 경우 어느 쪽으로도 해석할 수 있겠다.

3152　(타마카츠마)/ 아헤(安倍) 섬의 산의요/ 저녁 이슬에/ 여행 잠잘 수 있나/ 기나긴 이 밤을요

해설

몸체와 뚜껑이 만난다고 하는 뜻을 이름으로 한 아헤(安倍) 섬의 산에 내린 저녁 이슬 속에서, 어찌 잠을 잘 수가 있을까. 기나긴 이 밤을이라는 내용이다.

'安倍島山'은 어디인지 알 수 없다. 大系에서는 권제3의 359번가의 '安倍乃島와 같은 곳으로 播磨國 加古郡일 것이라고 한다'고 하였다『萬葉集』3, p.316].

3153 三雪零　越乃大山　行過而　何日可　我里乎将見

み雪降る　越の大山[1]　行き過ぎて[2]　いづれの日にか　わが里を見む

みゆきふる　こしのおほやま　ゆきすぎて　いづれのひにか　わがさとをみむ

3154 乞吾駒　早去欲　亦打山　将待妹乎　去而速見牟

いで[3]吾が駒　早く行きこそ[4]　眞土山[5]　待つらむ妹を　行きて早見む

いであがこま　はやくゆきこそ　まつちやま　まつらむいもを　ゆきてはやみむ

3155 悪木山　木末悉　明日従者　靡有社　妹之當将見

惡木山[6]　木末ことごと　明日よりは[7]　靡きて[8]ありこそ　妹があたり見む

あしきやま　こぬれことごと　あすよりは　なびきてありこそ　いもがあたりみむ

---

1 **越の大山**: 愛發山인가.
2 **行き過ぎて**: 계속 넘어가고 있는 느낌이다.
3 **いで**: 결의를 나타낸다.
4 **早く行きこそ**: 'こそ'는 希求를 나타내는 보조동사이다.
5 **眞土山**: 'まつち 산'---'まつ(待)'로 이어진다.
6 **惡木山**: 大宰府의 芦城山이다.
7 **明日よりは**: 내일 출발하는가.
8 **靡きて**: 내 의지에 의해서인가.

3153 눈이 내리는/ 코시(越)의 큰 산을요/ 지나서 가서/ 어느 때의 날에나/ 내 고향을 보겠나

해설

눈이 내리는 코시(越)의 큰 산을 지나가서 어느 날에나 내 고향을 볼 수 있을 것인가라는 내용이다.
여행길이 멀고 험해서 언제나 고향에 갈 수 있을 것인가 하고 여행의 괴로움과 고향 생각을 노래한
것이다.

3154 자아 나의 말아/ 빨리 가 주었으면/ 마츠치(眞土)의 산/ 기다릴 것인 아내/ 가서 빨리
　　　만나자

해설

자아 나의 말이여. 빨리 가 주었으면 좋겠네. 마츠치(眞土) 산의 이름처럼 나를 기다리고 있을 아내를
빨리 가서 만나 보자라는 내용이다.
지명 '眞土'와 '待'의 일본어 발음이 같은 'まつ'인 것을 이용한 노래이다.
'眞土山'을 大系에서는, '待つ'를 상투적으로 수식하는 枕詞로 보았으며 '和歌山縣 橋本市 眞土. 落合川
을 건너 奈良縣 宇智郡 阪合部村의 待乳峠이라고 하는 설도 있다'고 하였다『萬葉集』3, pp.316~317].

3155 아시키(惡木) 산의/ 나무 가지 끝마다/ 내일부터는/ 쓰러져 있어 주게나/ 아내 집 근처
　　　볼 테니

해설

아시키(惡木) 산의 나무 가지 끝은 모두, 내일부터는 한쪽으로 쓰러져 있어 주길 바라네. 아내가 있는
집 근처를 보고 싶으니까라는 내용이다.
내일부터 아시키(惡木) 산 쪽에 있게 될 것인 작자가, 아내가 있는 집 쪽을 잘 볼 수 있도록 나무들은
한쪽으로 쓰러져 있으라고 말한 것이다.
'惡木山'을 大系에서는, '福岡縣 筑紫郡 筑紫野町 阿志岐의 산. 蘆城의 驛家, 蘆木川 등이 있는 곳.
大宰府에서 약 1리'고 하였다『萬葉集』3, p.317].

3156　鈴鹿河　八十瀬渡而　誰故加　夜越尒将越　妻毛不在君

　　　　鈴鹿川　八十瀬渡りて　誰ゆゑか　夜越に¹越えむ　妻もあらなくに

　　　　すずかがは　やそせわたりて　たれゆゑか　よごえにこえむ　つまもあらなくに

3157　吾妹兒尒　又毛相海之　安河　安寐毛不宿尒　戀度鴨

　　　　吾妹子に　またも近江の²　野洲の川　安眠も寝ずに³　戀ひ渡るかも

　　　　わぎもこに　またもあふみの　やすのかは　やすいもねずに　こひわたるかも

---

1 **夜越に**: 밤길을 넘는 것이다.
2 **またも近江の**: '逢ふ---あふみ', 'やす---やす'로 같은 소리를 반복하고 있다.
3 **安眠も寝ずに**: 숙면하지 못하고라는 뜻이다.

3156　스즈카(鈴鹿) 강의/ 많은 여울 건너서/ 뉘 때문인가/ 밤에 넘고 넘는가/ 아내도 있지
　　　않은데

🌸 해설

　　스즈카(鈴鹿) 강의 많은 여울을 건너서 누구 때문에 밤에 넘고 넘어서 가는 것인가. 나를 기다릴
아내가 있는 것도 아닌데라는 내용이다.
　　中西 進의 해석으로 보면 작자는 여성을 만나기 위해 밤에 여울을 건너는 것이 아니다. 그런데 大系에
서는, '스즈카(鈴鹿) 강의 많은 여울을 건너서, 도대체 그대 이외의 누구 때문에 밤에 넘어가는 것일까요.
집에 아내가 있는 것도 아닌데'로 해석하였다[『萬葉集』 3, p.317]. 여인을 만나기 위해서 밤에 넘고 넘어서
가는 것이 된다.
　　제5구에서 '아내도 있지 않은데'라고 하였으므로, 작자는 여인을 만나기 위해 건너는 것이 아님을
알 수 있다.

3157　나의 그녀를/ 또 만나는 아후미(近江)/ 야스(野洲) 강 같이/ 푹 자지도 못 하고/ 계속 그리
　　　워하나

🌸 해설

　　내가 사랑하는 여인을 또 만난다고 하는 뜻인 아후미(近江)의 야스(野洲) 강의 이름같이 그렇게 편하
게 자지도 못 하고 계속 그리워하는 것인가라는 내용이다.
　　만나다(逢ふ)와 지명 近江의 발음이 같은 'あふ'인 것을 이용한 노래이다. '아후미(近江)'에서 '逢(あ)ふ
見(み)'를 생각한 것이다.
　　'野洲の川'을 大系에서는, '滋賀縣 野洲郡'이라고 하였다[『萬葉集』 3, p.317].

3158　客尒有而　物乎曽念　白浪乃　邊毛奥毛　依者無尒

　　　旅にして　物をそ思ふ　白波の¹　邊にも沖にも　寄るとは無しに²

　　　たびにして　ものをそおもふ　しらなみの　へにもおきにも　よるとはなしに

3159　湖轉尒　滿来塩能　弥益二　戀者雖剰　不所忘鴨

　　　湖廻³に　滿ち來る潮の　いや益しに　戀はまされど　忘らえぬかも

　　　みなとみに　みちくるしほの　いやましに　こひはまされど　わすらえぬかも

3160　奥浪　邊浪之来依　貞浦乃　此左太過而　後将戀鴨

　　　沖つ波　邊波の來寄る　左太の浦の　この時過ぎて　後戀ひむかも

　　　おきつなみ　へなみのきよる　さだのうらの　このさだすぎて　のちこひむかも

---

1 **白波の**: 이하 사물을 생각하는 묘사이다.
2 **寄るとは無しに**: 어느 쪽인가 한 쪽을 정하지 않고 바다와 해안 사이를 떠도는 것처럼.
3 **湖廻**: 'み'는 彎曲한 것에 붙는 접미어이다. 'みなと'는 수문으로 河口. 지형상 만곡을 가진다.

3158 여행하면서/ 여러 가지 생각네/ 흰 파도처럼/ 해안도 바다 쪽도/ 밀리는 일이 없이

해설

　　여행길에 있으면서 이것저것 여러 가지를 생각하네. 흰 파도처럼 해안에도 바다 쪽에도 밀리는 일이 없이 마음이 흔들려서라는 내용이다.

　　'邊にも沖にも 寄るとは無しに'를 私注에서는, '여행 중이므로 연인에게 가까이 하는 것도 할 수 없고 다만 생각만 한다는 것이다'고 하였다『萬葉集私注』 6, p.460]. 全注에서도 이 해석을 따랐다. 全集에서는, '여행길에서 한 번 본 여자에게 적극적으로 다가갈까, 이대로 헤어져 버릴까 결단을 하지 못하는 자신의 심경을 말하는 것인가'라고 하였다『萬葉集』 3, p.354].

3159 항구 근처에/ 밀려오는 조순 양/ 한층 넘치게/ 사랑은 더해지고/ 잊을 수가 없네요

해설

　　항구 근처로 밀려오는 바닷물이 한층 더해지듯이, 그렇게 더한층 밖으로 넘치도록 사랑이 더해질지언정 잊을 수가 없네요라는 내용이다.

3160 바다 파도도/ 해안 파도도 오는/ 사다(佐太)의 포구의/ 이때가 지나면요/ 후에 그리울 건가

해설

　　바다 가운데의 파도도 해안의 파도도 밀려오는 사다(佐太) 포구의 이름과 같은 이때(사다)가 지나면 후에 그리울 것인가라는 내용이다.

　　지명 '사다(佐太)'와 '때(時: 사다)'의 일본어 발음이 같은 것을 이용한 노래이다.

3161　在千方　在名草目而　行目友　家有妹伊　将欝悒

在千潟[1]　あり慰めて[2]　行かめども　家なる妹い[3]　おほほしく[4]あらむ

ありちがた　ありなぐさめて　ゆかめども　いへなるいもい　おほほしくあらむ

3162　水咫衝石　心蓋而　念鴨　此間毛本名　夢西所見

澪標[5]　心盡して　思へかも[6]　此處にも[7]もとな[8]　夢にし見ゆる

みをつくし　こころつくして　おもへかも　ここにももとな　いめにしみゆる

3163　吾妹兒介　觸者無二　荒礒廻介　吾衣手者　所沾可母

吾妹子に　觸るとは[9]無しに　荒礒廻[10]に　わが衣手は　濡れにけるかも

わぎもこに　ふるとはなしに　ありそみに　わがころもでは　ぬれにけるかも

1 **在千潟**: 여행길의 지명이다. 'あり'를 제2구의 'あり'에 접속시킨다.
2 **あり慰めて**: 아름다운 풍경에 마음이 위로가 된다. 'あり'는 '계속…한다'는 뜻이다.
3 **家なる妹い**: 'い'는 강조의 뜻을 나타내는 조사이다.
4 **おほほしく**: 마음이 울적한 상태를 말한다.
5 **澪標**: '水脈つ串'이라는 뜻이다. 물이 흘러가는 길을 나타내는 표지이다. '心盡し'를 상투적으로 수식하는 枕詞이다.
6 **思へかも**: '思へばかも'.
7 **此處にも**: 여행 중인 이곳에서도.
8 **もとな**: 本無し의 부사형이다. 마음 쓸쓸하게라는 뜻이다.
9 **觸るとは**: 소매가. 소매가 그녀에게 닿지 않고 파도에 닿아서 젖은 것에 의해 이 노래를 지었다.
10 **荒礒廻**: 'み'는 접미어이다.

3161 아리치(在千) 갯벌/ 계속 위로를 하며/ 가겠지만요/ 집에 있는 아내는/ 울적하게 있겠지요

🌸 해설

아리치(在千) 갯벌의 지명처럼 계속 마음을 위로하며 나는 가겠지만, 집에 있는 아내는 나를 기다리느
라고 마음이 상쾌하지 않고 울적하게 있겠지요라는 내용이다.
'在千潟'을 大系에서는 'あり'를 상투적으로 수식하는 枕詞로 보았다『萬葉集』 3, p.318].
'在千潟'의 '在'와 제2구의 'あり' 발음이 같은 것을 이용한 노래이다.

3162 (미오츠쿠시)/ 마음을 다하여서/ 생각해선가/ 여기서도 쓸쓸히/ 꿈속에 보이네요

🌸 해설

물이 흘러가는 길을 나타내는 표지인 澪標(미오츠쿠시)처럼, 마음을 다하여서 생각을 하기 때문인가.
여기에 있어도 흐릿하게 아내는 꿈속에 보이네요라는 내용이다.
'澪標'를 大系에서는 '心盡し'를 상투적으로 수식하는 枕詞로 보았다『萬葉集』 3, p.318].

3163 그 소녀에게/ 닿는 일도 없이요/ 아리소(荒磯) 근처/ 나의 옷소매는요/ 젖어 버린 것이네

🌸 해설

내 옷소매가 사랑하는 소녀에게 닿는 일도 없이, 아리소(荒磯) 근처에서 나의 옷소매는 파도에 젖어
버린 것이네라는 내용이다.

3164　室之浦之　湍門之埼有　鳴嶋之　礒越浪介　所沾可聞

室の浦の　湍門[1]の崎なる　鳴島の　礒越す波に　濡れにけるかも

むろのうらの　せとのさきなる　なきしまの　いそこすなみに　ぬれにけるかも

3165　霍公鳥　飛幡之浦介　敷浪乃　屢君乎　将見因毛鴨

霍公鳥　飛幡の浦に　しく波の　しばしば[2]君を　見むよし[3]もがも

ほととぎす　とばたのうらに　しくなみの　しばしばきみを　みむよしもがも

3166　吾妹兒乎　外耳哉将見　越懈乃　子難懈乃　嶋楢名君

吾妹子を　外のみや見む　越の海の　子難[4]の海の　島ならなくに

わぎもこを　よそのみやみむ　こしのうみの　こがたのうみの　しまならなくに

---

1 **湍門**: 수역의 좁아진 곳. '湍門の崎'는 瀬戸에 돌출한 곳의 건너 쪽에 있는 鳴島라는 뜻인가. 'なき島'는 바닷물이 출렁이는 섬이라는 뜻이다.
2 **しばしば**: 'しく…しばしば'로 이어진다.
3 **よし**: 기회, 방법이다.
4 **子難**: '子難'이라는 이름에 흥미를 느껴서 연인에게 다가가기 힘든 바다로 해석하였다. 섬을 연인에 비유하였다. 어디 있는지 알 수 없다.

3164 무로(室)의 포구의/ 세도(瀬門)의 곳에 있는/ 나키시마(鳴島)의/ 물가 넘는 파도에/ 젖어 버린 것이네

무로(室) 포구의 세도(瀬門) 곳에 있는 나키시마(鳴島)의 물가를 넘는 파도에 젖어 버린 것이네라는 내용이다.

'室の浦'를 大系에서는, '兵庫縣 楫保郡 室津浦의 浦의 金が崎'라고 하였다[『萬葉集』 3, p.318].

3165 (호토토기스)/ 나는 토바(飛幡)의 포구/ 치는 파돈 양/ 자주자주 그대를/ 볼 방법이 있다면

두견새가 나는 토바(飛幡) 포구에서 계속해서 밀려와서 치는 파도처럼, 그렇게 자주자주 그대를 볼 방법이 있다면 좋겠네라는 내용이다.

'飛幡'을 大系에서는, '福岡縣 戸畑市'라고 하였다[『萬葉集』 3, p.318].

3166 나의 그녀를/ 멀리서만 보는가/ 코시(越)의 바다의/ 코가타(子難)의 바다의/ 섬도 아닌 것인데

내가 사랑하는 그녀를 멀리서만 보아야 하는 것인가. 그녀는 가까이 하기 힘든 코시(越) 바다의 코가타 (子難) 바다의 섬인 것도 아닌데라는 내용이다.

사랑하는 여인이지만 가까이 하기가 힘들어서 멀리서만 보아야 하는 안타까운 심정을 노래한 것이다.

大系에서는, 'sima(島)는 조선어 syŏm(島)과 같은 어원인가'라고 하였다[『萬葉集』 3, p.319].

3167　浪間従　雲位尒所見　粟嶋之　不相物故　吾尒所依兒等

波の間ゆ　雲居[1]に見ゆる　粟島[2]の　逢はぬものから　吾に寄する兒ら[3]

なみのまゆ　くもゐにみゆる　あはしまの　あはぬものから　わによするこら

3168　衣袖之　真若之浦之　愛子地　間無時無　吾戀鑼

衣手の　眞若の浦[4]の　眞砂子[5]地　間無く時無し　わが戀ふらく[6]は

ころもでの　まわかのうらの　まなごつち　まなくときなし　わがこふらくは

3169　能登海尒　釣為海部之　射去火之　光尒伊往　月待香光

能登の海に　釣する海人の　漁火の　光にい往け[7]　月待ちがてり[8]

のとのうみに　つりするあまの　いさりびの　ひかりにいゆけ　つきまちがてり

---

1 **雲居**: 구름이다.
2 **粟島**: '粟(あは)---逢(あ)は'의 이름에 흥미를 느낀 것이다.
3 **兒ら**: 'ら'는 친애를 나타내는 접미어이다. 兒는 여성이다.
4 **眞若の浦**: 'ま'는 美稱이다. 和歌의 포구이다.
5 **眞砂子**: 'まなご'는 모래이다. 'まな'의 발음을 제4구의 'まな'에 연결시킨다.
6 **戀ふらく**: 戀ふの 명사형이다.
7 **い往け**: 'い'는 접두어이다. 漁火로는 밤길은 갈 수 없다. 과장된 표현이다.
8 **月待ちがてり**: '거의~한다'는 뜻이다.

3167 파도 사이로/ 아득하게 보이는/ 아하(粟)의 섬의/ 만나지도 않는데/ 나와 연관 짓는 애

해설

파도 사이로 구름이 있는 곳처럼 아득하게 보이는 아하(粟) 섬의 이름처럼, 그렇게 만난 것도 아닌데 사람들이 나와 연관을 지어서 말하는 그녀라는 내용이다.
지명 '粟(あは)'와 '逢(あ)ば'의 발음이 같은 것을 이용한 노래이다.

3168 (코로모데노)/ 마와카(眞若)의 포구의/ 고운 모래가 많듯/ 틈 없고 때도 없네/ 내가 사랑하는 것

해설

마와카(眞若)의 포구에 고운 모래가 빈틈없이 많이 깔려 있듯이, 그렇게 쉬는 틈도 없고 정해진 때도 없네. 내가 그녀를 사랑하는 것은이라는 내용이다.
항상 상대방 여성을 생각하며 사랑한다는 뜻이다.
'衣手の'를 全集에서는 '眞若の浦の'를 수식하는 枕詞로 보았다『萬葉集』 3, p.356].

3169 노토(能登) 바다에서/ 낚시하는 어부의/ 고기잡이 불/ 그 불로 가시지요/ 달을 기다리면서

해설

노토(能登) 바다에서 낚시를 하는 어부가 고기잡이를 하기 위해서 밝힌 불의 불빛에 의지해서 여행길을 가시지요. 달이 나오기를 기다리는 한편이라는 내용이다.

3170　思香乃白水郎乃　釣為燭有　射去火之　髣髴妹乎　将見因毛欲得

　　　　志賀[1]の白水郎の　釣し燭せる　漁火の　ほのかに妹を　見むよしもがも[2]

　　　　しかのあまの　つりしともせる　いさりびの　ほのかにいもを　みむよしもがも

3171　難波方　水手出船之　遥々　別来礼杼　忘金津毛

　　　　難波潟　漕ぎ出し船の　はろはろに[3]　別れ來ぬれど　忘れかねつも[4]

　　　　なにはがた　こぎでしふねの　はろはろに　わかれきぬれど　わすれかねつも

3172　浦廻榜　熊野舟附　目頬志久　懸不思　月毛日毛無

　　　　浦廻漕ぐ　熊野船付き[5]　めづらしく　懸けて思はぬ　月も日もなし[6]

　　　　うらみこぐ　くまのふなつき　めづらしく　かけておもはぬ　つきもひもなし

---

1 **志賀**: 福岡市 志賀島. '白水郎'은 중국의 白水 부근의 어민이다. 어부의 대표로 표기한 것이다.
2 **見むよしもがも**: 'もがも'는 願望을 나타낸다.
3 **はろはろに**: 'はるか(아득히)'를 반복한 것이다.
4 **忘れかねつも**: 아내를.
5 **熊野船付き**: 熊野船은 熊野에서 만들어진 특별한 배를 말한다. '付き'는 '모습'이라는 뜻이다. 도착이라는 뜻으로 해석하면 제1구와 맞지 않게 된다.
6 **月も日もなし**: 매일, 매월이라는 뜻이다.

3170 시카(志賀)의 어부의/ 고기 잡느라 밝힌/ 어화처럼요/ 어렴풋하게라도/ 볼 방법이 있다면

🌸 해설

　시카(志賀)의 어부가 고기를 잡느라고 밝힌 불인 어화처럼 그렇게 어렴풋하게라도 그녀를 볼 방법이 있다면 좋겠다는 내용이다.

3171 나니하(難波) 갯벌/ 저어 나간 배처럼/ 아득하게도/ 헤어져서 왔지만/ 잊기가 힘드네요

🌸 해설

　나니하(難波) 갯벌에서 저어 나간 배가 아득하게 사라져가는 것처럼, 그렇게 헤어져서 아득하게 멀리 왔지만 여전히 사랑하는 사람을 잊기가 힘드네요라는 내용이다.

3172 포구를 젓는/ 쿠마노(熊野) 배의 모습/ 진귀하듯이/ 마음에 생각 않는/ 달도 날도 없네요

🌸 해설

　포구 근처를 노 저어서 가는, 쿠마노(熊野)에서 만든 멋진 배의 모습이 진귀하듯이, 아내의 사랑스러운 모습에 마음이 끌려서 마음에 담고 아내를 생각하지 않는 달과 날은 없네요라는 내용이다.
　아내의 모습이 사랑스러우므로 항상 아내를 생각한다는 뜻이다.
　'熊野舟附'를 私注에서는 中西 進과 마찬가지로 '쿠마노(熊野) 배의 모습'으로 해석하였다『萬葉集私注』6, p.467]. 그러나 大系·全集·注釋·全注에서는 '熊野舟着き'로 읽고 '쿠마노(熊野) 배가 도착하여'로 해석하였다.

3173　松浦舟　乱穿江之　水尾早　檝取間無　所念鴨

松浦船¹　さわく堀江の　水脈²早み　楫取る間なく³　思ほゆるかも

まつらぶね　さわくほりえの　みをはやみ　かぢとるまなく　おもほゆるかも

3174　射去為　海部之檝音　湯桉干　妹心　乗来鴨

漁りする　海人の楫の音　ゆくらかに⁴　妹は心に　乗りにけるかも⁵

いさりする　あまのかぢのと　ゆくらかに　いもはこころに　のりにけるかも

3175　若浦尒　袖左倍沾而　忘貝　拾杼妹者　不所忘尒[或本歌末句云, 忘可祢都母]

若の浦⁶に　袖さへ⁷濡れて　忘れ貝⁸　拾へ⁹ど妹は　忘らえ¹⁰なくに[或る本の歌の末句¹¹に
云はく, 忘れかねつも]

わかのうらに　そでさへぬれて　わすれがひ　ひりへどいもは　わすらえなくに[あるほん
のうたのまつくにいはく, わすれかねつも]

---

1 **松浦船**: 肥前國 松浦 지방에서 만들어지는 배이다. '梶取る'의 주격이다.
2 **水脈**: 물이 흘러가는 길이다.
3 **間なく**: 배와 마음을 모두 나타내었다.
4 **ゆくらかに**: 느긋하게.
5 **乗りにけるかも**: 관용적인 표현이다.
6 **若の浦**: 和歌의 포구이다. 和歌山市에 있다.
7 **袖さへ**: 손발은 물론 거기에 소매까지라는 뜻이다.
8 **忘れ貝**: 두 장의 조개껍질 중 한 쪽을 말한다. 근심을 잊게 한다고 생각되어졌다.
9 **拾へ**: 후에 'ひろぶ'가 되었다.
10 **忘らえ**: 'え'는 가능을 나타내는 조사이다.
11 **末句**: 제5구를 말한다.

3173　마츠라(松浦) 배가/ 물결 치는 호리에(堀江)/ 물길 빨라서/ 계속 노를 잡듯이/ 생각나는 것이네

해설

　　마츠라(松浦)에서 만들어진 배가, 물결이 소리를 높게 내는 호리(堀) 강의 물길이 빨라서 노를 잡고 쉬지 않고 계속 노를 젓듯이 그렇게 쉬지 않고 끊임없이 그대가 생각나는 것이네라는 내용이다.
　　'さわく'를 中西 進은 堀江의 물결이 소리를 내며 세찬 것으로 보았다. 注釋・全集에서도 中西 進과 마찬가지로 해석하였다(『萬葉集注釋』 12, p.260), (『萬葉集』 3, p.358)]
　　그러나 大系에서는, '松浦 배의 노 젓는 소리가 컸던 것 같다'고 하였다[『萬葉集』 3, p.320]. 全注에서도, '소리 높게 노를 저어 가는'으로 해석하였다[『萬葉集全注』 12, p.519]. 제3구의 '물길 빨라서'를 보면, 'さわく'는 堀江의 물결이 소리를 높게 내는 것으로 보는 것이 좋을 듯하다.
　　'松浦'를 全集에서는, '현재의 佐賀縣의 동・서 松浦郡, 唐津市, 伊萬里市 및 長崎縣의 북・남 松浦郡, 松浦市 등에 해당한다'고 하였다[『萬葉集』, p.358].

3174　고기를 잡는/ 어부의 노 소리가/ 느긋하듯이/ 아내는 마음속에/ 들어와 버렸네요

해설

　　고기를 잡는 어부의 노 젓는 소리가 느긋하게 들리네. 그처럼 느긋하게 아내는 내 마음을 사로잡아 버렸네요라는 내용이다.

3175　와카(若)의 포구서/ 소매까지 젖으며/ 한쪽 조가비/ 주웠지만 아내는/ 잊을 수가 없네요
　　　　[어떤 책의 노래의 끝구에 말하기를, 잊기가 힘드네]

해설

　　와카(若) 포구에서 손발은 물론 옷소매까지 젖으며, 근심을 잊게 해준다는 조가비 한쪽을 주웠지만 그래도 여전히 아내는 잊을 수가 없네요[어떤 책의 노래의 끝구에 말하기를, 잊기가 힘드네]라는 내용이다.
　　'若の浦'를 大系에서는 '和歌山市 玉津島 신사 부근'이라고 하였다[『萬葉集』 3, p.320].

3176 草枕　羇西居者　苅薦之　擾妹尒　不戀日者無

　　　草枕　旅にし居れば　苅薦の　亂れて¹妹に　戀ひぬ日は無し²

　　　くさまくら　たびにしをれば　かりこもの　みだれていもに　こひぬひはなし

3177 然海部之　礒尒苅干　名告藻之　名者告手師乎　如何相難寸

　　　志賀³の海人の　礒に苅り干す　名告藻の⁴　名は告りてしを　なにか逢ひ難き

　　　しかのあまの　いそにかりほす　なのりその　なはのりてしを　なにかあひかたき

3178 國遠見　念勿和備曽　風之共　雲之行如　言者将通

　　　國遠み⁵　思ひな侘びそ⁶　風の共⁷　雲の行くごと　言は通はむ

　　　くにとほみ　おもひなわびそ　かぜのむた　くものゆくごと　ことはかよはむ

---

1 **亂れて**: '苅薦'과 작자의 마음 상태를 나타낸 것이다.
2 **戀ひ日は無し**: 항상 그립다.
3 **志賀**: 福岡市 東區 大字 志賀島.
4 **名告藻の**: 모자반이다. 'なのり'를 제4구에서 연결시켰다. 이름을 말하는 것은 구혼에 응한다는 것이다.
5 **國遠み**: 고향을 멀리. 여행하는 남성의 입장을 생각한다.
6 **思ひな侘びそ**: 마음이 쇠약해지는 것이다.
7 **風の共**: 'むた'는 함께라는 뜻이다.

3176 (쿠사마쿠라)/ 여행 중에 있으니/ (카리코모노)/ 혼란스럽게 아내/ 생각 않는 날 없네

🌸 해설

　　풀 베개를 베고 자야 하는 힘든 여행 중에 있으니, 벤 풀이 어지럽게 흐트러진 것처럼 그렇게 안정되지 않고 혼란스러운 마음으로 항상 아내를 생각하네라는 내용이다.

　　'苅薦の'는 '亂れ'를 상투적으로 수식하는 枕詞이다.

3177 시카(志賀)의 어부가/ 바위에 베 말리는/ (나노리소노)/ 이름은 말했는데/ 어찌 만나기 힘드나

🌸 해설

　　시카(志賀)의 어부가 바위에서 베어 말린다고 하는 모자반의 이름처럼 이름은 말했는데 어찌해서 만날 수가 없는 것인가라는 내용이다.

　　'なのりそ(모자반)'의 'のり'는 원형이 'の(告)る'로 '말하다'는 뜻이다. 그런데 'な'는 두 가지로 해석을 할 수 있다. 첫째는 '名告藻'인데 이렇게 보면 이름을 말하라는 뜻의 해초가 된다. 두 번째는 '勿告藻', '莫告藻'로 쓰는 경우이다. 이렇게 쓰게 되면 'な'는 하지 말라는 부정명령을 나타내는 '勿・莫'을 뜻하므로 '이름을 말하지 말라'는 뜻이 된다. 여기에서는 이름을 말했다는 뜻으로 사용하였다.

3178 고향 멀다고/ 슬퍼하지 말아요/ 바람과 함께/ 구름 가는 것처럼/ 소식을 전하지요

🌸 해설

　　여행을 떠났으므로 고향이 멀다고 해서 이것저것 생각하고 마음이 쇠약해져서 슬퍼하지 말아요. 바람에 불려서 구름이 가는 것처럼 내 소식이 그대의 곁에 전해질 것이니까요라는 내용이다.

　　여행길에 있으며 고향을 생각하고 슬퍼할 남편에게, 소식을 전하겠으니 힘을 내라고 하는 여성의 노래이다.

3179　留西　人乎念介　蜻野　居白雲　止時無

　　　　留りにし　人¹を思ふに　蜻蛉野²に　居る白雲の　止む時も無し³

　　　　とまりにし　ひとをおもふに　あきづのに　ゐるしらくもの　やむときもなし

悲別歌

3180　浦毛無　去之君故　朝旦　本名焉戀　相跡者無杼

　　　　うらもなく⁴　去にし君ゆゑ　朝な朝な⁵　もとなそ⁶戀ふる　逢ふとは無けど

　　　　うらもなく　いにしきみゆゑ　あさなさな　もとなそこふる　あふとはなけど

3181　白細之　君之下紐　吾左倍介　今日結而名　将相日之為

　　　　白栲の⁷　君が下紐　われさへに⁸　今日結びてな⁹　逢はむ日のため

　　　　しろたへの　きみがしたひも　われさへに　けふむすびてな　あはむひのため

---

1 **留りにし 人**: 집에 남아 있는 아내이다. 작자는 吉野 행행에 동행한 관리이다.
2 **蜻蛉野**: 宮吉 野瀧 부근의 들이다.
3 **止む時も無し**: 吉野의 구름이다.
4 **うらもなく**: 'うら'는 마음이다. 무심하게.
5 **朝な朝な**: 'な'는 時의 접미어이다.
6 **もとなそ**: 어떻게 할 수 없이.
7 **白栲の**: 흰 천이라는 뜻으로 '紐'를 상투적으로 수식하는 枕詞이다.
8 **われさへに**: 그대는 물론 나까지.
9 **今日結びてな**: 'て'는 완료의 조동사로 강조하는 뜻이다. 'な'는 願望을 나타낸다.

3179 머물러 있는/ 사람을 생각하면/ 아키즈(蜻蛉) 들에/ 있는 흰 구름처럼/ 그치는 때도 없네

해설

집에 남아 있는 아내를 생각하면, 아키즈(蜻蛉) 들에 있는 흰 구름이 사라지지 않듯이 아내 생각이 그치는 때도 없네라는 내용이다.

집에 남아 있는 아내를 항상 생각한다는 뜻이다.

이별을 슬퍼하는 노래

3180 무심하게도/ 가버린 그대 땜에/ 아침마다요/ 쓸쓸하게 그리네/ 만날 수도 없는데

해설

무심하게도 태평스럽게 가버린 그대 때문에 매일 아침마다 마음 쓸쓸하게 그리워하네. 만날 수 있는 것도 아닌데라는 내용이다.

3181 (시로타헤노)/ 그대의 속옷 끈을/ 나도 함께요/ 오늘 묶읍시다요/ 만나는 날을 위해

해설

그대의 흰 속옷 끈을 나도 함께 오늘 묶읍시다. 다시 만나는 날을 위해서라는 내용이다.

속옷 끈을 함께 묶는 것은 서로에 대한 사랑을 지키자는 뜻이다.

고대 일본에서는 연인끼리 속옷 끈을 서로 묶어 주었는데 다시 만날 때까지 풀지 않았다.

3182 白妙之 袖之別者 雖惜 思乱而 赦鶴鴨

　　　白栲の¹ 袖の別れは 惜しけども 思ひ亂れて ゆるし²つるかも

　　　しろたへの　そでのわかれは　をしけども　おもひみだれて　ゆるしつるかも

3183 京師邊 君者去之乎 孰解可 言紐乃緒乃 結手懈毛

　　　京師邊に 君³は去にしを 誰が解けか⁴ わが紐の緒の 結ふ手たゆしも

　　　みやこへに　きみはいにしを　たがとけか　わがひものを　ゆふてたゆしも

3184 草枕 客去君乎 人目多 袖不振為而 安萬田悔毛

　　　草枕 旅行く君⁵を 人目多み 袖振らずして あまた⁶悔しも

　　　くさまくら　たびゆくきみを　ひとめおほみ　そでふらずして　あまたくやしも

---

1 **白栲の**: 흰 천이라는 뜻으로 '袖'를 상투적으로 수식하는 枕詞이다.
2 **ゆるし**: '緩(ゆ)る: 느슨하게 하다'는 뜻으로 許す(허락하다), 手防す(손을 놓다).
3 **君**: 연인이다. 지금은 어떤 다른 남자가 생각을 하고 있을까.
4 **解けか**: '解けばか'인가.
5 **旅行く君**: ~에 대해서. '袖振る'의 대상이다.
6 **あまた**: 수가 많은 것이다.

3182 (시로타헤노)/ 소매 헤어지는 일/ 안타깝지만/ 생각 흐트러진 채/ 허락해 버렸던가

🌸 **해설**

　　함께 어긋하여서 있던 그대와 나의 흰 옷소매가 각각 헤어지는 일이 안타까웠지만 생각이 흐트러진 채로 그대가 떠나가는 것을 허락해 버렸던가라는 내용이다.

　　사랑하는 사람과 헤어지는 것이 안타까워서 보내기 싫었지만 생각이 흐트러진 채 떠나는 것을 허락해 버린 것을 후회하는 내용이다.

3183 도읍 쪽으로/ 그대 가 버렸는데/ 누가 푸는가/ 나의 옷의 속옷 끈/ 묶을 손 나른한데

🌸 **해설**

　　도읍 쪽으로 그대는 가 버린 것인데 누가 나의 옷 끈을 푸는 것일까요. 나의 옷 끈을 묶을 손의 힘도 없는데라는 내용이다.

　　'わが紐の緒の 結ふ手たゆしも'를 全集에서는, '속옷 끈이 저절로 풀리는 것은 연인을 만날 수 있는 징조라고 하는 속신이 있었다. 그런데 연인이 오지 않으므로 이상하게 생각하면서 묶는데 그 때마다 또 끈이 풀어지는 일이 몇 번이나 반복되는 동안 손에 힘이 없어졌다고 과장해서 말한 것이다'고 하였다[『萬葉集』 3, p.360].

3184 (쿠사마쿠라)/ 여행 가는 그대를/ 사람 눈이 많아/ 소매 흔들지 못 해/ 계속 후회 되네요

🌸 **해설**

　　풀로 베개를 베고 자야 하는 힘든 여행을 떠나가는 그대를, 보는 사람들의 눈이 많아서 차마 소매를 흔들지도 못했는데 그것이 지금 계속 후회가 되네요라는 내용이다.

　　보는 사람들의 눈이 많아서, 옷소매를 흔들며 제대로 작별 인사도 하지 못한 것이 후회가 된다는 뜻이다.

　　'草枕'은 '旅'를 상투적으로 수식하는 枕詞이다.

3185 白銅鏡　手二取持而　見常不足　君尒所贈而　生跡文無

　　　　眞澄鏡¹　手に取り持ちて　見れど飽かぬ　君におくれて　生けりとも無し

　　　　まそかがみ　てにとりもちて　みれどあかぬ　きみにおくれて　いけりともなし

3186 陰夜之　田時毛不知　山越而　徃座君乎者　何時将待

　　　　曇り夜の²　たどきも知らぬ　山越えて　往ます君をば　何時とか³待たむ

　　　　くもりよの　たどきもしらぬ　やまこえて　いますきみをば　いつとかまたむ

3187 立名付　青垣山之　隔者　數君乎　言不問可聞

　　　　たたなづく⁴　青垣山の　隔りなば⁵　しばしば君を　言問はじかも

　　　　たたなづく　あをがきやまの　へなりなば　しばしばきみを　ことどはじかも

---

1 眞澄鏡: 아름답게 잘 닦은 거울이다. '手に取り持ちて 見る'를 수식하는 枕詞이다.
2 曇り夜の: 달이 밝지 않은 어두운 밤이다. 'たどきも知らぬ'를 수식하는 枕詞이다.
3 何時とか: 앞의 구를 보면 시기뿐만 아니라 돌아가는 길에도 불안이 있다.
4 たたなづく: 겹겹한 것이다.
5 隔りなば: '隔り'는 가로막혀 헤어지는 것이다. 'な'는 강조의 뜻을 나타낸다. 여행을 떠나 버리면.

3185 (마소카가미)/ 손에 잡아들고서/ 봐도 질리잖는/ 그대 뒤에 남겨져/ 산 것 같지를 않네

🌸 해설

　　아름답게 잘 닦은 거울을 손에 들고 아무리 보아도 질리지 않는 것처럼, 그렇게 자꾸 보고 싶은 그대의 뒤에 남겨져서 그대를 보지 못하니 살아 있어도 산 것 같지를 않네라는 내용이다.
　　사랑하는 사람이 여행길을 떠나서 곁에 없으니 살아 있는 것 같지도 않다는 뜻이다.

3186 흐린 밤같이/ 상태 알 수가 없는/ 산을 넘어서/ 떠나가는 그대를/ 언제라 기다리나

🌸 해설

　　흐린 밤같이 상태를 알 수가 없는 산을 넘어서 떠나가는 그대를, 언제 돌아올 것이라고 기다리면 좋을까라는 내용이다.

3187 (타타나즈쿠)/ 아오가키(青垣) 같은 산/ 가로막으면/ 자주 그대에게요/ 소식 못 전할까요

🌸 해설

　　겹겹이 겹쳐진 푸른 담장 같은 산이, 두 사람 사이를 가로막아 버리면 그렇게 자주는 그대에게 소식을 전할 수가 없을까요라는 내용이다.
　　사랑하는 사람이, 겹겹이 둘러싼 산 너머로 여행길을 떠나가고 나면 소식도 잘 전할 수가 없을 것이므로 안타까울 것이라는 노래이다.

3188 朝霞　蒙山乎　越而去者　吾波将戀奈　至于相日

朝霞　たなびく¹山を　越えて去なば　われは戀ひむな²　逢はむ日までに

あさがすみ　たなびくやまを　こえていなば　われはこひむな　あはむひまでに

3189 足檜乃　山者百重　雖隠　妹者不忘　直相左右二[一云, 雖隠　君乎思苦　止時毛無]

あしひきの　山は百重に　隠すとも³　妹は忘れじ　直に⁴逢ふまでに[一は云はく, 隠せども
君を思はく⁵　止む時もなし]

あしひきの　やまはももへに　かくすとも　いもはわすれじ　ただにあふまでに[あるはい
はく, かくせども　きみをしのはく　やむときもなし]

3190 雲居有　海山超而　伊徃名者　吾者将戀名　後者相宿友

雲居なる　海山越えて　い行きなば⁶　われは戀ひむな⁷　後は逢ひぬ⁸とも

くもゐなる　うみやまこえて　いゆきなば　われはこひむな　のちはあひぬとも

---

1 **たなびく**: 안개에 휩싸여 모습이 보이지 않는다.
2 **われは戀ひむな**: 'な'는 영탄을 나타낸다.
3 **隠すとも**: 가정 조건이다.
4 **直に**: 꿈이나 대신하는 물체나 소식이 아니라 직접.
5 **思はく**: '思ふ'의 명사형이다.
6 **い行きなば**: 'い'는 접두어이다.
7 **戀ひむな**: 'な'는 영탄을 나타낸다.
8 **後は逢ひぬ**: 'ぬ'는 완료의 조동사이다.

3188 아침 안개가/ 끼어 있는 산을요/ 넘어서 가면요/ 나는 그립겠지요/ 만날 날까지는요

🌸 **해설**

아침 안개가 끼어 있는 산을 넘어서 그대가 가 버리면, 그리움에 나는 사랑의 고통을 느껴야 하겠지요. 그대를 다시 만날 날까지는이라는 내용이다.

3189 (아시히키노)/ 산은 몇 겹으로나/ 감출지라도/ 아내 잊지 않겠네/ 직접 만날 때까지는[혹은 말하기를, 감출지라도/ 그대 생각하는 것/ 그치는 때도 없네]

🌸 **해설**

다리를 아프게 끌며 가야 하는 산은 몇 겹으로나 감출지라도 나는 아내를 잊지 않겠네. 직접 다시 만날 때까지는[혹은 말하기를, 감출지라도 그대를 생각하는 것은 그치는 때도 없네요]이라는 내용이다.

3190 먼 곳에 있는/ 바다와 산을 넘어/ 가 버리면요/ 나는 그립겠지요/ 후에는 만난다 해도

🌸 **해설**

구름이 저쪽의 먼 곳에 있는 바다와 산을 넘어서 그대가 떠나가 버리면 나는 그립겠지요. 후에는 다시 그대를 만날 수 있다고 하더라도라는 내용이다.

3191　不欲恵八師　不戀登為杼　木綿間山　越去之公之　所念良國

よしゑやし[1]　戀ひじとすれど　木綿間山[2]　越えにし君が　思ほゆらく[3]に

よしゑやし　こひじとすれど　ゆふまやま　こえにしきみが　おもほゆらくに

3192　草陰之　荒藺之埼之　笠嶋乎　見乍可君之　山道超良無[一云, 三坂越良牟]

草陰の　荒藺[4]の崎の　笠島を　見つつ[5]か君が　山道越ゆらむ[一は云はく, み坂越ゆらむ]

くさかげの　あらゐのさきの　かさしまを　みつつかきみが　やまぢこゆらむ[あるはいはく, みさかこゆらむ]

3193　玉勝間　嶋熊山之　夕晩　獨可君之　山道将越[一云, 暮霧介　長戀為乍　寐不勝可母]

玉かつま[6]　島熊山の　夕暮に　獨りか君が　山道越ゆらむ[一は云はく, 夕霧に　長戀しつつ[7]　寝ねかてぬ[8]かも]

たまかつま　しまくまやまの　ゆふくれに　ひとりかきみが　やまぢこゆらむ[あるはいはく, ゆふぎりに　ながこひしつつ　いねかてぬかも]

---

1 **よしゑやし**: 체념의 뜻을 나타내는 감동사이다.
2 **木綿間山**: 東歌에도 보인다.
3 **思ほゆらく**: '思ほゆ'의 명사형이다.
4 **荒藺**: 풀 그늘에 나는 거친 풀로 'あらゐ'를 상투적으로 수식하는 枕詞이다.
5 **見つつ**: 'つつ'는 계속을 나타낸다.
6 **玉かつま**: 아름다운 상자이다. 玉匣(あく, おほく)과 마찬가지로, 'あふ, しまる'를 상투적으로 수식하는 枕詞인가.
7 **長戀しつつ**: 긴 하룻밤을 계속 그리워하며.
8 **寝ねかてぬ**: 'かて'는 '할 수 있다', 'ぬ'는 부정을 뜻한다.

3191 자아 좋아요/ 사랑 않으려 해도/ 유후마(木綿間) 산을/ 넘어간 그대가요/ 생각이 나는군요

🌸 **해설**

자아 좋아요. 더 이상 사랑의 고통을 당하지 않으려고 하지만 유후마(木綿間) 산을 넘어간 그대가 생각이 나서 견디기가 힘드네요라는 내용이다.
'木綿間山'은 어디 있는지 알 수 없다.
권제14의 3475번가와 유사하다.

3192 (쿠사카게노)/ 아라이(荒藺)의 곳의요/ 카사(笠) 섬을요/ 보면서 그대는요/ 산길 넘고 있을
까[혹은 말하기를, 고개 넘고 있을까]

🌸 **해설**

풀 그늘의 거친 어린 풀과 소리가 비슷한 아라이(荒藺) 곳의 카사(笠) 섬을 보면서 그대는 산길을 넘고 있을까[혹은 말하기를, 고개를 넘고 있을까]라는 내용이다.
풀그늘에 자라는 '거친(荒い) ㅑ草'와 '荒藺の崎'의 '아라い ㅑ'의 발음이 같은 것을 이용한 노래이다.
全集에서는 '荒藺の崎'를 '일설에 東京都 大田區의 入新井(이리아라이) 주변인가라고 한다'고 하고, '笠島'를 '東京都 品川區의 鈴ヶ森 주변인가 하는 설도 있다'고 하였다[『萬葉集』 3, p.362].

3193 (타마카츠마)/ 시마쿠마(島熊)의 산의/ 저녁 무렵에/ 혼자서 그대는요/ 산길 넘고 있을까
[혹은 말하기를, 저녁 안개에/ 긴 밤 계속 그리며/ 잠을 이룰 수 없네]

🌸 **해설**

아름다운 상자 뚜껑을 닫는다고 하는 뜻을 이름으로 한 시마쿠마(島熊) 산의 저녁 무렵에, 혼자서 그대는 산길을 넘고 있을까요[혹은 말하기를, 저녁 안개에 긴 밤을 계속 그리워하며 잠을 이룰 수가 없네]라는 내용이다.
저녁 무렵에 시마쿠마(島熊) 산길을 걸어서 넘고 있을 남편을 걱정하는 노래이다.
집에 남아 있는 아내가 작자인데, '一云'은 여행을 하고 있는 남편이 작자이다.
'島熊山'을 全集에서는, '大阪府 豊中市 綠丘에 있는 작은 산'이라고 하였다[『萬葉集』 3, p.362].

3194　氣緒介　吾念君者　鷄鳴　東方坂乎　今日可越覽

　　　息の緒に¹　わが思ふ君は　鷄が鳴く²　東方の坂³を　今日か越ゆらむ

　　　いきのをに　わがもふきみは　とりがなく　あづまのさかを　けふかこゆらむ

3195　磐城山　直越来益　礒埼　許奴美乃濱介　吾立将待

　　　磐城山　直越え來ませ　磯崎の⁴　許奴美の濱に　われ立ち待たむ

　　　いはきやま　ただこえきませ　いそさきの　こぬみのはまに　われたちまたむ

3196　春日野之　淺茅之原介　後居而　時其友無　吾戀良苦者

　　　春日野の　淺茅が原⁵に　おくれ居て　時そとも無し　わが戀ふらく⁶は

　　　かすがのの　あさぢがはらに　おくれゐて　ときそともなし　わがこふらくは

---

　　　1 **息の緒に**: 목숨이 긴 것을 말한다.
　　　2 **鷄が鳴く**: 새벽에 우는 닭과 동쪽에서 날이 새는 것을 일치시킨 표현이다.
　　　3 **東方の坂**: 足柄, 碓氷을 말한다.
　　　4 **磯崎の**: 암석이 많은 곳이다.
　　　5 **淺茅が原**: 표를 묶을 수 없는 광야로 자주 노래된다.
　　　6 **戀ふらく**: 戀ふ의 명사형이다.

3194 목숨과 같이/ 내가 생각하는 그대/ (토리가나쿠)/ 아즈마(東國)의 고개를/ 오늘 넘고 있을까

해설

　목숨과 같이 내가 소중하게 생각하는 그대는 닭이 우는 아즈마(東國)의 고개를 오늘쯤 넘고 있을까라는 내용이다.

　아마도 오늘은 아즈마(東國) 고개를 넘고 있을 남편을 생각하는 노래이다.

3195 이하키(磐城) 산을/ 바로 넘어 오세요/ 이소(磯) 곶의요/ 코누미(許奴美)의 해변에/ 내
　　　서서 기다리죠

해설

　이하키(磐城) 산을 곧장 바로 넘어서 오세요. 이소(磯) 곶의 코누미(許奴美) 해변에서 내가 서서 기다리지요라는 내용이다.

　'磐城山'을 大系에서는, '靜岡縣 庵原郡 由比町과 興津町과의 사이의 薩埵峠의 옛 이름이라고 하지만 불확실'하다고 하였으며, '磯崎の許奴美の濱'은 '薩埵峠의 해안 주변일 것이다'고 하였다『萬葉集』 3, p.324].

3196 카스가(春日) 들의/ 낮은 띠풀 들판에/ 남겨져 있어/ 언제라 할 것 없네/ 내가 사랑하
　　　는 것

해설

　카스가(春日) 들의 낮은 띠풀 들판에 혼자 남아서, 언제가 그 때라고 하는 구분도 없이 쉬는 때가 없네. 나의 사랑은이라는 내용이다.

　끊임없이 항상 사랑한다는 뜻이다.

3197 住吉乃　崖尒向有　淡路嶋　何怜登君乎　不言日者无

住吉の　岸に向へる　淡路島　あはれ[1]と君を　言はぬ日は無し

すみのえの　きしにむかへる　あはぢしま　あはれときみを　いはぬひはなし

3198 明日従者　将行乃河之　出去者　留吾者　戀乍也将有

明日よりは　印南[2]の川の　出でて去なば　留れるわれは　戀ひつつやあらむ

あすよりは　いなむのかはの　いでていなば　とまれるわれは　こひつつやあらむ

3199 海之底　奥者恐　磯廻従　水手運徃為　月者雖経過

海の底[3]　沖は恐し　磯廻[4]より　漕ぎ廻み行かせ[5]　月は經ぬとも

わたのそこ　おきはかしこし　いそみより　こぎたみゆかせ　つきはへぬとも

---

1 **あはれ**: 'あはぢ---あはれ'로 이어진다. 감동사인데 여기에서는 연모하는 감동이다.
2 **印南**: 바른 지명은 'いなみ'이다. 加古川.
3 **海の底**: '底'를 'おき(奥)'라고 하여, '沖'을 상투적으로 수식하는 枕詞이다.
4 **磯廻**: 'み'는 彎曲을 나타내는 접미어이다.
5 **廻み行かせ**: 바다를 직선으로 노 젓지 않고.

3197 　스미노에(住吉)의/ 해안을 마주하는/ 아하지(淡路)의 섬/ 연모한다 그대를/ 말 않는 날은
　　　　없네

🌸 해설

　　스미노에(住吉)의 해안을 마주하는 아하지(淡路)의 섬이라는 그 이름처럼 그대를 연모한다고 말을
하지 않는 날은 없네라는 내용이다.
　　'淡路島'와 'あはれ'에 같은 'あは' 소리가 있는 것에 이끌려서 지은 작품이다.

3198 　내일부터는/ 이나무(印南) 강과 같이/ 집을 떠나가면/ 남아 있는 나는요/ 계속 그리워할
　　　　까요

🌸 해설

　　이나무(印南) 강이 흘러가는 것처럼 그대가 여행을 떠나가면, 남아 있는 나는 내일부터는 계속 그리워
하며 사랑의 고통을 당해야 할까요라는 내용이다.
　　'印南の川'을 大系에서는, '兵庫縣 印南野의 강. 지금의 加古川市를 흐르는 加古川일 것이다'고 하였다
[『萬葉集』 3, p.324].

3199 　(우미노소코)/ 바다는 무섭네요/ 해안 쪽으로/ 노 저어 돌아와요/ 달이 지나더라도

🌸 해설

　　바다 깊은 곳 바다 한가운데는 무섭네요. 그러니 해안 근처 쪽으로 둘러서 노를 저어 오세요. 달이
경과하더라도라는 내용이다.
　　바다 가운데는 위험하니까 시간이 걸리더라도 해안 쪽으로 둘러서 안전하게 오라는 뜻이다.

3200　飼飯乃浦尒　依流白浪　敷布二　妹之容儀者　所念香毛

　　　飼飯の浦¹に　寄する白波　しく²しくに　妹が姿は　思ほゆるかも

　　　けひのうらに　よするしらなみ　しくしくに　いもがすがたは　おもほゆるかも

3201　時風　吹飯乃濱尒　出居乍　贖命者　妹之為社

　　　時つ風³　吹飯の濱に　出で居つつ　贖ふ⁴命は　妹が爲こそ

　　　ときつかぜ　ふけひのはまに　いでゐつつ　あがふいのちは　いもがためこそ

3202　柔田津尒　舟乗将為跡　聞之苗　如何毛君之　所見不来将有

　　　柔田津に　舟乗りせむと⁵　聞きしなへ⁶　何そも君が⁷　見え來ざるらむ

　　　にきたつに　ふなのりせむと　ききしなへ　なにそもきみが　みえこざるらむ

---

1 **飼飯の浦**: 淡路島 松帆 해안이다.
2 **しく**: '겹치다, 중복되다'는 뜻이다.
3 **時つ風**: 밀물로 바뀔 때의 일시적인 바람이다. '風吹く---ふけ로 이어진다. '吹く'를 상투적으로 수식하는 枕詞이다.
4 **贖ふ**: 공물을 바쳐서 무사하기를 빈다.
5 **舟乗りせむと**: 권제1의 8번가에도 같은 표현이 보인다. 이것에 바탕한 것인가.
6 **聞きしなへ**: ~와 함께. 듣는 것과 보이는 것의 평행. 다만 지금은 下句는 부정된다.
7 **何そも君が**: 배를 타는 연인이다.

3200　케히(飼飯)의 포구에/ 밀려드는 흰 파도/ 겹치듯이요/ 아내의 모습이요/ 생각이 나는군요

해설

　케히(飼飯) 포구에 밀려드는 흰 파도가 계속 반복되어 겹치어 치는 것처럼, 그렇게 계속 아내의 모습이 생각이 나는군요라는 내용이다.

3201　(토키츠카제)/ 후케히(吹飯)의 해변에/ 나가 있으며 / 기원하는 목숨은/ 아내를 위해서죠

해설

　밀물로 바뀔 때 바람이 분다는 뜻을 이름으로 한 후케히(吹飯)의 해변에 항상 나가서 공물을 신에게 바쳐서 목숨이 무사하기를 비는 것은 아내를 위해서지요라는 내용이다.
　'吹飯の濱'을 大系에서는, '大阪府 泉南郡 岬町 深目(후케) 해변'이라고 하였다[『萬葉集』 3, p.325].

3202　니키타(柔田) 나루/ 배를 타려 한다고/ 들은 동시에/ 무엇 때문에 그대/ 보이며 오지 않나

해설

　니키타(柔田) 나루에서 배를 타려고 한다고 들음과 동시에 기다렸지만 무엇 때문에 그대는 보이지 않는 것일까요라는 내용이다.
　도착해야 할, 남편이 탄 배가 도착하지 않자 왜 그런지 걱정하는 노래이다.
　'柔田津'을 大系에서는, '愛媛縣 松山市 三津濱, 古三津 설, 松山市 和氣町 · 堀江町설 등이 있다'고 하였다[『萬葉集』 3, p.325].

3203　三紗呉居　渚尒居舟之　榜出去者　裏戀監　後者會宿友

みさごゐる　渚にゐる舟の¹　漕ぎ出なば　うら戀しけむ²　後は逢ひぬとも

みさごゐる　すにゐるふねの　こぎでなば　うらこひしけむ　のちはあひぬとも

3204　玉葛　無羔行核　山菅乃　思乱而　戀乍将待

玉葛³　さきく行かさね　山菅の⁴　思ひ亂れて　戀ひつつ待たむ

たまかづら　さきくゆかさね　やますげの　おもひみだれて　こひつつまたむ

3205　後居而　戀乍不有者　田籠之浦乃　海部有申尾　珠藻苅々

おくれ居て　戀ひつつあらずは⁵　田子の浦の　海人ならましを⁶　玉藻苅る苅る⁷

おくれゐて　こひつつあらずは　たごのうらの　あまならましを　たまもかるかる

---

1 **渚にゐる舟の**: 연인이 탄 배이다.
2 **うら戀しけむ**: 'うら'는 마음이다.
3 **玉葛**: 덩굴풀의 美稱. 三枝(세 가지로 갈라진 나무) 같이 가지가 갈라져서 벋어가는 모습을 표현한 것으로 'さきく行かさね'를 수식하는 枕詞이다.
4 **山菅の**: 뿌리가 어지럽게 벋어가는 모습을 나타낸 것으로 '亂る'를 상투적으로 수식하는 枕詞이다.
5 **戀ひつつあらずは**: 'ずは…まし'는 현실에 반대되는 가상의 유형이다.
6 **海人ならましを**: 보통 천하다고 여겨지는 어부로 있는 것이 아직 더 좋다.
7 **玉藻苅る苅る**: 종지형을 중첩하였다.

3203 물수리 사는/ 물가에 있는 배가/ 저어 떠나면/ 마음 그립겠지요/ 후에는 만나더라도

해설

물수리가 사는 물가에 정박해 있는 배가 노를 저어서 떠나가 버리고 나면 그리워지겠지요. 후에는 만날 수 있다고 하더라도라는 내용이다.

연인이 배를 타고 떠나 버리면 그리워질 것이라는 뜻이다.

全集에서는 中西 進과 마찬가지로 해석하였다『萬葉集』 3, p.364]. 大系에서는, '배가 떠나가듯이, 그대가 떠나가면'이라고 하였다『萬葉集』 3, p.325].

3204 (타마카즈라)/ 무사히 갔다 와요/ (야마스게노)/ 마음이 심란하게/ 그리며 기다리죠

해설

덩굴 풀처럼 그렇게 편안하게 갔다 오세요. 덩굴 풀 뿌리가 어지럽게 벋어가듯이 그렇게 마음이 안정되지 않은 채로 그대를 그리워하며 기다리고 있지요라는 내용이다.

덩굴풀이 벋어가서 끝에는 만나는 것처럼 다시 만날 것이니 편하게 여행을 잘 갔다오라는 것이다. 그때까지 자신은 상대방을 그리워하며 기다리겠다는 뜻이다.

3205 뒤에 남아서/ 계속 그리워 말고요/ 타고(田子)의 포구의/ 어부라도 됐으면/ 해초를 계속
      따며

해설

뒤에 남아서 계속 그대를 그리워하지 말고 차라리 타고(田子) 포구의 어부라도 되는 것이 더 낫겠네. 아무 걱정 없이 해초를 계속 뜯으며라는 내용이다.

'田子の浦'를 大系에서는, '현재는 靜岡縣 富士郡(富士川 東岸)의 땅을 말하지만, 당시는 庵原郡(富士川 西岸)의 興津川에서 동쪽의 蒲原・由比 부근의 땅이었던 듯하다'고 하였다『萬葉集』 3, p.325].

3206 筑紫道之　荒礒乃玉藻　苅鴨　君久　待不来

筑紫道¹の　荒礒の玉藻　苅るとかも²　君は久しく　待てど來まさ³ぬ

つくしぢの　ありそのたまも　かるとかも　きみはひさしく　まてどきまさぬ

3207 荒玉乃　年緒永　照月　不猒君八　明日別南

あらたまの⁴　年の緒ながく　照る月の　飽かざる君や　明日⁵別れなむ

あらたまの　としのをながく　てるつきの　あかざるきみや　あすわかれなむ

3208 久将在　君念介　久堅乃　清月夜毛　闇夜耳見

久にあらむ⁶　君を思ふに　ひさかたの⁷　清き月夜も　闇⁸のみに見ゆ

ひさにあらむ　きみをおもふに　ひさかたの　きよきつくよも　やみのみにみゆ

1 **筑紫道**: 筑紫國을 가리킨다.
2 **苅るとかも**: 오래 오지 않는 이유를 빈정대며 추량하는 것이다. '君'은 九州로 부임한 관리인가.
3 **待てど來まさ**: 'ます'는 경어이다.
4 **あらたまの**: 새로운 魂이라는 뜻으로 '年·月'을 상투적으로 수식하는 枕詞이다.
5 **明日**: 여행을 떠나서.
6 **久にあらむ**: 여행을 떠나서 돌아올 때까지.
7 **ひさかたの**: 먼 곳을 형용한다. 멀리서 구석구석까지 비추는 밝은 달밤이다.
8 **闇**: 원문의 '闇夜'는 '月夜'와 대비시킨 표기이다.

3206 츠쿠시(筑紫) 길의/ 거친 바위의 해초/ 뜯는 건가요/ 그대는 오래도록/ 기다려도 오잖네

해설

츠쿠시(筑紫)로 가는 길의 거친 바위에 나 있는 해초를 뜯고 있기라도 하는 것일까. 그대는 오래 기다려도 오지를 않네라는 내용이다.

3207 (아라타마노)/ 세월 오래 동안을/ 비춘 달같이/ 싫증 나잖는 그대/ 내일 이별하는가

해설

몇 년 동안을 비추는 달같이 몇 년을 보아도 싫증이 나지 않는 그대를 내일 드디어 이별하는 것일까라는 내용이다.

3208 오래가 될 것인/ 그대를 생각하면/ (히사카타노)/ 청명한 달밤도요/ 闇夜로만 보이네

해설

그대가 여행을 떠나므로 돌아올 때까지 오랜 기간 동안 만나지 못할 그대를 생각하면, 먼 곳의 청명한 달도 어둡게만 보이네라는 내용이다.

3209　春日在　三笠乃山尒　居雲乎　出見毎　君乎之曽念

春日なる　三笠の山に　ゐる雲を¹　出で見るごとに　君をしそ思ふ

かすがなる　みかさのやまに　ゐるくもを　いでみるごとに　きみをしそおもふ

3210　足檜乃　片山鴙　立徃牟　君尒後而　打四鷄目八方

あしひきの　片山²鴙　立ちゆかむ　君におくれて　うつし³けめやも

あしひきの　かたやまきぎし　たちゆかむ　きみにおくれて　うつしけめやも

---

1 **ゐる雲を**: 구름은 숨결로 사람과 같은 것으로 생각되었다.
2 **片山**: 한쪽이 경사진 높은 곳이다. 꿩이 'とびたち…たちゆかむ'로 이어진다.
3 **うつし**: 꿈 아닌 현실의. 온전한 정신이다.

3209   카스가(春日) 있는/ 미카사(三笠)의 산에요/ 있는 구름을/ 나가서 볼 때마다/ 그대를 생각
         하네요

해설

카스가(春日)에 있는 미카사(三笠)의 산에 걸려 있는 구름을 나가서 볼 때마다 그대를 생각하네요라는
내용이다.

3210   (아시히키노)/ 높은 산의 꿩처럼/ 떠나서 가는/ 그대 뒤에 남아서/ 살았는 것 같을까

해설

한쪽이 절벽으로 되어 있는, 발을 아프게 끌고 가야 하는 높은 산에 산 꿩이 날아가듯이 그렇게 떠나가
는 그대 뒤에 남아서 나는 어떻게 온전한 정신으로 있을 수 있겠는가요라는 내용이다.
연인이 떠나면 살아 있는 것 같지 않을 것 같다는 뜻이다.

問答歌

3211　玉緒乃　徙心哉　八十梶懸　水手出牟船介　後而将居

　　　玉の緒の[1]　うつし[2]心や　八十楫懸け[3]　漕ぎ出む船に　おくれて居らむ

　　　たまのをの　うつしこころや　やそかかけ　こぎでむふねに　おくれてをらむ

3212　八十梶懸　嶋隠去者　吾妹兒之　留登将振　袖不所見可聞

　　　八十楫懸け　島隠りなば　吾妹子が　留れと振らむ　袖[4]見えじかも

　　　やそかかけ　しまがくりなば　わぎもこが　とまれとふらむ　そでみえじかも

　　　[左注]　右二首

3213　十月　鍾礼乃雨丹　沾乍哉　君之行疑　宿可借疑

　　　十月　時雨[5]の雨に　濡れつつか　君が行くらむ　宿か借る[6]らむ

　　　かむなづき　しぐれのあめに　ぬれつつか　きみがゆくらむ　やどかかるらむ

---

1 **玉の緒の**: '魂のうつ(うち·命)'를 상투적으로 수식하는 枕詞이다.
2 **うつし**: 꿈 아닌 현실의. 온전한 정신이다.
3 **八十楫懸け**: 현의 옆에 건다.
4 **袖**: 헤어질 때 흔드는 소매는 상대방의 혼을 불러서 혼이라도 머물러 두게 하려는 것이다.
5 **時雨**: 늦가을, 초겨울에 한차례 내리는 비이다.
6 **宿か借る**: 단순한 숙박의 뜻만이 아니라, 여성의 곁에 잔다는 뜻이다.

문답가

3211 (타마노오노)/ 온전한 마음으로/ 많은 노 달아/ 저어서 가는 배에/ 남겨져서 있을까

🌸 **해설**

많은 노를 달고 노를 저어서 출발하는 그대의 배 뒤에 남겨져서 나는 어떻게 온전한 마음으로 있을 수 있을 것인가라는 내용이다.

배를 타고 연인이 떠나가는 것을 슬퍼하는 여성의 작품이다.

3212 많은 노 달아/ 섬에 숨는다면요/ 나의 소녀가/ 머물라고 흔드는/ 소매도 안 보일까

🌸 **해설**

많은 노를 달아서 점점 배가 섬 뒤로 돌아가 보이지 않게 된다면, 나의 소녀가 머물라고 흔드는 옷소매도 보이지 않게 될 것인가라는 내용이다.

배를 타고 떠나가는 남성의 작품이다.

> **좌주** 위는 2수.

3213 시월달의요/ 한 때 내리는 비에/ 젖으면서요/ 그대 가고 있을까/ 비 피하고 있을까

🌸 **해설**

시월달의 한 때 내리는 비를 맞아 젖은 채로 지금쯤, 내가 사랑하는 그대는 길을 가고 있을까요 아니면 숙소에 들어가서 비를 피하고 있을까요라는 내용이다.

제5구에서 '疑'자를 쓴 것에 대해 全集에서는, '의심하는 마음을 그대로 나타낸 표기'라고 하였다[『萬葉集』 3, p.366].

아마도 다른 여성과 잠자리를 함께 하고 있는 것은 아닌지 불안해 하는 마음을 노래한 것 같다.

3214　十月　雨間毛不置　零介西者　誰里之　宿可借益

　　　　十月　雨間もおかず　降りにせば[1]　いづれの里の　宿か借らまし

　　　　かむなづき　あままもおかず　ふりにせば　いづれのさとの　やどかからまし

　　　　左注 右二首

3215　白妙乃　袖之別乎　難見為而　荒津之濱　屋取為鴨

　　　　白栲の[2]　袖の別れを　難みして[3]　荒津の濱に　屋取り[4]するかも

　　　　しろたへの　そでのわかれを　かたみして　あらつのはまに　やどりするかも

---

1 **降りにせば**: 'せば…まし'는 현실에 반대되는 가상이다.
2 **白栲の**: 흰 천이라는 뜻으로 '袖'를 상투적으로 수식하는 枕詞이다.
3 **難みして**: 어려운 것으로.
4 **屋取り**: 보내고 온 여성과.

3214 시월달의요/ 비 개는 때도 없이/ 내린다 하면/ 어느 곳의 마을의/ 숙소를 빌릴까요

❀ 해설

    시월달에 내리는 비가, 개는 때도 없이 계속 내린다고 하면 어느 마을의 숙소를 빌릴까요라는 내용이다.

    앞의 묻는 노래에 비해 시원한 답은 아닌 것 같다.

    '誰里之'를 私注에서는 'てれしのさとし'로 읽고, '어떤 사람의 마을의 숙소를 빌릴까'로 해석하였다. 그리고 '역시 留女 등을 예상할 수 있는 표현이 아닐까'라고 하였다[『萬葉集私注』 6, p.489].

    [좌주] 위는 2수.

3215 (시로타헤노)/ 소매 헤어지는 것/ 힘이 들어서/ 아라츠(荒津) 해변에서/ 노숙하는 것인가

❀ 해설

    흰 옷소매가 헤어지는 것이 힘이 들어서 아라츠(荒津)의 해변에서 밖에서 잠을 자는 것인가라는 내용이다.

    연인과 이별하는 것을 『萬葉集』에서는 '옷소매가 헤어진다'고 표현하고 있다. 함께 있을 때는 옷소매가 닿거나 서로 어긋해져 있거나 하지만, 헤어지면 옷소매도 상대방의 옷소매와 서로 분리되므로 이렇게 표현을 한 것 같다.

    全集에서는, '大宰府에서 도읍으로 돌아가는 관리가, 大宰府에 있을 때 사랑했던 여성과의 이별을 안타까워하며 부른 노래인가. 大宰府에서 荒津까지는 약 10킬로미터'라고 하였다[『萬葉集』 3, p.367].

3216　草枕　羇行君乎　荒津左右　送来　飽不足社

　　　草枕　旅行く君を　荒津まで　送りそ来ぬる　飽き足らね[1]こそ

　　　くさまくら　たびゆくきみを　あらつまで　おくりそきぬる　あきだらねこそ

　　　　右二首

3217　荒津海　吾幣奉　将齋　早還座　面變不為

　　　荒津の海　われ幣[2]奉り　齋ひてむ[3]　早還りませ　面變り[4]せず

　　　あらつのうみ　われぬさまつり　いはひてむ　はやかへりませ　おもがはりせず

3218　旦々　筑紫乃方乎　出見乍　哭耳吾泣　痛毛為便無三

　　　朝な朝な[5]　筑紫の方を　出で見つつ　哭のみそわが泣く[6]　いたも[7]すべ無み

　　　あさなさな　つくしのかたを　いでみつつ　ねのみそわがなく　いたもすべなみ

　　　　右二首

1 **飽き足らね**: '飽き足る'는 '충분히 만족하다'는 뜻이다. 'ね'는 부정을 나타낸다.
2 **幣**: 공물이다.
3 **齋ひてむ**: 부정을 피해서 빈다.
4 **面變り**: 얼굴이 변한다.
5 **朝な朝な**: 'あさなあさな'의 축약형이다. 'な'는 때를 나타내는 접미어이다.
6 **哭のみそわが泣く**: '泣く'를 강조한 표현이다.
7 **いたも**: 매우, 심하게.

3216 (쿠사마쿠라)/ 여행가는 그대를/ 아라츠(荒津)까지/ 배웅하고 왔네요/ 만족할 수 없어서

해설

　풀을 베개로 해서 베고 자야 하는 힘든 여행을 떠나가는 그대를 아라츠(荒津)까지 배웅하고 왔네요, 만족할 수가 없어서라는 내용이다.
　사랑하는 사람이 여행을 떠나는데 조금이라도 함께 더 있고 싶어서 아라츠(荒津)까지 배웅하고 왔다는 뜻이다.
　'飽き足らねこそ'는 결국 '조금이라도 함께 더 있고 싶은 마음에서'라는 뜻이다.

　　좌주 위는 2수.

3217 아라츠(荒津)의 바다/ 나는 공물 바치고/ 조심을 하죠/ 빨리 돌아오세요/ 얼굴 변하지
　　　 말고

해설

　아라츠(荒津)의 바다에 나는 공물을 바치고 몸을 삼가서 조심하고 있지요. 그러니 빨리 돌아오세요. 얼굴이 변하지를 말고라는 내용이다.
　여행이 힘들어서 얼굴이 야위거나 하는 일이 없이 여행을 잘 마치고 빨리 돌아오라는 뜻이다.

3218 매 아침마다/ 츠쿠시(筑紫)의 쪽을요/ 나와서 보고/ 소리 내어 나는 우네/ 어찌할 방법
　　　 없어

해설

　매일 아침마다 츠쿠시(筑紫) 쪽을, 나와서 보고 소리를 내어서 나는 우네. 어떻게 할 방법이 없어서라는 내용이다.
　남성이 여행지에서, 아내가 있는 츠쿠시(筑紫) 쪽을 바라보고 지은 노래이다.

　　좌주 위는 2수.

3219　豊國乃　聞之長濱　去晩　日之昏去者　妹食序念

豊國の　企救の長濱[1]　行き暮し　日の暮れぬれば[2]　妹をしそ思ふ

とよくにの　きくのながはま　ゆきくらし　ひのくれぬれば　いもをしそおもふ

3220　豊國能　聞乃高濱　高々二　君待夜等者　左夜深来

豊國の　企救の高濱[3]　高高に　君待つ夜ら[4]は　さ夜ふけにけり

とよくにの　きくのたかはま　たかだかに　きみまつよらは　さよふけにけり

　左注　右二首

---

1 **企救の長濱**: 福岡縣 北九州市.
2 **日の暮れぬれば**: 저녁 무렵이 되면 그립다.
3 **企救の高濱**: '長濱은 모래를 높이 쌓은 해변이었던가. 企救の濱을 長濱이라고도 高濱이라고도 했을 것이다.
4 **夜ら**: 'ら'는 접미어이다.

3219 토요쿠니(豊國)의/ 키쿠(企救)의 긴 해변을/ 계속 걸어가/ 날이 저물어지면/ 아내를 생각
하네요

토요쿠니(豊國)의 키쿠(企救)의 긴 해변을 계속 걸어가서 날이 저물어지면 아내를 생각하네요라는
내용이다.
'行き暮し'를 全集에서는, '해가 질 때까지 계속해서 어떤 행위를 하는 것. 여기에서는 긴 해변을 걸어가
는 동안에 해가 저물었으므로 말한다'고 하였다[『萬葉集』 3, p.368].

3220 토요쿠니(豊國)의/ 키쿠(企救)의 높은 해변/ 아주 높게요/ 그대 기다리는 밤/ 깊어 버린
것이네

토요쿠니(豊國)의 키쿠(企救)의, 모래가 높이 쌓인 높은 해변처럼 그렇게 마음도 아주 높게 흥분되어
서 언제 오는 것인가 하고 그대를 기다리는 밤은 깊어 버린 것이네라는 내용이다.
3219번가와 3220번가의 관계에 대해 全集에서는, '원래 다른 노래들이었는데 작품에 들어 있는 지명이
우연히도 같았으므로 문답가로 묶어진 것일 것이다'고 하였다[『萬葉集』 3, p.368].

좌주 위는 2수.

이연숙 李妍淑

부산대학교 국어국문학과를 졸업하고 동대학원 국어국문학과 석·박사과정(문학박사)과 동경대학교 석사·박사과정을 수료하였다. 현재 동의대학교 국어국문학과 교수로 있으며, 한일문화교류기금에 의한 일본 오오사카여자대학 객원교수(1999.9~2000.8)를 지낸 바 있다.

저서로는『新羅鄕歌文學硏究』(박이정출판사, 1999),『韓日 古代文學 比較硏究』(박이정출판사, 2002 : 2003년도 문화관광부 추천 우수학술도서 선정),『일본고대 한인작가연구』(박이정출판사, 2003),『향가와『만엽집』작품의 비교 연구』(제이앤씨, 2009 : 2010년도 대한민국학술원 우수학술도서 선정) 등이 있으며 논문으로는「고대 동아시아 문화 속의 향가」외 다수가 있다.

한국어역 만엽집 10
- 만엽집 권 제12 -

초판 인쇄 2017년 2월 10일 | 초판 발행 2017년 2월 15일
역해 이연숙 | 펴낸이 박찬익
펴낸곳 도서출판 **박이정** | 주소 서울시 동대문구 천호대로16가길 4
전화 02) 922-1192~3 | 팩스 02) 928-4683
홈페이지 www.pjbook.com | 이메일 pijbook@naver.com
등록 1991년 3월 12일 제1-1182호
ISBN 978-89-6292-729-0 (93830)

◦ 책값은 뒤표지에 있습니다.